2. Auflage Juni 2022

Alle Personen und Geschehnisse sind frei erfunden und haben keinen Bezug auf lebende oder verstorbene Menschen.

Umschlagbild: „akw2“ aus der Serie LEBENSräume MENSCHENbilder, ©Sigrid Drübbisch

Gestaltung, Satz und Herstellung:
OCM GmbH, Dortmund

Verlag:
OCM GmbH, Dortmund, www.ocm-verlag.de

ISBN 978-3-942672-75-7

Bibliografische Information der Deutschen Nationalbibliothek

Die Deutsche Nationalbibliothek verzeichnet diese Publikation in der Deutschen Nationalbibliografie; detaillierte bibliografische Daten sind im Internet über http://dnb.d-nb.de abrufbar.

Mord-Art

Sigrid Drübbisch

Kunstkrimi

Für Detlev und Marvin

Der Weg zum Ruhm

macht einsam,
ist beschwerlich,
macht süchtig
und kann tödlich enden!

Sigrid Drübbisch

Prolog

– Zwischen Dagebüll und Wyk; Dienstag –

„Mist, ist das ein Schietwetter“, schimpfte Heinz. Er zog die Kapuze der Regenjacke bis zur Nasenspitze. Der kalte Wind fegte ihm um die Ohren. Eine dicke Mütze sollte seinen Glatzkopf vor der Kälte schützen.

Er stand am Heck des Schiffes, mit dem er von Dagebüll nach Wyk auf Föhr fuhr. Eine Hand hatte er am Geländer der Reling, mit der anderen führte er den Zigarettenstummel zum Mund, um kräftig zu inhalieren und ihn dann über Bord zu werfen.

Sturmtief Niklas tobte mit Windstärke zwölf an diesem Dienstag über Deutschland. Alle Fährfahrten hatte die Reederei storniert, sodass Heinz mehrere Stunden an der Schiffsanlegestelle hatte warten müssen. Erst nach siebzehn Uhr flachte der Wind ab. Um Viertel nach sieben wurde endlich eine Fähre in Richtung Wyk eingesetzt.

Der Regen peitschte. Er blieb an Deck, die Wärme im Unterdeck war ihm scheißegal. Kein weiterer Passagier war zu sehen. Wut stieg in ihm hoch, den Blick auf das aufschäumende Meer gerichtet. Ununterbrochen blies ihm der Wind gnadenlos und eisig ins Gesicht. Mit beiden Händen umklammerte er das kalte Metall des Geländers. „Blöde Weiber! Die jungen Dinger haben sich doch nach oben geschlafen! Anders kann das nicht sein. Damit hat man heute Erfolg. Das lasse ich mir nach den Jahren harter Arbeit nicht gefallen! Querdenker sind nicht gefragt, die sind unbequem und bringen nur Unruhe. Aber ihr werdet sehen, was ihr davon habt. Wartet ab.“

Er schrie sich immer mehr in Rage. Doch niemand hörte ihn, der Wind verschluckte die Flüche sofort. Die aufgewühlte See applaudierte nicht.

Seine Hände zitterten. Mit aller Kraft kämpfte er gegen den Wind, um sich die nächste Zigarette anzuzünden. Schließlich gelang es ihm. Bis in die Lungenspitzen inhalierte er, hustete kräftig, zog an dem Glimmstängel.

Zum wiederholten Mal schickte er Schimpftiraden übers Meer.

Das Handy klingelte. Mit kalten, zittrigen Händen nestelte er es vorsichtig aus der nassen Regenjacke.

„Hallo? Hallooo?“ Er hörte nichts. „Halloooo! Verdammter Mist!“ Im Display erkannte er, dass es Bernd war. Die Verbindung brach ab. „Scheiße“, brüllte Heinz. „Kein Saft mehr.“

1. Wiedersehen

– Elbtunnel; Mittwoch –

Fünf Kilometer bis zum Elbtunnel. Karla Lang kräuselte die Stirn. Ob es ihr glücken würde, ihn ohne Stau zu meistern? In der Regel gelang es ihr nicht, wenn sie in den Norden fuhr.

Sie rutschte auf dem Fahrersitz vor Freude hin und her. Ein ordentlicher Schluck aus ihrer Wasserflasche erfrischte sie.

„Föhr, ich komme“, rief sie aufgeregt.

Im letzten Jahr hatte sie gemeinsam mit Dirk den Aufenthalt in der *friesischen Karibik* genossen, wo sie am Südstrand in Wyk in einem Ferienhaus mit Reetdach gewohnt hatten. Von der Terrasse aus hatten sie freie Sicht auf das Meer. Bei klarem Wetter schien die Hallig Langeneß an den Strand heranzurücken. Man hatte das Gefühl, sie fußläufig in ein paar Minuten erreichen zu können.

Jetzt fuhr sie das erste Mal allein in Richtung Norden.

Es war ein gemeinsames Geschenk ihrer Familie und Freunde zum fünfzigsten Geburtstag gewesen. Eine wahrhaft außergewöhnliche Geburtstagsüberraschung. Vier Wochen in einem Haus direkt hinter dem Deich in Utersum. In Strandnähe mit Blick auf die umgebene Inselwelt. Die Nordspitze von Amrum und die Südspitze von Sylt lagen vor ihr.

Vor lauter Vorfreude hatte sie nicht gemerkt, dass der Elbtunnel bereits hinter ihr lag.

„Klasse, wenn alles klappt, erwische ich die Fähre um fünfzehn Uhr.“

Die Sonne schien. Im Radio spielten sie einen Song von Bob Marley: *Get Up, Stand Up, Stand Up For Your Rights*. Karla sang begeistert mit.

Karla arbeitete gern im Polizeipräsidium Bochum als Leiterin der zweiten Mordkommission. Zwischendurch musste sie aber immer mal wieder den Kopf freibekommen. Die Pause von der Arbeit kam ihr zu diesem Zeitpunkt gerade recht.

Ihr Leben war aufregend, die Ermittlungsarbeit anstrengend. Gut, dass im KK 11 ein hervorragendes Arbeitsklima herrschte.

Unter diesen Bedingungen konnten sie die täglichen Herausforderungen stemmen.

Natürlich gab es bei der Aufklärung eines Falles oft Meinungsverschiedenheiten. Wenn aber die Basis der Zusammenarbeit stimmte, machte das nichts. Das Team musste zusammenhalten. Und das tat es. Wenn nötig wurde nächtelang durchgearbeitet. Das war leider häufig der Fall.

Jeder wusste, wie der andere tickte. Logisch – das funktionierte nur mit gegenseitiger Unterstützung. Die Arbeit bereitete Karla nach vielen Jahren immer noch Freude, die tägliche Herausforderung brachte Spannung, die sie mochte.

Das Team wusste, dass Karla die Kunst liebte. Hatte sie die Zeit, griff sie gern zum Pinsel und tauchte ein in die Welt der Farben. Sie besuchte Museen, um sich inspirieren zu lassen. Ein herrliches Ventil im Kontrast zur Arbeit. Die besten Ergebnisse peppten ihr Büro auf.

Das Team des KK11 und der MK hatten sich etwas Besonderes ausgedacht. Es hatte Karla mit einem Gutschein für Farben und Material überrascht. Beim Kunstgroßhandel Dröse in Herbede konnte sie sich nach Lust und Laune eindecken. Die Kollegen hatten Karla erzählt, dass Rolf ihren Geburtstag mit Elan vorbereitet hatte. Er war ihr Chef, Leiter des KK11 und aller sechs Mordkommissionen. Dauerhaft eingespannt, meistens nicht aus der Ruhe zu bringen, ein angenehmer Zeitgenosse.
Aber er konnte auch anders! Zum Beispiel beim Autofahren, wenn es nicht zügig voran ging oder wenn ihn Kollegen oder andere Menschen nervten.

Hinten in ihrem weißen Transporter rappelte es.

Die Kiste mit den Farben, Leinwände, die Staffeleien und ihr Gepäck waren die Ursache. Karla fuhr zügig über die Landstraße zur Schiffsanlegestelle. Es juckte ihr jetzt schon in den Fingern, sich an der Staffelei auszutoben. Ideen sausten durch ihren Kopf und ließen ihr Herz höherschlagen.

Vergnügt sah sie, dass es bis zum Fährhafen nicht mehr weit war. *Fünfzig Kilometer bis Dagebüll* las sie auf dem Straßenschild. Karla gab Gas.

Da, endlich! Das Schild *Dagebüll Mole*.

Sie steuerte den Bus in die erste Fahrspur. Eine beachtliche Warteschlange hatte sich aufgereiht. Die *Rungholt* legte an. Nachdem alle Fahrgäste das Schiff verlassen hatten, kam ein Mitarbeiter der Wyker Dampfschiff Reederei auf sie zu. Sie öffnete die Seitenscheibe.

„Moin, die Reservierungspapiere bitte."

Karla reichte ihm die Unterlagen, zückte die EC-Karte und bezahlte.

„Geit klor[1], die Fähre legt in 15 Minuten ab", hörte sie den netten Nordfriesen sagen.

„Danke, einen schönen Tag wünsche ich Ihnen."

„Jo."

Er hob zum Gruß die Hand und stand schon am nächsten Wagen.

Karla schmunzelte.

Sie mochte die Art der Norddeutschen. Vor allem den trockenen Humor. Zack, zack! Alle Informationen kurz, knapp hintereinander. Den friesischen Dialekt liebte sie. Jo ist bei den Nordfriesen ein vollständiger Satz mit Subjekt, Prädikat, Objekt. Moin, moin schon Gequassel.

Aber wenn die Friesen auf Föhr Fering sprachen, musste sie meistens passen.

Peu à peu kam Bewegung ins Spiel. Die ersten Autos fuhren auf die Fähre. Viele Touristen wollten die Ferien auf der Insel verleben; Ostern stand vor der Tür.

Karla schaute aufs Meer. Gut, dass das Sturmtief Niklas vorbei gezogen war. Es zeigte noch Nachwehen: Ein heftiger Wind und ein ordentlicher Seegang. Sie kniff die Lippen zusammen. Bewegte See mochte sie gar nicht.

Auf dem Autodeck wies man ihr einen Parkplatz zu. Die Autos standen eng aneinander, sodass sie vorsichtig die Tür öffnete. Es fegte ein stattlicher Wind durch das Parkdeck. Rasch zog Karla ihre Jacke an und eine weiße Mütze über die Ohren. Ein paar von ihren dunkelbraunen Locken blitzten hervor.

Im nächsten Augenblick zeigte sich die Sonne zwischen den Wolken. Kuschelig eingepackt lehnte Karla an der Reling und

---

1 „Geht klar"

wärmte ihr Gesicht. An der Wasseroberfläche tanzten die lichtdurchfluteten Schaumkronen. Zufrieden schloss sie die Augen.

Ein starker Ruck riss sie aus den Tagträumen. Die *Rungholt* legte ab.

In der Jackentasche vibrierte ihr Handy. Dann vernahm sie ihren Klingelton: die Titelmusik von *Miss Marple*. Dirk strahlte sie auf dem Displayfoto an. Sie liebte seine klaren, grüngrauen Augen.

„Na, mein Schatz, wo bist du?“, begrüßte er sie freudig.

„Auf der Fähre. Sie legt in diesem Moment ab.“

„Oh, klasse! Wie hast du es geschafft, das Schiff um fünfzehn Uhr zu kriegen? Sei ehrlich, deine Reifen qualmen immer noch, oder?“

„Es lag eher daran, dass am Elbtunnel kein Stau war“, erklärte Karla. „Was machst du?“

„Ich? Na, ja, ich sitze bei Kerzenlicht und mit einem Glas Wein in der Badewanne, höre Musik. Genieße“, provozierte Dirk.

„Oh, jetzt schon Feierabend?“

„Meine Vorlesungen fallen aus. Ich hatte am Vormittag nur noch einen Patienten, danach habe ich die Praxis geschlossen. Das war heute dringend nötig. Das Telefon ist auf ‚Notfall‘ umgestellt, dass die JVA mich erreichen kann. Auch Psychologen müssen mal ausruhen.“

„Gut, ich bin nicht auf Notfall, sondern auf totale Entspannung gepolt. Okay, Dirk, ich melde mich, wenn ich in Utersum angekommen bin. Tschüss.“

„Ich wünsche dir eine bewegte Überfahrt.“

„Ja, is klar, ich habe schon bessere Scherze gehört.“

Ihr Ehemann schmatzte einen dicken Kuss in das Telefon, den Karla erwiderte, bevor sie das Gespräch beendete.

Karla spürte ein flaues Gefühl im Magen. Die raue See bereitete ihr Probleme. Was hatte Dirk mal gesagt? „Visiere einen Punkt in der Ferne an und konzentriere dich darauf. Damit kannst du die Übelkeit austricksen.“

Ihre Konzentration lenkte sie auf den Fähranleger von Wyk.

„Ich schaffe das! Ich schaffe das! Ich schaffe das“, murmelte sie vor sich hin.

Mit beiden Händen umklammerte sie das kalte Geländer der Reling und ließ ihren Gedanken freien Lauf. Der Hafen von Wyk rückte näher. Das Schiff verlangsamte die Fahrt, die Passagiere setzten sich in Bewegung. Die einen liefen zu den Autos im Unterdeck und die Fußgänger warteten am Ausgang des Schiffes.

Karla stieg in ihren Bus, befreite ihre Locken von der Mütze und startete den Wagen.

Sie fuhr in die Hafeneinfahrt. Den Bus stellte sie auf dem Parkplatz ab und lief in Richtung Sandwall.

Der Himmel riss immer mehr auf. Die Sonne strahlte den geliebten Ort Wyk an.

„Was für ein Willkommensgruß", freute sich Karla.

„Jetzt erst mal ab ins *Café Steigleder!* Friesentorte und Cappuccino warten auf mich", verkündete Karla so laut, dass es alle hören konnten. Sie grinste die Passanten an, die sie kopfschüttelnd anstarrten. Das amüsierte sie.

Im Café erhaschte sie draußen einen schönen Platz. Sie stopfte sich eine Decke in den Rücken. Die Beine wickelte sie mit einer anderen ein. So saß sie windgeschützt hinter einer Glaswand. Die Insel zeigte ihre Schokoladenseite: Auf dem Wasser glitzerten die Sonnenstrahlen. Auf der Promenade lieferten sie ein exzellentes Schauspiel von Licht und Schatten.

Sie schreckte aus ihren Gedanken hoch, als sie ihren Namen hörte: „Karla? Kaaarla? Ja, du bist es."

Karla zuckte zusammen und schaute verdattert. „Inge? Ich glaube es nicht! Wo sind denn deine tollen langen Haare geblieben?"

„Unter der Mütze versteckt". Inge zog die Mütze ab und die Haare flatterten im Wind.

„Was machst du hier auf Föhr?"

„Eine Reha in Utersum."

„Reha? Was machst du denn in der Reha?"

„Brustkrebs."

Karlas Betroffenheit stand ihr ins Gesicht geschrieben. Sie nahm Inge in den Arm und drückte sie herzlich. Verlegen wischten sich beide Frauen die Tränen weg.

„Mensch, Inge, dünn bist du geworden. Na ja, dick warst du noch nie. Aber an deiner Schönheit hat sich nichts verändert.“

„Ach, hör auf. Du bist aber auch noch schlanker geworden, liebe Karla.“

„Das ist so gewollt und musste sein.“

„Wieso, bist du krank?“

„Nee, aber ich will im Alter nicht zur Matrone mutieren, ich laufe jetzt Marathon.“

„Klasse! Kein Wunder, dass du durchtrainiert bist.“

„I do my very best”, scherzte Karla. „Jetzt erkläre mir mal genau, was passiert ist.“

Inge setzte sich neben Karla und erzählte: „Es ging alles ruck zuck. Im Dezember wurde ein Knoten in der linken Brust festgestellt. Anfang Januar war die Operation. Jetzt bin ich hier zur Anschlussheilbehandlung.“

„Und? Wie ist deine Prognose?“

„Nicht schlecht, die Wächterlymphknoten sind frei. Das heißt, der Krebs hat noch nicht gestreut. Aber ich will jetzt gar nicht in die Tiefe gehen. Bestrahlung und die Chemo bleiben mir erspart. Ich habe großes Glück gehabt.“

Karla nahm Inges Hand und streichelte sie liebevoll.

„Nun mach dir mal keinen Kopf, ich packe das schon.“

Karla lächelte. „Mensch, wie lange haben wir uns nicht gesehen? Was für eine Freude, deine Stimme zu hören, die mag ich an dir besonders gern.“

„Du olle Schmeichlerin, jetzt trieft es aus allen Löchern.“ Inge lachte. „Gefühlte zwanzig Jahre, oder mehr?“

„Mehr“, meinte Karla. „Ich hätte mir allerdings bessere Nachrichten bei unserem Wiedersehen gewünscht.“

„Es ist, wie es ist“, antwortete Inge.

„Stimmt.“

„Bist du noch beim Jugendamt in Witten, oder hast du den Rat deines Professors aus Mönchengladbach befolgt? Der wollte doch, dass du Jura und Kriminologie studierst. Ich erinnere mich noch gut daran.“

„Nee, die Stadtverwaltung habe ich vor sieben Jahren verlassen. Gemeinsam mit einem Kollegen habe ich einen Verband für Resozialisation von entlassenen Straftätern in Witten gegründet. Berufsbegleitend studiere ich seit zwei Jahren an der Ruhruni Bochum Kriminologie, Kriminalpolitik und Polizeiwissenschaft. Wenn alles klappt, schließe ich zum Ende des Sommersemesters mit dem Master ab. Die Studiengebühren sind zwar krass, nehme ich aber gern in Kauf."

„Was? Das ist ja ein Hammer, klasse." Karla war beeindruckt. „Hut ab! Na, siehst du, auf Umwegen erfüllst du dir noch deinen Herzenswunsch und den deines alten Professors. Und wie schaffst du das neben dem Job?", wollte Karla genau wissen.

„Meine wöchentliche Arbeitszeit habe ich auf zwanzig Stunden reduziert. Ansonsten kannst du das bei dem Arbeitspensum, das wir im Verein bewältigen müssen, nicht stemmen."

„Mein Mann Dirk ist Psychologe und Lehrbeauftragter an der Uni Bochum. Er arbeitet in der JVA Bochum ebenfalls an einem Projekt mit, in dem es um Strafgefangene geht, die kurz vor der Entlassung stehen."

„Sag nur, das ist spannend. Wir haben bisher mit den Sozialarbeitern der JVA zusammengearbeitet. Meist dann, wenn die Entlassung kurz bevorstand."

„Das denke ich", lachte Karla. „Wenn du zurück bist, kannst du mit Dirk Kontakt aufnehmen und schauen, wie sich eine Zusammenarbeit organisieren lässt."

„Oh ja, das ist eine gute Idee."

„Und wie geht es weiter, wenn du den Master hast?", fragte Karla.

„Keine Ahnung, einen Schritt nach dem anderen. Meinen Doktor vielleicht?"

„Genauso kenne ich dich, du hattest immer Power bis zum Abwinken. Das ist der beste Weg zum Gesundwerden."

„Na ja, schauen wir mal, wie sich alles weiterentwickelt. Und du? Arbeitest du noch bei der Kripo?"

„Na klar, ich bin bei der Mordkommission gelandet. Dort bleibe ich bis zur Pensionierung, da kannst du Gift drauf nehmen."

„Machst du Urlaub oder bist du dienstlich hier?"

„Meine Familie und Freunde haben mir zum Fünfzigsten den Urlaub geschenkt und die Kollegen haben mich mit Malutensilien beglückt. Ich plane nichts, lasse mich treiben, bin kreativ. Alles, was mir guttut, mache ich jetzt und gleich sehr viel davon."

„Herzlichen Glückwunsch nachträglich! Nach fünfzig siehst du nicht aus, immer noch die sportliche, fitte Karla."

„Danke."

„Ich werde auch noch in diesem Jahr fünfzig, wir sind doch ein Jahrgang", erinnerte Inge sie.

„Genau."

Karla nahm einen Schluck vom köstlichen Cappuccino. Sie genoss die Friesentorte und ließ die Föhrer Leckerei auf der Zunge zergehen.

„Ich muss los." Inge schaute auf die Uhr und sprang auf. „Der Bus fährt gleich zurück zur Klinik. Ich muss noch zur Powergymnastik."

„Kann ich dich mitnehmen? Meine Ferienwohnung ist in Utersum."

„Nee, komm du erst mal an, wir sehen uns. Wenn du magst, können wir was verabreden."

„Klar, lass uns die Handynummern austauschen", schlug Karla vor.

„Ach, schau mal. Hier habe ich das Veranstaltungsprogramm für April für dich, in der Klinik liegen genug aus. Dann weißt du, was auf der Insel angeboten wird. Im *Föhrer Kunstmuseum* läuft eine tolle Ausstellung und im *Dörpshus* in Nieblum ebenfalls. Die Vernissage im Museum war leider schon und morgen Nachmittag wird die Ausstellung in Nieblum eröffnet. Zwei Wittener Künstlerinnen stellen im *Dörpshus* aus und sind auch bei der Museumsausstellung dabei."

„Ach ja, wer?"

„Violetta Fey und Lena Beck", antwortete Inge.

„Nee, das glaube ich nicht. Die beiden haben den ersten und zweiten Kunstpreis aus der Jürgen-Grume-Stifung in Witten gewonnen."

„Genau, stimmt. Leider habe ich die Preisverleihung im *Märkischen Museum* verpasst. Da war ich schon hier auf Föhr", erzählte Inge.

„Und ich habe es in der Presse gelesen, hatte aber keine Zeit hinzugehen."

„Eine Freundin hat mir berichtet, dass es unter den Bewerbern für den Preis Zoff gegeben haben soll. Den Gewinnerinnen gönnte man den Preis nicht und es wurde schmutzige Wäsche gewaschen. Vor allen Dingen haben die männlichen Künstler interveniert. Auch Kunstkritiker haben mitgemischt."

„Neider gibt es viele unter den Künstlern."

„Na gut, wenn du von der Kunst leben musst, geht es oft ums nackte Überleben!"

„Das ist richtig, doch deshalb muss man sich keinen Schlagabtausch in der Öffentlichkeit und in den sozialen Netzwerken liefern", regte sich Karla auf.

„Stimmt", pflichtete ihr Inge bei, „Violetta und Lena stellen jedes Jahr im *Dörpshus* aus. In diesem Jahr wurden sie auch für die Museumsausstellung ausgewählt."

„Erstklassig, das haben sie verdient. Danke für die Infos, Inge. Hast du Lust, morgen Nachmittag mit mir in Nieblum die Vernissage zu besuchen?"

„Klar, gern."

„Wann ist die Eröffnung?"

„Um fünfzehn Uhr. Sie wurde wegen der Osterfeiertage auf den Nachmittag verlegt, sonst findet sie immer abends statt."

„Ich stehe pünktlich um halb drei vor der Klinik und hole dich ab."

„Du kannst auch in der Cafeteria der Klinik auf mich warten."

„Ich finde dich, Inge, da kannst du sicher sein. Und außerdem habe ich deine Handynummer."

„Jetzt muss ich los, tschüss, wir sehen uns", rief Inge und rannte im Affentempo in Richtung Bushaltestelle.

Karla lehnte sich entspannt zurück, blätterte im Veranstaltungskalender und verspeiste die restliche Torte. Die Beine ausgestreckt mit dem Gesicht zur Sonne, sog sie die klare Seeluft ein.

„Hallo Ruhrpottkollegin! Huar komst dü dach faan daan[2]?"

„Ach nee, Piet Dirksen! Die gesamte Inselpolitsei[3]!", scherzte Karla. „Komm du mir mit Fering um die Ecke. Du weißt doch, dass ich der nordfriesischen Sprache nicht mächtig bin. Ich komme geradewegs aus Bochum!"

2 „Wo kommst du denn her?"

3 Inselpolizei

„Hü gunngt di det[4]?“

„Gut, siehste doch.“

Piet strahlte Karla an und sagte: „Tu doch nicht so, du verstehst Fering gut. Nix los in der Großstadt? Da musst du nach Föhr kommen, um dir Arbeit zu suchen, oder machst du hier Urlaub?“ Piet grinste über das ganze Gesicht. Der friesische Polizeihauptkommissar stellte das Fahrrad ab und fläzte sich auf den Stuhl neben ihr. Die Mütze nahm er ab. Piets strubbelige rote Haare leuchteten in der Sonne.

„Jau Piet, ich mache Urlaub, und zwar allein, ohne Dirk. Vier Wochen auf Föhr. Ein Geburtstagsgeschenk von Familie, Freunden und Kollegen.“

„Du hattest Geburtstag? Wie alt bist du denn geworden? Fiartig[5]?“

„Du alter Schmeichler, Föftig[6]“, antwortete Karla in Fering. „Nicht mehr lange bis zur Pensionierung.“

„Mann, Mann, Mann, dann bist du ja auch kein junges Täubchen mehr“, neckte sie Piet. „Mensch, darauf müssen wir einen trinken.“

„Das machen wir Piet, nur nicht jetzt und heute. Ich muss noch fahren. Wenn mich die Inselpolitsei betrunken erwischt, bin ich dran.“

„Oha, darauf kannst du wetten. Ruf mich an, oder komm auf der Wache vorbei, dann verabreden wir was. Huar wenest dü[7]?“

„In Utersum, Klaf[8]!“

„Gut gewählt, da kannst du ja die schönsten Sonnenuntergänge genießen.“

„Meine Familie hat alles ausgesucht. Ich bin schon ganz gespannt.“

„Du wirst begeistert sein. Ich muss weiter, damit die Insel sauber bleibt. Hier ist immer was zu tun. Nicht wie bei euch in der Großstadt.“

„Ja, sicher.“ Karla schüttelte den Kopf. „Tschüss Piet, bis bald.“

---

4 „Wie geht es dir?“
5 Vierzig
6 Fünfzig
7 „Wo wohnst du?“
8 Klaf – Straße in Utersum

„Machs gut, Karla." Der lange Piet schwang sich auf sein Rad und fuhr in Richtung Hafen.

Karla zahlte. Gemächlich schlenderte sie über den Sandwall, schaute sich das Sortiment in den netten Boutiquen an, kaufte ein paar frische Lebensmittel und lief zurück zum Auto, um ihr Ferienquartier anzusteuern.

2. Preisträgerinnen

– Föhr, Wyk; Mittwoch –

Violetta und Lena saßen bei *Fietis* in der Mittelstraße und bestellten Lachs. Sie liebten dieses Restaurant. Es war für sie in Wyk das beste. Sie stießen mit einem Glas Prosecco auf ihren Erfolg an. Allerdings war die Freude bei Violetta etwas getrübt.

„Mensch, Violetta, jetzt freu dich doch endlich mal über unseren Erfolg. Immerhin hast du den 1. Kunstpreis im *Märkischen Museum Witten* gewonnen." Lena knuffte Violetta, um sie aufzumuntern. Violetta stützte ihren Kopf in ihre Hände und schaute Lena traurig an.

„Wenn diese Neider nicht wären, die uns den Erfolg nicht gönnen und uns alles mies machen würden, dann könnte ich mich wirklich freuen. Und diese schreckliche Hetze im Netz. Ich darf gar nicht daran denken."

Jetzt wurde Lena energisch, klemmte ihre blonden Locken hinter die Ohren und drückte die Hand ihrer Freundin.

„Dann lass es doch. Was störst du dich daran? Wir sind mit einer Ausstellung im *Dörpshus* in Nieblum und vor allen Dingen im *Föhrer Kunstmuseum* gemeinsam mit namhaften Künstlern vertreten. Du weißt, dass das ein Privileg ist?"

Violetta nickte und nippte an ihrem Glas. „Genau, und sie werden es uns noch mehr neiden."

Lena setzte sofort noch einen drauf: „Und, meine Liebe, erinnerst du dich? Die Galerie Luzia Sassen hat uns aufgenommen, will uns in ihrer Galerie in Köln ausstellen und unsere Arbeiten auf allen nationalen und internationalen Messen zeigen. Ist das etwa nichts? Wenn das keine Anerkennung ist, dann weiß ich es auch nicht. Ob die anderen neidisch sind oder nicht, was stört uns das. Wir sind hier, um unseren Erfolg zu feiern. Das haben wir verdient. Schließlich haben wir dafür hart gearbeitet."

„Ja sicher, wir haben hart gearbeitet. Aber der Museumsfunk hat geflüstert, dass wir den 1. und 2. Kunstpreis nur abgesahnt haben,weil wir dem Stifter auf dem Schoß gesessen haben."

„Jetzt hör auf! Sonst werde ich richtig sauer!", wies Lena sie zurecht.

„Vielleicht bin ich naiv. Ich begreife nicht, dass man sich so untereinander zerfleischen muss. Okay, Kunst ist ein hartes Geschäft, die Konkurrenz ist groß. Jeder will sein Schäfchen ins Trockene bringen, vor allen Dingen, wenn es dein Broterwerb ist. Die reichen Künstler mit ihren Mäzenen, die können sich viele Sperenzkes[9] leisten, wir nicht. Wir müssen dafür richtig was tun. Aber die Kunst ist nicht nur Broterwerb, sondern auch Leben und Leidenschaft."

„Besser hätte ich es nicht sagen können." Lena schaute Violetta nachdenklich an. Beide versprachen, zumal sie sich schon seit der Kindheit kannten, sich aus diesem Machtgehabe rauszuhalten, ihre Leidenschaft vor die bösartige Konkurrenz zu stellen und weiterhin zielsicher ihren Weg zu gehen.

Der nette Chefkoch vom *Fietis* kam an den Tisch und wollte den leckeren Lachs servieren.

„Meine Damen, was ist los? Jetzt gibt es was für den Gaumen. In meinem Lokal wird kein Trübsal geblasen. Lassen Sie es sich schmecken!"

Lena und Violetta erschraken, schauten den Chefkoch verdattert an und konnten endlich wieder lächeln.

„Du hast ja recht, wir genießen jetzt das Essen und versuchen, die Geschehnisse zu vergessen und auf unsere Erfolge zu schauen."

„Das hört sich schon besser an. Guten Appetit. Mhm, das riecht schon so lecker." Lena prostete ihrer Freundin zu und Violetta erhob ebenfalls ihr Glas.

In aller Ruhe genossen sie das Menü, während draußen der Wind kräftig durch die Straßen fegte. Sie schmiedeten Pläne, plauderten über die gelungene Vernissage im *Föhrer Kunstmuseum* und freuten sich auf die Eröffnung der Ausstellung am Donnerstag im *Dörpshus*.

Fast gleichzeitig legten sie anschließend ihr Besteck auf den Teller und rieben sich die Bäuche.

„War das gut", ließ Violetta verlauten. Dabei schüttelte sie ihre langen schwarzen Haare und ihre grüngrauen Augen schimmerten im Sonnenlicht. Schon griff sie wieder zur Speisekarte.

„Lena, ein Dessert? Was Süßes geht doch immer? Oder?"

„Na klar. Und ein Prosecco ebenfalls", grinste Lena.

---

9 Scherze, Albernheiten

Der Chef vom *Fietis* verstand sofort und nahm die Bestellung auf.

„Und eins sage ich dir. Nach dem Essen machen wir eine Strandwanderung, sonst werde ich noch dick und fett."

„Ist schon gut", besänftigte Lena ihre Freundin. „Ich bin dabei."

3. Urlaub

– Föhr, Utersum; Mittwoch –

Mit Blick nach draußen, eingewickelt in eine dicke Decke, lag Karla müde auf dem Sofa in ihrer Ferienwohnung. Die Terrassentür hatte sie geöffnet. Eine kühle Brise wehte herein, die ihr guttat. Von der Couch aus konnte sie das Meer sehen. Links schaute sie auf Amrum, rechts lag Sylt mit dem blinkenden Leuchtturm vor ihr. Der Himmel zeichnete mit verschiedenen Rottönen ein grandioses Naturereignis direkt vor ihren Augen.

Sie rief Dirk an.

„Na, bist du fertig mit baden?"

„Oh ja, jetzt liege ich auf der Couch vor dem Fernseher und lasse mich berieseln."

„Ich kann es mir vorstellen. Dem Anschein nach geht es dir ohne mich gut."

„Wie man es nimmt, im Augenblick sieht es danach aus."

„Na dann, ich kann ja mal über eine Urlaubsverlängerung nachdenken", frotzelte Karla.

„Och nee, so war das nicht gemeint."

„Also vermisst du mich?"

„Na klar, mein Täubchen. Bist du gut in deiner Ferienwohnung angekommen?"

„Ja, alles prima. In Wyk habe ich übrigens Inge Bergheim getroffen."

„Ach, Inge? Von ihr hast du ja ewig nichts gehört."

Karla erzählte ihm die Geschichte von Inge, berichtete ihm auch, dass sie Piet schon gesehen hatte und dass die Wittener Kunstpreisträgerinnen in Nieblum und Alkersum ausstellten.

„Du meine Güte, da hast du ja in den paar Stunden auf der Insel echt was erlebt."

„Das kannst du laut sagen. Wenn das so weitergeht, schreibe ich darüber einen Roman, oder einen Krimi, wenn es der Stoff hergibt."

„Gegen einen Roman habe ich nichts, aber das mit dem Krimi lass mal, den schreibst du jeden Tag im Dienst."

„Übrigens, Inge hat zusammen mit einem Kollegen den Verband für Resozialisation von entlassenen Straftätern Witten gegründet."

„Ach, das ist ja interessant. Ich weiß, dass die Sozialarbeiter mit einem Verband Kontakt haben."

„Jetzt muss ich unbedingt was essen, mein Magen hängt mir auf den Schuhsohlen. Ich laufe gleich zur *Sehliebe*, aber vorher rufe ich noch Rolf an."

„Lass das, Karla, wer weiß, was er dir erzählt. Schon ist es mit der Ruhe vorbei und du fährst womöglich noch zurück nach Bochum, falls es einen Fall zu lösen gibt. Dafür kenne ich dich zu gut, Miss Marple!"

„Wieso? Hast du was gehört? Steht was in der Zeitung?"

„Nee, aber bei euch im Präsidium ist doch immer was los, vor allen Dingen, wenn du Urlaub hast."

„Ich rufe ihn trotzdem an."

„Tu, was du nicht lassen kannst. Wenn du dir was in den Kopf gesetzt hast, kann man dich nicht davon abbringen. Bis dann, schlafe gut."

„Du auch."

Gleichzeitig schmatzten sie einen Kuss durchs Telefon.

Karla hielt ihr Handy in der Hand und starrte es an.

„Scheiß was drauf", sagte sie und wählte Rolfs Nummer.

„Karla? Sorry, ich bin etwas im Stress! Frauenleiche im Muttental. Heute gefunden. Ich bilde gerade eine Mordkommission. Wie geht es dir? Bist du gut angekommen?", spulte Rolf im Telegrammstil ab.

„Ich habe es geahnt, kaum bin ich weg, passiert wieder was. Weißt du Näheres über die Frau?"

„Nee, wir sind mit unseren Ermittlungen erst am Anfang."

„Gibt es schon Fotos? Wenn ja, schick sie per E-Mail."

„Spinnst du, Karla, geht's noch? Selbst wenn ich schon welche hätte, schicke ich dir nix. Du hast Urlaub, schon vergessen?", wies Rolf sie zurecht. „Wir bekommen das hier schon hin, auch ohne dich."

„Das glaube ich dir. Aber wenn ich euch helfen kann, lass es mich wissen."

„Meine liebe Karla“, antwortete Rolf pathetisch, „du genießt jetzt deinen Urlaub. Wir erledigen hier unsere Arbeit. Wenn du ausgeruht zurückkommst, zählen wir auf dich, dann kannst du auch wieder Morde aufklären.“

„Okay, mach's gut und viel Erfolg bei den Ermittlungen.“

„Na klar. Dir viel Spaß, tschüss.“

4. Polizeipräsidium

– Bochum; Mittwoch –

„Chef? Gibt es schon etwas Neues?"

„Jau, komm rein, Klaus."

Klaus Pfeffer setzte sich vor Rolfs Schreibtisch und schlug die Beine übereinander. Dabei zupfte er seinen Schal zurecht, den er über einer grauen Lederjacke trug.

Rolf hatte gerade den Telefonhörer aufgelegt.

„Lass mich wetten", sagte Klaus. „Das war Karla, ne?"

„Du kennst unser aller Lieblingskollegin ja haargenau", scherzte Rolf.

„Na klar, wie geht es ihr?"

„Sie ist gut angekommen. Ich Dussel habe ihr von der Leiche im Muttental erzählt. Stell dir vor, sie wollte ein Foto von dem Opfer und vom Fundort."

„Nee, ne, du hast ihr doch hoffentlich nichts geschickt?"

„Sehe ich so aus, Klaus?"

„Natürlich nicht. Aber Karla kann manchmal hartnäckig sein. Uns beide wickelt sie doch um den Finger, wenn sie will", grinste Pfeffer.

Rolf schob die grau melierten Haare verlegen mit der schwarzen Hornbrille aus dem Gesicht. Eine typische Handbewegung, die zeigte, dass er nachdachte oder ihm etwas unangenehm war.

„Jetzt an die Arbeit, Klaus, es gibt viel zu tun."

„Kein Problem, Chef. Franzi und die Kollegen haben den Fundort im Muttental schon gesichert. Der Zeuge Walter Weiß ist auch schon befragt. Adresse und Telefonnummer haben wir. Falls wir noch was wissen wollen, können wir ihn jederzeit kontaktieren."

„Gute Arbeit, Klaus."

„Ich fahre jetzt zum Fundort Muttental, *Flöz Finefrau*."

„Alles klar."

„Chef!" Lotter stürzte herein und unterbrach das Gespräch.

„Wat is?", entgegnete Rolf ungehalten.

Frank Lotter stand schwitzend, völlig aufgelöst, mitten im Raum.

„Chef, eine weitere Frauenleiche!"
„Was? Machst du Scherze, Frank?"
„Ne, Rolf, mach ich nicht. Die Tote wurde in der Nähe vom kleinen Haarmannstempel auf dem Hohenstein gefunden. Sie wurde genau wie die Tote im Muttental in einem Baum drapiert und an Armen und Beinen festgebunden."
„Wer hat sie gefunden?"
„Mutter mit Kind, eine Andrea Denk."
Rolf wandte sich zu Klaus: „Gibt es schon Hinweise zur Todesursache der ersten Toten?"
„Wenn ich vor Ort bin, berichte ich dir, sobald ich Näheres weiß, okay?"
„Okay. Lotter, du fährst jetzt mit Elke zum Hohenstein. Hurtig! Und befragt die Zeugin."
„Das haben die Wittener Kollegen bereits erledigt! Bin schon weg", rief Lotter.
Auch Klaus Pfeffer stand auf und sie verließen gemeinsam das Büro.

Rolf lehnte sich zurück, um seine Gedanken zu sortieren. Er nahm den Telefonhörer und wählte die Nummer von Tina Fritz in der Polizeiinspektion Witten.
„Rolf?", hörte er die Kollegin sagen.
„Habt ihr schon Infos für mich?"
„Haben wir, wir laufen hier schon zur Hochform auf. Ich bin über beide Funde im Bilde."
„Hätte ich mir denken können. Ihr seid immer so fix. Ich komme gleich zu euch rüber, um die Ergebnisse zu sichten. Die Mordkommissionen MK2 mit Klaus Pfeffer und MK3 mit Frank Lotter sind am Start. Ist die Gerichtsmedizin im Muttental angekommen?"
„Klar, Dr. Breming ist da, Dr. Windeisen haben wir angerufen. Sie ist auf dem Weg zum Hohenstein. Kann bei dem Verkehr über die A 40 dauern."
„Mhm, das kennen wir ja. Bis gleich."
„Bis gleich."
Rolf legte auf und atmete tief ein. Er packte sein Brötchen aus. Er biss hinein, zäh wie Leder, schlürfte eilig den restli-

chen, kalten Kaffee und schüttelte sich. Sein Magen krampfte sich zusammen. Seit einiger Zeit verspürte er immer häufiger einen kurzen, stechenden Schmerz in der Magengegend. Er aß meistens zu schnell und trank viel zu viel Kaffee. Rolf ignorierte die Warnung seines Magens. Er zog das verknitterte Sakko an, darüber eine dicke, schwarze Lederjacke. Verzweifelt suchte er seine Brille auf dem übervollen Schreibtisch, beim Suchen fiel sie ihm vom Kopf.

„Mann, bin ich ein Schussel", sagte er. Dabei dachte er an seine Exfrau, die ihm genau das immer wieder vorgeworfen hatte.

‚Jetzt nicht, Greta! Verschwinde aus meinem Kopf. Ich muss mich mit anderen Dingen beschäftigen.' Zügig verließ Rolf das Büro.

In Gedanken vertieft lief er in Richtung Aufzug. Dort begegnete ihm ein Kollege, der ihm gerade bis zu den Achseln reichte.

„Tachchen, auch noch im Dienst?", ließ dieser zuckersüß verlauten.

„Ja sicher, sieht so aus, oder? Und Sie?"

Rolf wollte die Antwort gar nicht wissen. Vielmehr nervte ihn die Fragerei. Dummes Gequatsche brauchte er jetzt nicht. Er drückte auf den Knopf neben dem Aufzug.

In dem Augenblick schnellte der Arm des Kollegen hoch. Er hielt ihm sein Smartphone direkt unter die Nase.

„Hier, guck mal. Das ist mein Garten, hier mein Haus und das ist mein neues Auto."

„Ja, schön, wer will das wissen? Kennen wir uns? Und seit wann duzen wir uns?", erwiderte Rolf sichtlich gereizt und stieg in den Aufzug ein.

Der kleine, dicke Kollege gesellte sich zu ihm, grinste ihn an und redete ununterbrochen weiter auf ihn ein.

Rolf stellte seine Ohren auf Durchzug, verließ den Aufzug als sie das Erdgeschoss erreicht hatten und lief auf die Pforte zu, hinter der die diensthabende Kollegin saß. Im Hintergrund hörte er den Beamten immer noch brabbeln, der in seinem Redefluss vergaß, aus dem Aufzug auszusteigen.

„Na Rolf, durftest du mit unsem Kollegen Benno Aufzug fahren?"

„Wieso? Kennst du ihn?"

„Nicht wirklich, ich weiß nur von den anderen Kollegen, dass er nervtötend sein kann. Anscheinend hat er nicht genügend zu tun."

„Jau, scheint so. Nervend ist er, da gebe ich dir recht. Egal, ich muss jetzt los."

Sie winkte ihm zu und wünschte ihm einen schönen Feierabend.

„Daraus wird nix", rief Rolf. „Das wird eine lange Nacht."

„Oh je, aber für mich auch."

„Halt die Ohren steif."

Rolf hob seine Hand zum Gruß und öffnete die schwere Eingangstür. Ein kalter Wind pfiff ihm entgegen. Die Ausläufer des Sturmtiefs waren immer noch zu spüren. Fröstelnd rannte er zum Auto. Er schaute auf die Uhr: „Na prima, zehn nach sechs", brummte er vor sich hin.

Wenig später quälte sich der Hauptkommissar vom Präsidium durch die Bochumer Innenstadt. Feierabendverkehr. Auf der A 44 nahm er die Ausfahrt Witten-Zentrum, fuhr über den Crengeldanz in Richtung Rathaus. Die Fußgängerampel an der Bushaltestelle vor dem Rathaus zeigte rot, doch alle liefen kreuz und quer über die Straße. Rolf betätigte unablässig die Hupe und eines der Kiddies zeigte ihm den Mittelfinger. Rolf überlegte anzuhalten und auszusteigen, ließ es jedoch sein und fuhr zur Wache an der Casinostraße. Jetzt gab es Wichtigeres als den Mittelfinger eines kleinen, schlecht erzogenen Rotzlöffels.

Sein Magen knurrte. Wie gerne wäre er jetzt in *Sebos Café* eingekehrt, um was Leckeres zu essen. Aber: keine Zeit!

Da alle Dienstparkplätze in der Casinostraße belegt waren, parkte er direkt vor dem Eingang. Eine Betonfigur der Künstlerin Christel Lechner, ein Polizeibeamter in Uniform, stand direkt vor ihm. In der gesamten Stadt Witten begegnete man diesen *Alltagsmenschen* der Künstlerin. Rolf fand sie bemerkenswert. Dem Beamten aus Beton klopfte er im Vorbeigehen auf die Schulter, bevor er den Eingangsbereich betrat.

„Hallo Jungs", rief er den Kollegen an der Anmeldung zu.

„Hallo Rolf, wartet mal wieder viel Arbeit auf dich?"

„Jau, das könnt ihr wohl sagen."

„Dann mal tau“, rief ihm der junge Beamte zu.
„Ach übrigens, mein Auto steht direkt vor der Tür.“
„Ach nee, sag nur, deinen Wagen kennt hier jeder. Er ist nicht zu übersehen“, lachten die Diensthabenden. „Geht klar.“
Das hörte Rolf schon nicht mehr. Er nahm mehrere Treppenstufen auf einmal und lief zu Tinas Büro. Sie saß am Computer und hatte die ersten Fotos auf dem Bildschirm. Rolf trat an ihren Schreibtisch. Ihr frisches Parfum stieg ihm angenehm in die Nase.
‚Die kleine, quirlige Tina ist eine hervorragende Aktenfrau‘, dachte er. ‚Sie arbeitet sorgfältig und achtete auf jedes winzige Detail.‘
„Hallo, Rolf.“ Tina drehte sich nur kurz um und zeigte auf den Bildschirm. Was Rolf sah, war ein Bild des Grauens. „Das ist die Leiche vom Muttental. Sie wurde in der Nähe vom Flöz Finefrau oberhalb des Maximusstollens gefunden.“
Rolf sah, dass sie im unteren Teil eines hohlen, vom Sturm abgebrochenen Baumes hing.
„Ach du Scheiße!“ Der Kommissar hielt vor Entsetzen die Hand vor den Mund.
„Warte mal, da kommen auch die ersten Fotos vom Hohenstein.“
Tina öffnete sie und sagte: „Wie es Lotter geschildert hat: Die Tote wurde ebenfalls unten im Baum aufgehängt.“
„Tina, ich fahre auch raus. Das muss ich mir genauer ansehen. Wenn mich nicht alles täuscht, könnten wir es mit einem Serientäter zu tun haben.“
In Windeseile verließ er die Polizeiinspektion.
Die Kollegen hinter der Glasscheibe der Anmeldung staunten nicht schlecht, als er nach gerade mal zehn Minuten wieder in seinem Wagen saß.
„Na klar“, rief Rolf und schlug mit beiden Händen auf das Lenkrad.
Ein Taxifahrer stand mitten auf der Casinostraße. Er sammelte einen Betrunkenen ein, der wohl eine lange Nacht hatte. Rolf hupte. Endlich setzte sich das Taxi in Bewegung.
Rolf bog links ab und stand wieder. Die Ampel zeigte Rot. Sein Handy spielte die Musik von Metallicas *Nothing Else Matters.*
„Klaus, wat gibbet?“, rief Rolf über die Freisprechanlage.

„Wo bist du?"
„Ich bin auf dem Weg zu euch. Lasst alles, wie es ist und sagt Lotter Bescheid. Ich will mir den Fundort am Hohenstein ebenfalls ansehen. Das Bild ist ja erschreckend."
„Geht klar, Chef. Wir haben die Lage im Griff und Dr. Breming wartet, bis du alles gesehen hast."
„Prima, bis gleich."
Die Ampel zeigte Grün und Rolf gab Gas. Er konnte bis zum Haus Witten durchfahren. Erst an der Brücke stoppte ihn wieder eine Ampel, die aber kurz danach wieder umsprang.
‚Kaum zu glauben, mal kein Stau auf der Ruhrbrücke', dachte Rolf, fuhr Richtung Bommern und bog rechts in die Rauendahlstraße ein.
Am Parkplatz *Finefrau* war schon mächtig was los. Immer mehr Schaulustige und Pressevertreter versammelten sich am Fundort. Die Kollegen von der Schutzpolizei waren damit beschäftigt, die Lage im Griff zu behalten.
Rolf beschwichtigte die aufgeregten Reporter mit seiner lauten, kräftigen Stimme: „Wir werden so bald wie möglich eine Pressekonferenz geben, in der wir Sie ausführlich informieren. Bis dahin bitte ich Sie höflich, uns die notwendige Ermittlungsarbeit machen zu lassen."
„Dürfen wir denn berichten, dass eine Leiche gefunden wurde?"
„Bitte seien Sie so freundlich und warten Sie ab, bis unser Pressesprecher sich bei Ihnen meldet, damit wir fundierte Aussagen an die Öffentlichkeit geben."
„Okay", ließ der junge Reporter verlauten und trat den Rückzug an.
Auch die anderen Medienvertreter und Fotografen entfernten sich. Rolfs natürliche Autorität zeigte immer wieder schnell Wirkung.
Rolf Sahner lief mit Entschlossenheit auf die Schaulustigen zu.
„Leute, Leute, Sie behindern die Polizeiarbeit. Bitte haben Sie Verständnis, dass es noch keine näheren Informationen gibt und räumen Sie unverzüglich das Feld." Ein Raunen ging durch die Menge. Aber damit war der Drops gelutscht und die neugierigen Bürger zogen allmählich von dannen.

Der Kommissar lief ein Stück den Fußweg hinunter und stapfte querfeldein durch das Dickicht, um an den Fundort zu gelangen.

Dr. Walter Breming, Klaus Pfeffer und Ulf Schmidt von der Spurensicherung warteten ungeduldig auf ihn.

„Da bist du ja endlich“, riefen sie ihm entgegen.

Walter Breming untersuchte das Opfer.

Rolf blieb wie paralysiert stehen und ließ das Gesamtbild auf sich wirken. Er hatte schon viele Mordopfer gesehen, aber dieser Anblick berührte ihn besonders. Lag es an der jungen Frau? Der Auffindsituation? Er wusste es nicht.

Die Leiche hing in einem ausgehöhlten Baum. Um ihren Hals und an den Händen und Füßen war ein Stahldrahtseil geschlungen. Rolf sah, dass sie mit dem Seil in der Baumhöhle fixiert worden war. Der leblose Körper hing im unteren Teil des Baumes. Er bildete somit optisch eine Einheit, so, als wäre sie schon immer mit dem Baum verwachsen gewesen.

Rolf flüsterte: „Das wirkt wie ein Kunstwerk. Eine Installation.“

Er betrachtete die junge Frau genau. Sie hatte rot gefärbte, lange, glatte Haare, die bis zur Hüfte reichten. Eine große, silberne Creole schmückte ihr rechtes Ohr. Das linke Ohrläppchen war eingerissen und blutig. Bekleidet war sie mit einem petrolfarbenen Spitzen-T-Shirt, das an einigen Stellen zerrissen war. Der kurze Minirock war zerknittert und verschoben. Die farblich auf das T-Shirt abgestimmte Strumpfhose löchrig. Ein in Silber gefasster Mondstein baumelte an einer langen Kette. Schwarze, hochhackige Stiefeletten zierten ihre Füße. Am rechten Zeigefinger trug sie einen auffälligen Silberring. Den Mittelfinger der linken Hand schmückte ein Mondsteinring. Hunderte von Fliegen flogen um das Opfer herum. Es stank bestialisch.

Der Gerichtsmediziner sprach ihn an. Rolf zuckte zusammen. „Solche Seile benutzen Künstler zum Aufhängen ihrer Arbeiten. Schauen Sie, Sahner, zum krönenden Abschluss bespritzte man das Opfer mit Farbe. Dieser Schleier bedeckte ihr Gesicht. Aller Wahrscheinlichkeit nach wurde sie vor dem Aufhängen erstickt.“ Dr. Brehming öffnete die Augenlider der Toten.

„Sehen Sie, diese Punktblutungen im Augenweiß weisen darauf hin, dass ein dauerhafter Druck auf das Gesicht ausgeübt wurde. Aller Wahrscheinlichkeit nach wurde sie mit einem Kissen oder einer Decke erstickt. Fundort ist nicht gleich Tatort, das ist jetzt schon deutlich. Schauen Sie sich mal die Fingernägel an. Darunter klebt Blut, das Opfer muss sich beim Täter festgekrallt haben. Es hat ein Todeskampf stattgefunden. Möglicherweise finden wir Fremd-DNA. Warten wir es ab."

„Das hat was ausgesprochen Künstlerisches", warf jetzt auch Ulf ein.

„Oh Mann, Karla kennt sich in dem Metier bestens aus. Die könnten wir jetzt gut hier gebrauchen", bemerkte Pfeffer.

„Wir schaffen das auch ohne sie", beruhigte Rolf ihn. „Karla soll auf keinen Fall in ihrem Urlaub gestört werden."

„Sicher, Chef", antworteten Ulf und Klaus wie aus einem Munde.

„Herr Schmidt hat wahrscheinlich recht. Der Tod wurde zelebriert", antwortete Walter Breming auf Ulfs Einwurf.

„Was steckt dahinter? Was hat sich der Täter dabei gedacht? Welches Motiv hatte er oder auch sie?", sinnierte Pfeffer.

Rolf bemerkte: „Das Opfer ist auffällig chic gekleidet. Was meint ihr? Als wäre sie mitten aus einer Party herausgerissen worden."

„Dann diese Inszenierung der Leichenschau. Und die Farbspritzer. Was hat das zu bedeuten?", äußerte sich Pfeffer.

„Auf jeden Fall will uns der Täter damit etwas sagen. Zumal die Leiche am Hohenstein ähnlich drapiert wurde. Genaueres weiß ich aber erst nach der Obduktion. Vor allen Dingen dann, wenn wir auch das zweite Opfer auf dem Tisch liegen haben. Ich vermute, dass es sich um einen kräftigen Menschen handelt. Wie hier die Leiche aufgehängt wurde, war es für den Täter auf jeden Fall kein einfaches Unterfangen. Vermutlich waren es sogar zwei. Der Tod ist wahrscheinlich in der Nacht von Sonntag auf Montag eingetreten. Aufgehängt wurde die Frau erst nach ihrem Tod. An den Händen und Füßen sind keine Leichenflecken zu sehen."

„Was meinen Sie Doktor? Haben sich der oder die Täter während des Unwetters in den Wald gewagt?"

„Kann ich noch nicht genau sagen, Herr Sahner. Vielleicht haben sie genau in dieser Zeit das Opfer aufgehängt, weil sie unbeobachtet handeln konnten."

„Wie alt ist sie?", wollte Klaus wissen.

„Ich schätze sie auf Mitte bis Ende zwanzig“, antwortete Walter Breming.

Rolf wandte sich an Ulf Schmidt. „Gibt es schon Spuren?“

„Bisher wenig, aber wir sind dabei! Reifenspuren, Schleifspuren, zerbrochene Äste und so weiter, aber sonst noch nichts von Belang. Keine Papiere, kein Handy, keine Handtasche oder Stoffreste. Wir suchen weiter. Ich verspreche euch, wir nehmen jeden Baum, Strauch und alles, was der Laden hergibt, noch genauer unter die Lupe.“

„Okay, ich fahre jetzt rüber zum Hohenstein. Habt ihr von dort schon etwas gehört, was zum Abgleich wichtig ist?“

Klaus Pfeffer schüttelte den Kopf.

„Lotter hat noch keinen Laut gegeben.“

„Die lahme Ente“, schimpfte Rolf und machte sich auf den Weg.

5. Strandwanderung

– Föhr; Mittwoch –

Karla verspürte Hunger. Sie zog sich warm an und setzte ihren Rucksack auf. Vom Klaf aus stapfte sie durch den Sand in Richtung Deich, lief zum Strand runter und dem Sonnenuntergang entgegen.

Sie dachte an das letzte Jahr. Dirk und sie hatten oft in dem Strandlokal *Sehliebe* Kaffee getrunken und auf der Sonnenterrasse gesessen. Es gab dort vorzügliches Essen und Kuchen. ‚Genau da gehe ich jetzt hin.'

Die Kommissarin beschleunigte ihre Schritte. Der kräftige Wind blies ihr ins Gesicht. Und wieder kam ihr der letzte Urlaub mit Dirk in den Sinn. Es war wunderschön gewesen, doch jetzt freute sie sich auf das Alleinsein.

Nach so vielen Jahren Ehe und anstrengender Arbeit war das Zusammenleben nicht immer einfach gewesen. Auf der einen Seite war es gut, dass ihre Kinder Arne und Luisa selbstständig waren und ihren eigenen Weg gingen. Aber seitdem war auch eine gewisse Leere entstanden, damit musste man in einer Partnerschaft erst mal zurechtkommen.

Karla sog die frische Seeluft ein und genoss es, wie der Wind an ihr riss. ‚Rolf hat recht', dachte sie. ‚Ich mache hier Urlaub. Die Arbeit läuft nicht weg, aber mein Leben.' Sie durfte nicht darüber nachdenken, in was für lebensbedrohliche Situationen sie sich schon gebracht hatte, wie viele Straftaten sie aufgeklärt hatte. Im Stillen sprach sie einen Toast auf ihre Kollegen. ‚Also Jungs, auf euch! Ihr werdet es schon machen.'

Schnellen Schrittes lief Karla durch den Sand. Es war anstrengend, aber sie mochte das Knirschen unter ihren Füßen. Schließlich erreichte sie die *Sehliebe* und stieg die Holztreppe zur Terrasse hoch. Sie blickte in Richtung Meer. Der Himmel war blutrot, die Sonne versank wie ein dicker Feuerball im Meer.

Karla öffnete die Tür. Es war nicht viel los und sie genoss einfach die Ruhe. Im Restaurant spielten sie passend zum Sonnenuntergang entspannende klassische Musik.

‚Jetzt bin ich angekommen.' Zufrieden lehnte sie sich zurück.

6. Telefongespräch

– Föhr, Wyk; Mittwoch –

Heinz stieg aus dem VW-Campingbus. Er hatte auf dem Parkplatz am Fähranleger geparkt und sich ein Schläfchen gegönnt. In dieser Zeit hatte er sein Handy an der Solar-Powerbank aufgeladen. Davon hatte er sich mehrere gekauft, alle waren leistungsstark. Sobald er das Handy einschaltete, piepste es unaufhörlich. Neun Anrufe in Abwesenheit, ebenso viele SMS-Nachrichten.

„Mist, Bernd!", zeterte er. „Verdammt, wie lange habe ich geschlafen? Es ist ja schon Nachmittag. Ich hätte gestern Abend nach der Ankunft nicht noch eine Flasche Rotwein saufen sollen", schimpfte er.

‚Ich muss schon ganz schön betrunken gewesen sein, dass ich nicht mehr an Bernd gedacht habe' Er rief ihn sofort an.

„Du Blödmann, wo steckst du? Schön, dass du dich endlich meldest", hörte er Bernd brüllen. „Kurz vor Dagebüll bin ich in eine Polizeikontrolle gekommen. Ich dachte, dass die Bullen meine Kiste filzen wollten, dabei war es nur eine Routinekontrolle."

„Und, warum regst du dich dann auf?", erwiderte Heinz. „Was hätten sie finden können? Theaterutensilien? Schminke, Perücken? Was ist daran schlimm? Es ist doch alles gut gegangen, oder?"

„Ja, ist es! Aber du kennst die doch! Was die alles fragen. Ich komme in zehn Minuten mit der Fähre in Wyk an. Wo bist du?"

„Verdammt, du inszenierst ein Drama", brüllte Heinz ins Telefon. „Ich stehe auf dem Parkplatz am Fähranleger und sitze in meinem Bus. Den Wagen wirst du vom Schiffsanleger aus sehen. Aber park deinen dicken, schwarzen Audi besser woanders, damit man sie nicht zusammen sieht. Komm dann hier rüber und klopfe dreimal an der Bustür. Einzelheiten besprechen wir später. Schalte jetzt dein Smartphone aus! Gleich aktivieren wir die beiden Prepaid-Handys, damit uns die Bullen nicht orten können. Vorsichtshalber habe ich noch zwei andere Prepaid-Karten besorgt. Man weiß ja nie."

„Alles klar, bis gleich."

Heinz atmete schwer ein und aus. Er versuchte sich nach dem Alkoholexzess und der Aufregung etwas zu entspannen, bis Bernd an der Autotür klopfte.

7. Fund

– Witten, Hohenstein; Mittwoch –

Rolf lief im Stechschritt zum Auto und stieg ein.

„Verflucht, ich muss wieder durch dieses Nadelöhr Bommern fahren."

Er bog von der Rauendahlstraße links auf den Bodenborn ab und freute sich, dass sich der Hauptverkehr verflüchtigt hatte. Er kam zügig voran, legte aber noch einen Zahn zu, weil es bald dunkel wurde.

Hinter der Ruhrbrücke fuhr Rolf rechts auf die Wetterstraße. Von dort aus bog er links ab zum Hohenstein. Mit quietschenden Reifen fuhr er über das Rumpelpflaster den Berg hoch und hielt direkt vor dem Schild *Finnenbahn*. Auch hier hatten sich schon die ersten Pressefritzen eingefunden. Die Polizisten kümmerten sich um die Reporter, indem sie ihre Erklärungen abspulten: „Bitte haben Sie Verständnis! Unsere Ermittlungen haben gerade erst begonnen. Sie bekommen Nachricht, sobald wir mehr wissen."

Rolf kümmerte sich nicht weiter darum, weil er merkte, dass die Kollegen die richtigen Worte fanden, um die Presse und die Schaulustigen abzuwimmeln.

Er startete gleich zum Leichenfund durch, den Lotter, Karin Bock und Elke de Haag begutachteten.

Auch an diesem Fundort waren die realen Bilder wesentlich schlimmer. Zwischen den Fotos und der Wirklichkeit lagen Welten. Nach all den Jahren erschütterte ihn jeder Leichenfund aufs Neue.

An diesem Tag aber war es eine besondere Herausforderung. Er musste zwei Frauenopfer direkt hintereinander in Augenschein nehmen. Sein Magen, der sich schon den ganzen Tag über mit Schmerzen bemerkbar machte, krampfte sich beim Anblick der zweiten Leiche zusammen. Rolf war einiges gewohnt, dennoch wurde der alte Hase in Ermittlungsangelegenheiten blass. Er holte ein Taschentuch heraus und hielt es sich vor den Mund. Der Leichengeruch war penetrant und die Fliegenschwärme trotz des kalten Windes lästig.

„Mein Gott! Wer tut so was?“, entfuhr es ihm.

Die Augen aller richteten sich erst auf ihn und dann auf das Bild des Grauens.

Die Tote hing in einem Baum unterhalb des Haarmannstempels. Aus dem unteren, dicken Baumstamm wuchsen drei schlanke Stämme heraus, in dem das Opfer hineingearbeitet worden war. Auch diese Frau stellte ein Gesamtkunstwerk dar und hing an den gleichen Stahlseilen wie die junge Frau im Muttental.

Ein kleines Schwarzes, das ein Designerstück sein könnte, bedeckte ihren schlanken Körper. Das Kleid war an der rechten Seitennaht und am Saum eingerissen. Sie hatte schulterlanges, blondes Haar und einen Mittelscheitel. Links und rechts wurde es von silbernen Spangen gehalten. Die Frisur war zerzaust. Eine edle Perlenkette zierte den schlanken Hals, passende Stecker die Ohren. An den Ohrlöchern erkannte Rolf Blutreste. An der rechten Hand trug sie einen zierlichen Ehering und an der anderen einen mit eingearbeiteter Perle. Ihre schwarze Strumpfhose hatte an der linken Wade ein Loch. Ansonsten war sie unversehrt. Sie trug nur den linken schwarzen High Heel. Einer fehlte.

Dr. Windeisen, die Gerichtsmedizinerin, untersuchte sie. Ihr erstes Ergebnis deckte sich mit dem von Dr. Breming im Muttental.

„Zur Todesursache kann ich Ihnen erst nach der Obduktion etwas sagen. Ich will mich nicht vorzeitig aus dem Fenster lehnen, aber getötet wurde sie nicht mit einem Stahlseil. Auch ich gehe davon aus, dass vor dem Eintritt des Todes mehrere Ereignisse stattgefunden haben könnten. Vielleicht ist sie betäubt worden. Möglicherweise ist der Tod durch Ersticken eingetreten. Der Kollege Breming hat mir schon per E-Mail Fotos geschickt. Möglich, dass es sich um den oder die gleichen Täter handelt.“

„Dann ist es nicht auszuschließen, dass er wieder zuschlägt?“, bemerkte Rolf.

Ihr sorgenvoller Blick sprach Bände.

Rolf wandte sich an Elke.

„Sag mal, konntest du schon Spuren sichern?“

„Nichts Großartiges, bei den vielen Reifenspuren und Fußabdrücken. Es ist schwierig, Verwertbares zu finden. Das Unwetter hat mit Sicherheit auch einige Spuren verwischt. Bonbonpapier und Zigarettenstummel haben wir sichergestellt. Persönliche Sachen der Toten wie Handtasche, Handy oder Ähnliches sind bisher noch nicht aufgetaucht. Erstaunlich ist, dass ihr Schmuck nicht gestohlen wurde. Die Perlen könnten echt sein. Wir haben es hier mit keiner armen Frau zu tun."

Sie zeigte ihm einen Schleier, mit dem ihr Gesicht bedeckt gewesen war.

„Und sie ist verheiratet, aber ihr Ehemann hat sie bisher noch nicht vermisst."

„Gut beobachtet, Lotter, da bleiben wir dran", bemerkte Rolf.

Rolfs Handy surrte. „Eine SMS von unserer 1-a Staatsanwältin Christa Sitzler. Sie ist im Muttental und kommt gleich rüber. Sie will sich einen Überblick verschaffen. Siegfried kommt mit, damit er für die Pressekonferenz im Bilde ist."

„Vielleicht finde ich bei der Obduktion was Brauchbares an der Leiche", warf Katharina Windeisen ein.

„Wir bleiben hier auf jeden Fall noch weiter am Ball." Dabei schaute Elke Rolf an, der zustimmend nickte.

Die Rechtsmedizinerin führte weiter aus: „Zum Todeszeitpunkt kann ich allerdings sagen, dass beide Frauen fast zum gleichen Zeitpunkt, oder knapp hintereinander getötet wurden. Vermutlich in der Nacht von Sonntag auf Montag. Das heißt vor mehr als neunzig Stunden. Die Leichenstarre hat sich schon lange wieder gelöst."

Das deckte sich mit Dr. Bremings Einschätzung.

„Das könnte also bedeuten, dass sie ebenfalls erst später hier aufgehängt wurde?", wollte Rolf von ihr wissen.

„Das ist sehr wahrscheinlich", erklärte Dr. Windeisen. „Denn sie hat keine Leichenflecken an den Händen und Füßen. Hätte sie länger hier gehangen, wäre sie bestimmt schon früher gefunden worden."

„Das gibt dem Ganzen ja noch mehr Brisanz. Es zeugt von einem oder mehreren höchst abgezockten und kaltschnäuzigen Tätern oder Täterinnen", gab Rolf Sahner zu bedenken.

„Damit könnten Sie recht haben. Meine größte Sorge ist allerdings, dass wir bald die nächste Leiche finden."

„Malen Sie den Teufel nicht an die Wand, Frau Doktor. Das hoffe ich nun nicht! Möglich ist aber alles."

Rolf sah sich noch mal die Leiche genauer an und wandte sich dann an Lotter, der mit hochrotem Kopf Fotos machte.

„Lotter, ich zähl auf Sie!"

„Klar, Chef, ich gebe alles." Lotter wischte sich den Schweiß von der kalten Stirn.

„Kann das Opfer jetzt abgenommen werden?", wollte die Medizinerin wissen.

„Klar, wenn die Staatsanwältin gleich grünes Licht gegeben hat."

„Leichenwagen sind schon unterwegs, um die beiden Frauen nach Essen in die Gerichtsmedizin zu bringen."

Rolf sprach Lotter, Karin und Elke an: „Wir treffen uns morgen früh um acht Uhr im MK-Raum zur großen Besprechung bei uns in Bochum. Wenn was ist, ruft mich über Handy an oder schreibt mir eine E-Mail."

„Alles klar, Chef", riefen alle drei im Chor.

„Tschüss, Herr Sahner, wir sehen uns dann in der Gerichtsmedizin, wenn wir so weit sind!"

8. Ankunft

– Föhr, Wyk; Mittwoch –

Heinz öffnete die Schiebetür vom VW-Bus.

„Da bist du ja endlich", rief er.

„Du nervst!", entgegnete Bernd gereizt.

„Komm rein, es ist schruppig und immer noch windig draußen."

„Dat kannse wohl sagen", ließ Bernd im Ruhrpottjargon verlauten.

Heinz musste grinsen, wie er vor der Tür stand und seine Brille zurechtrückte, und ihn mit seinen hellblauen Augen ansah, die durch die Gläser noch größer wirkten. Er sah aus wie ein kleiner Junge, der um Einlass bat.

‚Du meine Güte', dachte er, ‚Habe ich mir da den Richtigen für unser Vorhaben ausgesucht? Manchmal erinnert er mich an einen unreifen Bengel.'

Bernd kroch in den Bus und rieb sich fröstelnd die Hände. „Diese blöde Insel geht mir schon jetzt auf den Keks. Wat die dämlichen Weiber hier wollen, weiß kein Mensch."

„Zwei Ausstellungen, du Dussel! Hasse die Theaterrequisiten mitgebracht?", wollte Heinz wissen.

„Nee, wie kommse darauf? Kuck mich an", knurrte Bernd.

„Du Blödmann, für Scherze bin ich nicht aufgelegt. Aber gut siehse aus mit deinem Vollbart und Schirmmütze. Damit kannst du auf dem nächsten Schiff anheuern. Ich hätte dich kaum wiedererkannt."

„Dat is Können, mein Lieber! Schließlich arbeite ich im Bochumer Schauspielhaus als Maskenbildner! Hab ich kurz vor dem Anlegen auf'm Klo gemacht."

„Dat stimmt", pflichtete Heinz ihm bei. „Du kanns schon wat! Dass wir die Weiber in Witten gut abgefüllt haben, war ne tolle Nummer, die waren hackendicht."

„Und hier machen wir es noch besser, darauf kannse einen lassen!"

„Auf jeden Fall! Übung und Planung is allet! Gib mir fünf, Kollege. Soll ich mal schnell zur Fischbude rennen und einen Bratfisch für jeden besorgen? Ich habe einen Bärenhunger. Dafür brauche ich allerdings deine Verwandlungskünste, damit uns niemand auf der Insel erkennt", schlug Heinz vor.

„Ja sicher." Bernd klappte einen Koffer auf und zog eine Perücke und einen Hut hervor. Eine dicke schwarze Hornbrille sollte das Bild abrunden. Im neuen Outfit verließ Heinz den Bus.

Nach zehn Minuten kam er zurück und klopfte an die Bustür. „Du meine Güte, hast du den Fisch in München gekauft? Oder warum hat das so lange gedauert?", wurde er von Bernd gleich angeraunzt.

„Jetzt mach mal halblang! Schneller ging es nicht", maulte Heinz. „Komm mal runner. Du reagierst ja wie ein HB-Männchen. So können wir nicht zusammenarbeiten, dann geht alles schief, das garantiere ich dir."

„Ist ja gut! Ich besser mich."

„Dat will ich meinen."

Heinz klappte einen Tisch aus, der mit einem Standbein arretiert wurde. Bernd öffnete gierig die Tüte und begann den Bratfisch mit Kartoffelsalat zu verschlingen.

Heinz griff unter die Sitzbank, öffnete eine Klappe und zog ein Paket heraus. „Rate mal, was hier drin ist?"

„Ein Stockfisch?", fragte Bernd.

„Nee, das sind unsere Insel-Kennzeichen für beide Autos. Ich habe mehrere zum Wechseln organisiert. Diese Kennzeichen sind von Fahrzeugen vom gleichen Fabrikat und Farbe wie dein Audi und mein Camper. Wenn die Farbe der Autos zum Kennzeichen passt, sticht das bei Kontrollen nicht sofort ins Auge. Erst wenn man die Fahrzeugnummern vergleicht, kann man uns auf die Schliche kommen. Natürlich habe ich auch die dazugehörigen Papiere organisiert. Die RAF hat es damals auch so gemacht. Diverse abziehbare, mehrfach verwendbare Aufkleber für unsere Autos, die wir variieren können, findest du auch in meiner Überraschungskiste. Sie sind schnell und bequem anzubringen und ohne Spuren wieder zu entfernen. Eine Anfertigung einer Spezialfirma. Damit kann man wunderbar verwirren."

„Wie geil ist das denn?" Bernd schmatzte vor Vergnügen. „Es war bestimmt schwierig daran zu kommen."

„Nee, war leicht! Ich habe doch früher mal im Knast für die Knackis Bildhauerkurse gegeben. Einige Typen, die jetzt wieder auf freiem Fuß sind, haben mir einen Gefallen getan", erklärte Heinz. „Einige der Jungs arbeiten auf Schrottplätzen. Da kann man schon mal was organisieren."

„Wofür doch edle Taten gut sein können." Bernd schlug Heinz begeistert auf die Schulter und verschlang den letzten Bissen von dem Fisch.

„Und weißt du was?"

„Nee."

Heinz palaverte munter weiter: „Ein guter Freund von mir war hier auf der Insel und hat am Südstrand in einer Ferienwohnung gewohnt. Er hat mir erzählt, dass er auf einem Spaziergang eine alte, unbewohnte Villa mit Swimmingpool entdeckt hat. Er hat mir Fotos und Videos gezeigt. Die Villa ist völlig zugewachsen und nicht von der Straße oder vom Strand einsehbar. Ist das ein Brüller?"

„Das ist ein Ding."

„Nun mach den Mund wieder zu. Schau mal." Heinz zeigte auf einen digitalen Inverter Stromerzeuger.

„Wofür brauchen wir den?"

„Die Villa ist unbewohnt, ohne Wasser und Strom. Mit diesem speziellen Stromerzeuger ist es unter anderem auch möglich, hochempfindliche Geräte wie unsere Laptops zu betreiben. Er ist besonders leise, was wichtig ist. Zum Aufladen der Handys benutzen wir Solar-Powerbanks. Trinkwasser müssen wir natürlich kaufen. Auf das Duschen verzichten wir, das ist zu gefährlich. Wir waschen uns auf den Behindertentoiletten am Hafen. Ich weiß, wo welche sind. Die kann man separat begehen. Wir müssen gut aufpassen, dass uns niemand erkennt. Kapiert?"

„Okay! Hast du auch an Lichtquellen und an eine Heizmöglichkeit gedacht?"

„Na klar, Kerzen, zwei Campingleuchten, die wir mit einer Gaskartusche betreiben. Eine starke, kleine Katalytheizung, die auch gern von Anglern benutzt wird. Eine zusätzliche 5-kg-Gasflasche. Damit kommen wir zwei bis drei Tage aus. Dann sollten wir das Ganze erledigt haben und verschwinden. Wechseln können wir die Flaschen an verschiedenen Stellen auf der Insel. Eine große 11-kg-Gasflasche habe ich hier noch im Bus."

„Hast du auch Schlafsäcke besorgt?"

„Na klar, und Isomatten."

„Gut."

„Bevor es gleich ganz dunkel ist, sollten wir jetzt die Villa suchen." Heinz holte sein Laptop hervor. Er zeigte Bernd auf Google Maps, wo sich die Villa befand.

„Den Audi lassen wir am Hafen, dort steht er erst einmal gut. Wir fahren mit dem Bus. Die beiden Fahrräder benutzen wir zum Pendeln."

„Okay, dann los!"

9. Mittagspause

– Föhr, Utersum; Donnerstag –

Karla hatte herrlich geschlafen. Beim Frühstück wollte sie die Föhrer Nachrichten lesen.

‚Ich frage Frau Gedsen, ob sie eine Zeitung hat.'

Sie öffnete die Tür ihres Apartments und sah den *Inselboten* und frische Brötchen auf der Fußmatte liegen.

‚Stine Gedsen kann hellsehen.' Karla holte die Zeitung rein, die sie ausgiebig studierte.

Darin stand ein Bericht über die Vernissage im Museum und eine Ankündigung der Ausstellungseröffnung mit tollen Fotos. Die Sonne äugte durch die Wolken. Die Kommissarin öffnete die Terrassentür. Ein kalter Wind fegte über die Insel und in ihr Wohnzimmer. Entspannt und glücklich sah sie dem neuen Tag entgegen.

Sie dachte an Inge. ‚Es ist verrückt. Ich habe sie lange nicht mehr gesehen und jetzt, wo ich sie endlich wieder getroffen habe, ist sie schwer erkrankt. Wenn Inge es möchte, werde ich mit ihr einiges unternehmen.' Ihr fiel ein, dass Inge doch nach ihrer Reha bei ihr in der Ferienwohnung eine Zeit lang bleiben könnte. Platz war genug da. ‚Ich werde sie fragen, ob sie Lust und Zeit dazu hat.'

Karla freute sich auf die Vernissage und räumte den Tisch ab. Sie schaute nach draußen. Eine kleine Katze saß vor der Tür. Karla hob sie auf und streichelte sie.

„Du süßes Ding. Nett, dass du mich besuchst."

Sie setzte sie auf den Boden und dachte: ‚Dich nenne ich Margaret! Margaret Rutherford hätte jetzt ihren Spaß.'

Karla, professionelle Mordermittlerin, liebte die Krimikultserie Miss Marple von Agatha Christie. Auch wenn Miss Marple in den Filmen eine Hobbydetektivin darstellte. Sie fand, dass Margaret Rutherford eine hervorragende Besetzung für die Rolle war.

Karla hatte gelesen, dass Agatha Christie selbst dazu eine ganz andere Meinung hatte. Ihre Wunschdarstellerin sollte nach ihren Vorstellungen völlig anders aussehen: eine kultivierte, blasshäutige, hochgewachsene und zerbrechlich wirkende ältere Dame aus der oberen Mittelschicht. Später freundeten sich die beiden Damen sogar an und Agatha Christie akzeptierte und liebte Rutherford in ihrer Rolle.

Sie schreckte auf, als in diesem Augenblick die Titelmusik von Miss Marple aus ihrem Handy ertönte.

„Siehse“, sagte Karla zu Margaret, „sie hätte ihren Spaß“ und nahm den Anruf entgegen.

„Hallo Mama.“

Karla war glücklich, die vertraute Stimme ihrer Tochter Luisa zu hören: „Luisa, mein Schatz, wie geht es dir?“

„Alles schick, Mama und bei dir? Machst du es dir nett?“

„Klar, ich habe herrlich geschlafen und heute Nachmittag besuche ich mit meiner Freundin Inge eine Vernissage und ich freue mich aufs Malen.“

„Das hört sich gut an“, freute sich Luisa. „Ich hoffe nur, dass du nicht irgendeinen Blödsinn machst und deine Kollegen in Bochum in Ruhe lässt. Du sollst dich erholen und an dich denken.“

Karla nahm Margaret wieder auf den Schoß, streichelte sie und antwortete ihrer Tochter: „Ich? Was soll ich schon anstellen? Meine Kollegen kommen schon klar, mach dir um mich mal keine Sorgen. Hast du was von deinem herzallerliebsten Bruder, gehört?“

„Nee, Arne arbeitet, ist viel unterwegs. Was weiß ich. Sein Handy ist entweder dauerhaft auf lautlos gestellt oder abgeschaltet.“

„Ach, lass ihn in Ruhe. Er meldet sich, wenn er Zeit hat.“

„Da kannst du dir einen Wolf warten“, meinte Luisa. „Du kennst ihn doch.“

„Na, dramatisiere es nicht zu sehr. Er lebt wie du sein Leben. Okay, ich will jetzt an den Strand und mich durchpusten lassen. Bis die Tage, Küssken, mein Schatz.“

„Küssken, Mama, bis denne.“

Karla legte ihr Smartphone zur Seite. Sie spürte, wie es wieder in ihren Fingern juckte.

‚Soll ich Rolf anrufen?‘, überlegte sie.

Sie wollte zu gerne wissen, wie weit sie schon mit den Ermittlungen vorangekommen waren.

Das Kätzchen hielt sie immer noch auf dem Arm, stand auf und lief auf die Terrasse.

„Nein, ich lasse es! Die Jungs und Mädels in Bochum schaffen das locker ohne mich. Ich muss jetzt endlich mal abschalten."

Sie setzte Margaret auf den Boden, die sie noch mal kurz ansah, über die Wiese rannte und im Gebüsch verschwand.

Dick eingepackt, den Rucksack auf dem Rücken, trottete Karla los zum Strand. Sie lief in Richtung Goting. Die Rehaklinik Utersum lag auf dem Weg. Der gewaltige Bau trohnte direkt hinterm Deich. Aus der Ferne sah sie eine Gruppe, die am Strand gymnastische Übungen machte. Als sie näherkam, erkannte sie Inge, die konzentriert mitturnte.

„Huuuhuuu!", rief sie.

Inge winkte zurück und die anderen Teilnehmer ebenfalls.

Inge rief: „Geh schon vor und warte in der Cafeteria auf mich. Ich komme gleich nach."

Eigentlich wollte Karla noch weiter am Strand entlanglaufen, aber sie tat Inge gern den Gefallen.

Um den Hintereingang der Klinik zu erreichen, musste sie die Deichkrone erklimmen.

Der Wind fegte ihr ins Gesicht, er hatte gedreht und kam aus einer anderen Richtung. Sie schmeckte das Salz in der Luft und die Sandkörner piekSten auf der Haut. Karla tapste durch den Sand, den der Wind aufwirbelte. Die Mütze zog sie tiefer über die Ohren, der steife Brise machte ihr nichts aus. Das gehörte zum Föhrer Inselflair.

Oben angekommen schaute sie in einen liebevoll angelegten Park mit Mischwald. Karla konnte Menschen beobachten, die sich mit Nordic Walking Stöcken zum Stockentenrennen, wie sie es nannte, aufstellten. Es sah komisch aus und Karla musste schmunzeln. Sie fand die Stöcke lästig, der Marathonlauf war eher ihr Ding.

‚2014 habe ich gar nicht mal schlecht abgeschnitten', jubelte sie. ‚Wenn ich mich noch steigern könnte, wäre ich noch zufriedener mit mir.'

Karla lief auf eine Gymnastikhalle zu, sie spähte durch das Fenster. Eine Gruppe legte sich mächtig ins Zeug. Die Rehabilitanden hüpften mit Gymnastikbällen durch die Halle. Flotte Musik erklang und eine Therapeutin motivierte zum Tempo.

‚Oha! Anstrengend', dachte sie.

Außer Atem kam Inge angerannt.

„Mannomann, euer Sportprogramm ist stramm", sagte Karla.

„Ja sicher", stimmte Inge zu. „Wir sind doch nicht zum Spaß hier."

„Hauptsache, dir tut es gut."

„Klar, alles bestens. Ich bin froh, dass ich hier sein kann. Das Rehaprogramm ist klasse. Anstrengend, aber effektiv." Karlas Freundin strahlte übers ganze Gesicht. Die frische Luft hatte ihr eine sanfte Röte auf die Wangen gezaubert. „Möchtest du hier in der Klinik mit mir essen? Du kannst dich in der Klinikküche als Gast zum Essen anmelden. Anschließend trinken wir gemütlich ein Käffken in der Cafeteria. Danach fahren wir nach Nieblum. Wie findest du das?"

„Das ist eine gute Idee. Dann brauche ich nicht kochen." Froh darüber schlug Karla vor: „Vor der Vernissage bummeln wir durch das beschauliche Örtchen. Ich kann nach dem Essen zu meinem Apartment laufen und den Bus holen."

„Nee, das erledigen wir gemeinsam. Bewegung nach dem Essen tut gut", entgegnete Inge.

„Ja sicher, die brave Patientin. Hoffentlich gibt es was Leckeres", ließ Karla verlauten. „Klinikessen ist eigentlich nicht meins."

„Du wirst überrascht sein. Der Koch hier ist kein Fünfsternekoch, aber meckern muss man nicht."

„Okay, dann bin ich dabei. Wie sieht es mit deinem Rehaplan für heute aus?", wollte Karla wissen.

„Ab jetzt habe ich frei."

10. Besprechung

– Bochum; Donnerstag –

KHK Klaus Pfeffer betrat als erster den Besprechungsraum der Mordkommission in Bochum. Franzi und Ulf folgten unmittelbar. Der erste Gang von Ulf Schmidt führte in Richtung Kaffeemaschine, die er zügig in Gang setzte. Klaus Pfeffer befüllte den Wasserkocher. Er bevorzugte schwarzen Tee.

„Für mich auch einen Tee“, rief Rolf Klaus zu, der mit zwei Akten unterm Arm den Raum betrat. Ulf frotzelte sofort: „Was ist los Rolf? Keinen Kaffee, in dem der Löffel stehen bleibt?“

„Haben wir auch Kamillen- und Fencheltee im Sortiment? Mein Magen meldet sich.“

Ulf schüttelte sich. „Brrr. Damit kann man sich höchstens die Füße waschen, aber doch nicht trinken. Fang nicht an zu schwächeln. Aber wir haben beides da.“

„Gut, dann hätte ich gern eine Mischung von beiden.“

„Das lässt sich machen.“ Ulf schauderte es immer noch, er bereitete aber alles vor.

Lotter kam schwitzend herein. Mit einem Stofftaschentuch wischte er sich über Stirn und Nacken.

„Wo bleiben die anderen?“ Rolf wurde schon ungeduldig.

Karin Bock kam um die Ecke gedüst, gefolgt von Elke de Haag von der Spurensicherung.

„Ach nee, die Damen auch schon da?“ Frank Lotter wollte scherzen.

„Was möchte das Männlein mir sagen?“, giftete Karin ihn an.

Rolf schaltete sich sofort ein: „Jetzt ist aber gut. Wir sind hier nicht im Kindergarten. Wenn ihr euch was zu sagen habt, klärt das draußen.“

„Guten Morgen allerseits“, begrüßte die Staatsanwältin Christa Sitzler die Anwesenden. Mit einem kurzen „Moin“ schloss sich der Pressesprecher Siegfried Westermann an. Er liebte den Norden.

Rolf begann. Die Anwesenden sahen sich auf der Großleinwand die grausamen Fotos von den Fundorten an.

„Fassen wir zusammen, was haben wir bis jetzt? Was sagen wir gleich der Presse? Klaus, bitte informiere uns über den letzten

Stand der Ermittlungen“, forderte Rolf den Leiter der zweiten Mordkommission auf.

Klaus Pfeffer startete mit seinen Ausführungen: „Beide Frauen wurden nach einem identischen Muster umgebracht.“ Er stand auf und zeigte auf die beiden Fotos, die nebeneinander auf die Wand projiziert wurden. „Nach den ersten Erkenntnissen der Rechtsmediziner wurden sie vermutlich erstickt. Fundort nicht gleich Tatort. Vielleicht hat es etwas mit der Kunstszene zu tun. Die Stahlseile, an denen sie aufgehängt wurden, der Schleier über dem Gesicht und die roten Farbspritzer könnten aus dem Künstlerbedarf stammen. Beide Frauen waren festlich gekleidet, als wären sie vorher auf einer Party gewesen.“

„Mir kommen sie bekannt vor. Ich kann im Augenblick allerdings noch nicht sagen, woher ich sie kennen könnte“, warf Karin ein.

„Dann denk nach, bevor du was sagst“, blaffte Lotter sie an, grinste dabei aber.

„Da kannst du Gift drauf nehmen! Denken gehört zu meinem Repertoire, was man von dir nicht immer behaupten kann. Dir ist wohl zu Kopf gestiegen, dass du Uwe Wentzel für die Zeit seines Urlaubs in der Leitung der MK3 vertrittst.“

Rolf schlug mit der Hand auf den Tisch. „Das tut hier überhaupt nichts zur Sache! Was ist mit euch beiden los? Reißt euch zusammen! Ich kann euch aus dem Fall rausnehmen und mit zwei Kollegen aus einer anderen MK ersetzen. Ist das klar? Grabenkämpfe brauchen wir hier nicht!“

Es trat kurzfristig eine betretene Stille ein.

Pfeffer drehte sich zu den anderen Kollegen um. „Hat einer von euch diese beiden Frauen schon mal gesehen?“

Karin legte ihre Stirn in Falten und zermarterte ihr Hirn weiter.

Pfeffer fuhr fort: „Merkwürdig ist, dass die beiden Frauen von niemandem vermisst werden, obwohl die Tat schon einige Tage zurückliegt. Versteht ihr das?“

Die Ermittler schüttelten den Kopf.

Rolf wandte sich an Elke und Ulf von der Spurensicherung. „Habt ihr noch was Wichtiges gefunden, was uns bei den Ermittlungen weiterhelfen könnte?“

„Ja – ich denke schon", ergriff Ulf das Wort. „Im Muttental fanden wir ein Reststück von dem Stahlseil und ein Schweizer Taschenmesser. Verschiedene Stoffreste. Einer stammt vermutlich vom Rock des Opfers. Auf dem Parkplatz lag ein Einmalhandschuh. Unzählige Reifenspuren und Fußabdrücke konnten wir auch sichern. Wir fanden Zigarettenschachteln, Bonbonpapiere, Zigarettenstummel und diverse Kleinigkeiten. Frisch abgebrochene Zweige auf dem Weg zum Fundort fielen auf. Der Täter, oder vielleicht auch zwei oder mehrere Täter oder Täterinnen, hatten schwer zu tragen. Aus diesem Grund ist eine deutliche Schleifspur in der Natur sichtbar."

„Am Hohenstein sah es ähnlich aus", ergänzte Elke de Haag. „Ein Stückchen Stoff vom Schleier und Haare im Gebüsch. Wir fanden eine reißfeste Plastikfolie, in der die Leiche vielleicht transportiert wurde. An ihr klebte rote Farbe. Ob auf ihr auch noch andere Spuren vorhanden sind, wird die Untersuchung zeigen. Eine Tube mit roter Farbe lag in der Nähe des Fundortes im Gebüsch. Sie ist von der Marke Fixus. Mal sehen, was die Auswertung insgesamt bringt. Vor allen Dingen die Faserspuren an der Kleidung und an der Haut der Opfer. Auch die Farbe könnte uns weiterbringen."

„Inwiefern?", wollte Klaus wissen.

„Es wäre interessant zu erfahren, um welche Farbe es sich genau handelt. Vielleicht stammt sie tatsächlich aus dem Künstlerbedarf wie die Stahlseile."

Karin murmelte leise vor sich hin: „Farbe, Stahlseile, Künstler, Veranstaltung, Presse? Verdammt! Ich bin sicher, ich kenne die beiden."

Sie setzte sich an einen der acht Arbeitsplätze und googelte. „Leute, in Herbede gibt es doch die Firma Dröse, den Großanbieter für Künstlerbedarf. Vielleicht stammen die Stahlseile und Farben von dort. Ich fahre da gleich mal hin. Mann, sind wir blöd. Von dort ist doch der Gutschein, den wir Karla geschenkt haben."

Rolf schlug sich mit der Hand vor die Stirn. „„Ja sicher. In dem Gewusel wird man schon mal betriebsblind."

„Ich fahre mit", schaltete sich Klaus Pfeffer ein. „Ich war noch nie dort. Den Laden schauen wir uns genauer an."

„Und warum nicht ich?“, wollte Lotter wissen.

„Lass es gut sein, Frank“, sagte Rolf. „Einer muss auch hier den Laden koordinieren.“

„Stimmt, mach ich“, brummelte Lotter.

Rolf lenkte ein: „Ich hoffe, dass die Obduktionsberichte der Rechtsmedizin Licht in den Tunnel bringen. Wir fahren morgen nach Essen. In diesem brisanten Fall würde ich gern dabei sein. Ihr wisst, dass ich euch ansonsten allein eure Arbeit machen lasse, aber dieser Fall scheint es in sich zu haben.“

Alle Beteiligten stimmten zu und Rolf wechselte das Thema: „Okay, was sagen wir der Presse?“

Siegfried Westermann erhob sich und 1,88 Meter bauten sich vor der Leinwand auf. Alle hingen an seinen Lippen, obwohl er noch nichts gesagt hatte. Er verkörperte natürliche Autorität. Westermann war genau der richtige Mann als Pressesprecher. Er schlug vor, behutsam vorzugehen. Er fasste mit warmer, ausgeglichener Stimme zusammen: „Zwei Frauenleichen, eine im Muttental und eine am Hohenstein. Wir veröffentlichen die Personenbeschreibung der beiden Opfer und die Beschreibung der Fundorte. Die Bevölkerung bitten wir, sich zu melden, wenn jemand diese Frauen kennt oder vermisst.“

„Genauso machen wir es, weitere Berichte folgen“, setzte Rolf nach. „Gib ein Kurzinterview, damit sie es noch heute Abend in allen Medien und morgen in der Zeitung bringen. Auf eines möchte ich noch hinweisen, weil es mich stutzig macht: Es war ja ein beachtliches Unwetter mit Sturm. Die beiden sahen aber gar nicht zerrupft aus. Die Kleidung befand sich in einem relativ ordentlichen Zustand. Die Täter müssen die Opfer erst kurzfristig in den Bäumen drapiert haben und behutsam vorgegangen sein. Anders ist das alles nicht möglich.“

„Stimmt“, bestätigte jetzt auch Staatsanwältin Sitzler. „Oder sie haben die Opfer wieder mehr oder weniger hergerichtet, um sie uns als Kunstwerk zu präsentieren. Aber wir sind erst am Anfang unserer Ermittlungen. Bis wir Klarheit haben, wird es noch dauern. Hoffentlich kommt nicht noch ein langer Rattenschwanz auf uns zu.“

„Malen Sie nicht den Teufel an die Wand! Die Rechtsmediziner haben am Fundort auch schon geunkt“, warf Rolf ein. „Wir müssen Dampf machen. Wenn die Öffentlichkeit erst einmal in Kenntnis gesetzt ist, wird der Druck ansteigen." Rolf suchte wieder seine Brille und stellte die Frage in die Runde: „Was ist eigentlich mit der Mutter und dem Jogger, die die Frauenleichen fanden? Ist denen etwas aufgefallen?"

„Außer, dass sie geschockt und aufgewühlt waren, ist uns nichts bekannt. Wir haben die Adressen und Telefonnummern. Bei Bedarf können wir dort hinfahren oder anrufen."

Zum Schluss teile ihnen Rolf seine Entscheidung mit, beide Mordkommissionen zusammenzulegen. „Möglicherweise werde ich noch einige Beamte aus den anderen Mordkommissionen mit ins Boot zu holen. Ich denke, wir werden noch Unterstützung brauchen. Ich danke euch. Wenn ihr Neuigkeiten und Erkenntnisse habt, wisst ihr, wo ihr mich findet."

Die Kollegen verteilten sich an den Arbeitsplätzen. Christa Sitzler und Siegfried Westermann verließen gemeinsam mit Rolf Sahner den Raum.

„Tschüss, Leute, viel Erfolg", rief Rolf in die Runde. Die Staatsanwältin und der Pressemann winkten kurz.

Klaus Pfeffer und Karin Bock machten sich auf den Weg nach Witten-Herbede, um sich in dem Kunstgroßhandel ein wenig umzuschauen.

11. Vernissage

– Föhr, Nieblum; Donnerstag –

Die beiden Freundinnen schlenderten nach dem Essen von der Kurklinik zu Karlas Apartment zurück. Gemütlich fuhren sie in Karlas Bus nach Nieblum und parkten neben der Feuerwehr.

Das Ostergeschäft lief auf vollen Touren. Viele Touristen tummelten sich in dem kleinen Ort. Die Stimmung war entspannt und ohne Hektik. Die Insel strahlte dies mit dem ihr eigenen Flair aus. Inge und Karla schlenderten von einem Geschäft zum anderen, spähten hier und dort in die Auslagen.

Karla entdeckte eine große Tasse, auf der in blauer Schrift *Friesenpott* stand. Auf der Rückseite dick ihr Name: Karla!

„Guck mal, Inge! Hier ist auch eine mit deinem Namen."

Auf dem Boden der Tasse las sie das Wort Ebbe und am oberen Rand Flut.

„Das wird meine Bürotasse", freute sie sich und ging zur Kasse.

Inge schnappte sich ihre Namenstasse und stelle sich auch in die Schlange.

„Jetzt essen wir eine leckere Friesenwaffel", schlug Karla vor.

„Ja, sicher", Inge schüttelte den Kopf.

„Ich habe schon wieder Hunger. Das Essen in der Klinik war zwar lecker, aber auch nicht zu viel."

„Du meine Güte, Karla. Wo du das alles lässt. Ich muss das morgen mühselig abtrainieren."

„Ach, hör auf. Stell dich nicht so an, was ist schon ein kleines Wäffelchen? Die atmen wir doch ein. Du kannst es dir allemal leisten mit deiner Figur."

Beide hakten sich ein und schlenderten zur *Föhrer Teestube.*

Im antiken Ambiente setzten sie sich an einen Tisch am Fenster. Der Raum war schon österlich geschmückt und strahlte eine heimelige Atmosphäre aus. Tulpen und Narzissen auf den rustikalen Holztischen zauberten Frühlingsgefühle.

„Nehmen wir beide die Friesenwaffel mit einem Cappuccino?"

Inge bestätigte Karlas Frage mit einem kurzen Nicken. „Ja, sicher. Was sonst?"

Schon stand die Bedienung am Tisch und nahm die Wünsche der Frauen auf.

Inge und Karla plauderten über alte Zeiten.

„Mensch, Karla, weißt du noch? Wir beide auf dem Abiball. Schillergymnasium in Witten."

„Mein Gott, sahen wir gut aus. Du im roten und ich im nachtblauen Abendkleid. Als wir auf der Bühne unser Zeugnis abholen mussten, bin ich vor lauter Aufregung mit meinen Stöckelschuhen fast auf die Nase geflogen."

„Oh ja, ich hatte auch meine Probleme auf den hochhackigen Pumps. Und beide hatten wir tolle Typen dabei."

„Genau, du deinen Horst und ich den ach so schönen Manni."

„Und die Eltern von den beiden."

„Die Mutter von Horst mit der extravaganten Hochsteckfrisur glich dem Turmbau zu Babel."

„Und Mannis Vater hat vermutlich seinen Hochzeitsanzug wieder ausgegraben. Er sah aus wie reingeschossen."

„Unsere Eltern sahen allerdings klasse aus. Und sie waren so stolz! Und dann noch die unvergessliche, rauschende Ballnacht, die bis zum späten Nachmittag des nächsten Tages dauerte. Wir haben es aber auch richtig krachen lassen! Die Erinnerung nimmt uns keiner mehr."

Karla ergriff Inges Hand. „Nun sitzen wir beiden alten Schachteln hier und genießen das Leben."

„Quatsch! Alte Schachteln. Das Leben geht jetzt erst mal richtig los. Mit fünfzig hat man Zeitwende." Das war das Stichwort. Inge schaute auf die Uhr. „Die Vernissage beginnt gleich. Zahlen wir?"

Karla gab der Bedienung ein Zeichen und auf ging es zum *Dörpshus*.

Karla und Inge betraten das Erdgeschoss. Dort hing das erste großformatige Bild. Ein Schildchen wies darauf hin, dass es ein Werk von Lena Beck war. Daneben wurde eine Arbeit von Violetta Fey präsentiert. Ein feiner Scherenschnitt auf dunklem Grund. Karla und Inge schauten nach oben. Sie sahen, dass ein Stockwerk höher schon viele Gäste versammelt waren. Dort fand die Vernissage statt. Noch beeindruckt von den ersten

Kunstwerken stiegen sie langsam die steile Treppe empor. Eine nette junge Dame empfing sie und reichte ihnen ein Glas Sekt. Die Gäste wandelten von einem Bild zum anderen. Die beiden Künstlerinnen Violetta Fey und Lena Beck standen mit einigen Besuchern zusammen und unterhielten sich angeregt. Karla und Inge schauten sich in Ruhe die Kunstwerke an und ließen sie auf sich wirken.

„Guten Tag", wurden sie von den beiden begrüßt.

Inge und Karla stellten sich vor und erzählten, dass sie aus Bochum und Witten waren. Violetta und Lena hatten sichtlich Spaß und plauderten mit Karla und Inge über die Kunst.

Unterbrochen wurden sie von der Museumsleiterin Svenje Laarsen, die um Aufmerksamkeit bat. Sie begrüßte die Besucher, führte in das Werk der Künstlerinnen ein, wies auf die sehenswerte Gemeinschaftsausstellung im Museum hin und lud zur Veranstaltung am Ostersonntag zum Plaudern und zum Sektempfang ein.

Inge und Karla staunten über die Leckereien, die zwei Damen hereintrugen.

„Oh, jetzt noch Häppchen auf die Friesenwaffel! Das grenzt doch an Völlerei", stöhnte Inge.

„Ist aber lecker", lachte Karla. Schwupps! Schon hatte sie ein Brot mit Lachs und Salat in der Hand. Betont langsam und genüsslich biss sie hinein.

„Mein Gott! Was kannst du alles verdrücken?"

„Das war doch nur ein Happeschen." Danach legte Karla schnell noch ein zweites nach. Und schon hatte sich Inge auch ein Stückchen von dem herrlichen Fingerfood genehmigt.

Violetta gesellte sich zu ihnen.

„Es ist so schön, dass Sie auch aus dem Ruhrgebiet kommen."

„Jetzt mal nicht so förmlich! Ich heiße Karla und das ist Inge."

„Okay, duzen wir uns! Violetta und Lena", schlug Violetta vor.

„Die Namen von euch beiden haben wir uns schon gemerkt. Ihr seid ja schon Berühmtheiten."

Violetta lachte und Lena kam hinzu, weil sie ihren Namen gehört hatte und mehr über Karla und Inge wissen wollte. Dann lenkten sie ihre Aufmerksamkeit wieder auf die Kunst.

„Eine tolle Ausstellung habt ihr hier. Am Sonntag kommen wir auf jeden Fall ins Museum, um eure anderen Arbeiten zu sehen."
Karla hatte schon vom Sekt und vor Aufregung einen roten Kopf. Sie erzählte, dass sie auch öfter mal zu Pinsel und Farbe greife und sich immer wieder freue, wenn sie etwas Neues lerne.
Lena wollte wissen, ob Karla Malutensilien dabeihatte.
„Klar, ich habe mein gesamtes Atelier dabei."
„Wie findet ihr die Idee, wenn wir morgen mal zusammen malen? Wir bringen einiges mit und dann legen wir los. Wenn ihr Fragen habt, können wir euch gern einiges zu Techniken und Farbgestaltung sagen."
Karla war völlig aus dem Häuschen und Inge schaltete sich ein. „Ich komme mit, wenn es euch recht ist. Morgen ist Karfreitag. Nachmittags haben wir therapiefrei."
„Ja, habt ihr denn überhaupt Zeit? Müsst ihr nicht hier und im Museum anwesend sein?", wollte Karla wissen.
„Klar, wir sind an beiden Orten die meiste Zeit vertreten. Aber einen Nachmittag malen, das geht immer."
„Okay, drei Uhr morgen Nachmittag in meiner Ferienwohnung?", schlug Karla vor.
„Prima, das passt."
Karla gab ihnen ihre Adresse und steckte sich im Gegenzug die ausliegenden Visitenkarten der beiden ein.
„Wir sind pünktlich da", versprachen die Künstlerinnen. „Jetzt müssen wir uns noch den anderen Gästen widmen. Schaut euch um und lasst es euch schmecken."
Lena und Violetta hakten sich unter und stürzten sich in das Getümmel.
Der Raum füllte sich immer mehr und Karla und Inge sahen, dass rote Punkte geklebt wurden. Karla flüsterte Inge zu: „Die beiden gefallen mir. Sympathische junge Frauen mit großem künstlerischem Talent."
Inge und Karla tranken noch einen Schluck Sekt und stolzierten von Bild zu Bild. Sie diskutierten über Techniken, Farbgebung, Pinselführung, verzehrten zwischendurch immer mal wieder ein Schnittchen und merkten nicht, wie die Zeit verging.
Karla wandte sich an Inge: „Ich glaube, wir fahren mal langsam zurück. Was meinst du?"

„Ist mir recht! Morgen früh habe ich um sieben Uhr Blutabnahme und einen Termin bei der Chefärztin. Sekt sollte ich jetzt auf keinen Fall mehr trinken."

„Och, das merkt doch keiner", grinste Karla.

Inge stellte ihr Glas auf das Tablett und beide winkten den Künstlerinnen zu.

Lena rief: „Es bleibt dabei, morgen um drei Uhr bei Karla in Utersum."

Freudig verließen Karla und Inge die Lokalität. Auf dem Weg zum Auto sahen sie zwei fein gekleidete Herren. Der eine trug einen schwarzen Anzug und hatte eine schwarze Kappe auf dem Kopf. Der andere stolzierte neben ihm im silbergrauen Nadelstreifenanzug. Er hatte dichte graue Haare, trug eine auffällige schwarze Hornbrille und hielt einen silbernen Stock mit Knauf in der Hand.

Inge drehte sich noch mal um: „Sag mal, was waren das für Typen? Gibt es heute Abend eine Theatervorführung, oder aus welchem Film sind die entsprungen?"

Karla schüttelte den Kopf.

„Leute gibt es, da kannse nur stauen! Sach bloß, die wollen zur Ausstellung. Da werden sich die beiden Künstlerinnen aber freuen."

Lachend überquerten sie die Hauptstraße von Nieblum und liefen zum Parkplatz an der Feuerwache.

Neben Karlas Bus stand ein Polizeiauto, in dem zwei Beamte saßen.

„Hallo Karla."

Sie zuckte zusammen und schaute in Piets strahlendes Gesicht.

„Moin. Was machst du denn hier? Ermittelst du schon wieder?"

„Nee, keine Sorge. Ich war mit Inge bei der Vernissage im *Dörpshus*", konterte Karla

„Das klingt gut. Die Frau Kommissarin außer Dienst. Meinst du, dass das so bleibt?"

„Wenn du hier auf der Insel alles im Griff hast. Sicher."

„Det fu wi[10]!", sagte er in Fering. „Aber sollte ich Hilfe brauchen, hole ich dich."

---

10 „Das bekommen wir hin!"

Während Piet mit Karla sprach, schaute er Inge immer wieder verstohlen an. Karla nahm die Aufregung des Kommissars wahr und konnte sich ein Schmunzeln nicht verkneifen..

„Darf ich vorstellen, das ist meine Freundin Inge Bergheim aus Witten."

„Angenehm, Piet Dirksen. Meine Kollegin Adriane Holthusen."

„Hallo." Karla und Inge beugten sich leicht hinunter und begrüßten Piets Kollegin.

„Karla Lang. Ich bin auch eine Kollegin, Mordkommission Bochum."

„Das ist ja spannend. Wir sehen uns sicherlich noch mal auf der Insel bei einem Kaffee?"

„Da gehe ich von aus", antwortete Karla.

Auch Adriane Holthusen hatte die Reaktion von Piet mitbekommen und schaute ihren Kollegen belustigt an.

„Sag mal, habt ihr etwa getrunken? Ihr grinst mich so an. Soll ich einen Alkoholtest machen und euch pusten lassen?"

„Wo denkst du hin, nur ein büschen Sekt. Wir sehen uns." Karla setzte eine Unschuldsmiene auf.

„Das will ich hoffen." Piet warf noch einen schnellen Blick auf Inge.

Karla und Inge winkten den beiden Inselpolizisten zu und liefen zum Bus.

„Sag mal, Inge? Hast du gemerkt, wie Piet dich immer wieder angesehen hat?"

„Hat er das?" Inge verzog verschmitzt die Lippen und errötete leicht.

„Na, Inge, hat es etwa gefunkt?"

12. Flyer

– Witten-Herbede; Donnerstag –

Klaus und Karin verließen die A 43 an der Abfahrt Witten-Herbede. Die Fahrt vom Präsidium lief geschmeidig. Kurz vor Mittag gab es weniger Verkehr. Zu den Feierabendzeiten oder am Morgen sah das anders aus. Das Navi führte sie flott zur Firma Dröse. Zielsicher fuhr Klaus auf den Parkplatz und stellte den Wagen direkt neben dem Hauptportal ab.

Die Automatiktüren öffneten sich. Die Mitarbeiter an der Info begrüßten sie freundlich, die Kommissare grüßten zurück. Als Kripobeamte stellten sie sich jedoch nicht vor.

„Kann ich Ihnen helfen?"

Karin zeigte auf ihrem Handy ein Foto von der Farbtube und dem Stahlseil.

„Die Acrylfarbe und die Stahlseile finden Sie, wenn Sie in dieser Richtung weitergehen." Karin und Klaus bedankten sich.

„Du meine Güte, was ist das für ein toller Laden. Ich sehe Karla vor mir, wie ihr Herz aufgeht, wenn sie hier ihre Malutensilien besorgt."

Klaus Pfeffer schaute sich staunend um. „Und wie viel Kohle sie hierlässt. Dirk wird begeistert sein."

Karin lief von Regal zu Regal und entdeckte die Künstlerfarbe mit dem Namen Fixus.

„Ja, schau mal", freute sie sich. „Unser Näschen ist auf der richtigen Fährte. Vielleicht finden wir hier einen Zusammenhang zur Tat."

„Kollegin, das ist erst der Anfang. Ich denke, dass wir hier noch mehr erfahren können. Lass uns mal ein wenig durch den Laden bummeln."

Ziemlich überraschend sprach Klaus Karin an: „Jetzt erzähl ma. Was ist mit dir und Lotter los? Bist du enttäuscht, dass Rolf ihn als Urlaubsvertretung für Uwe eingesetzt hat?"

„Ach, weißt du, ich mühe mich seit Jahren ab. Ich denke, dass ich gute Arbeit mache. Jedes Mal wird mir Lotter vor die Nase gesetzt. Nur weil ich eine Frau bin, oder was?"

„Quatsch! Rolf weiß doch, was du leisten kannst. Im Grunde genommen ist das doch nur eine Formsache. In der Besoldungsgruppe unterscheidet ihr euch nicht und seid ansonsten völlig gleichgestellt. Es ist doch alles gut. Würden wir beide sonst jetzt gemeinsam unterwegs sein? Eigentlich müsste es doch Lotter sein, mit dem ich jetzt als Leiter der MK gemeinsam ermittele. Oder? Aber Rolf hat die Aufgaben anders eingeteilt. Das hat doch seinen Grund. Lass mal stecken, Rolf macht das schon gut und er weiß genau, auf wen er sich besonders verlassen kann."

„Da hast du recht. Also lass uns unsere Arbeit erledigen."

„Richtig, Karin, denn dafür werden wir bezahlt." Klaus nahm seine Kollegin freundschaftlich in den Arm. „Und hör auf mit dem Rumgezicke! Damit machst du dir keine Freunde."

„Stimmt, ich werde mich besser im Zaum halten. Nur wenn ich Lotter sehe, könnte ich oft platzen. Sobald er dann auch noch eine seiner dummen Bemerkungen macht, ist es mit meiner Fassung meistens vorbei."

„Karin, lass es sein! Lotter hat auch seine Qualitäten."

„Ich sehe sie zwar nicht, aber ist ja schon gut."

Die beiden Hauptkommissare liefen an den Kassen vorbei, direkt auf eine Pinnwand zu, die mit vielen Informationen gespickt war: Einladungen zu Ausstellungseröffnungen, Ateliervermietungen, Sommerakademien, Großveranstaltungen und vieles mehr. Ein Drehständer mit Einladungskarten stand daneben.

„Da sollten wir mal genauer hinsehen", meinte Klaus.

Karin machte mit ihrem Handy Fotos und Klaus sammelte von allen Veranstaltungen die Einladungskarten zusammen.

Die Mitarbeiterin an der Information staunte und meinte: „Junge, Junge, da haben Sie ja viel vor."

Klaus konterte: „Meine Frau und ich können von der Kunst nicht genug bekommen. Dafür reisen wir gern auch durch ganz Deutschland und ins Ausland."

Sie verließen grinsend den Laden, schleppten Broschüren, Einladungskarten, Zeitungen und einen dicken Katalog zum Auto.

„So, so! Dann bin ich mit dir verheiratet – wusste ich noch gar nicht."

„Na klar, schon immer." Klaus hielt Karin die Beifahrertür auf. Die Karten, den schweren Katalog und alle Infobroschüren hatte Karin in einer großen Plastiktüte, die Klaus immer im Auto liegen hatte, verstaut. „Im Präsidium schauen wir uns das genauer an."

Auf der Rückfahrt nach Bochum schickte Karin die Fotos, die sie von der Pinnwand aufgenommen hatte, per Mail direkt an Wolly und Tina, die Aktenmenschen.

„Die beiden können schon mal eine Sichtung vornehmen. Die Karten schauen wir uns später an."

Karin hatte es gerade ausgesprochen, da musste Klaus kurz bremsen und es rutschten ihr einige Karten aus der übervollen Plastiktüte, die sie auf dem Schoß liegen hatte. Sie kreischte kurz auf. Klaus zuckte zusammen.

„Karin, manno!"

„Sorry, ich habe was gefunden."

„Was?"

Sie las vor:

EINLADUNG ZUR
PREISVERLEIHUNG IM
MÄRKISCHEN MUSEUM WITTEN

KUNSTPREIS AUS DER JÜRGEN-GRUME-STIFTUNG

Sonntag, 29. März um 19:30 Uhr
Märkisches Museum Witten, Husemannstraße 12, Witten
Musik: Musiker der Musikschule Witten
Begrüßung und Einführung Jürgen Grume

„Karin, das ist der Brüller. Das deckt sich mit der Tatzeit."

„Genau, ich wusste es. Ich schicke schnell ein Foto von der Einladungskarte hinterher. Ich hatte von der Veranstaltung zwischendurch etwas in der Zeitung gelesen. Da ich Bereitschaft hatte, aber auch schnell wieder vergessen. Aber mein Unterbewusstsein hatte es abgespeichert."

„Ich liebe dein Unterbewusstsein“, scherzte Klaus.

„Oh, sind wir schon da? Das habe ich vor lauter Aufregung nicht gemerkt.“

Klaus parkte den Wagen vor dem Präsidium.

„Ich fühle es, das ist unsere Spur.“

„Klaus, ich hoffe es.“

13. Video

– Bochum; Donnerstag –

Alle Kollegen der Mordkommssion Bochum zuckten von dem Lärm zusammen, als Karin und Klaus hereinstürmten. Beide schnappten sich einen Stuhl und setzten sich.

„Erst einmal durchatmen“, japste Klaus. Auf den Aufzug, der gern einmal muckte, hatten sie nicht warten wollen. Sie waren die Treppen hochgehastet.

Wolly und Franzi liefen schon zur Hochform auf und recherchierten im Netz.

„Kommt her“, riefen beide aufgeregt. „Wir haben ein Video und eine Menge Fotos vom Museumsfest gefunden.“

„Was? Super, lasst sehen.“

Klaus und Karin setzten sich zu ihnen und schauten gebannt auf den Bildschirm. Zunächst nahmen sie die Fotos unter die Lupe und danach das Video.

„Schaut, da ist das eine Opfer und dort das andere.“

„Wolly, zeig das Video nochmal von vorne. Da! Halt an“, stoppte Klaus das Geschehen.

Alle waren völlig aus dem Häuschen. Immer wieder sahen sie den Film an. Es wurde mucksmäuschenstill. Die Anspannung stieg im Raum, konzentriert starrte jeder auf den Computer.

Wolly schloss den Beamer an, sodass alle sehen konnten. Die gesamte Kunstszene mit allen, die Rang und Namen hatten, war vertreten.

Der Stifter Jürgen Grume stellte die Preisträger vor: „Der dritte Preis geht an Carmen Zille“, verkündete er feierlich, die dann die Bühne betrat.

„Carmen Zille heißt also unser Opfer aus dem Muttental“, wiederholte Karin mit Nachdruck.

Franzi gab sofort die Daten ein und rief dazwischen: „Carmen Zille, geboren am 4.3.1987, wohnt in der Mozartstraße Witten, hat dort auch ihr Atelier.“

„Die Wohnung schauen wir uns an“, antwortete Ulf. „Unser zweites Opfer scheint jedoch keine Preisträgerin zu sein. Sie sitzt zwar in der ersten Reihe, aber vorgestellt wird sie nicht. Mist. Zoom sie mal näher ran. Wer ist sie?“

Klaus dachte laut nach: „Mhm, die sagt mir gar nichts.“ Er zeigte wieder auf das Video. „Lass uns mal sehen, wer die anderen Preisträger sind.“

Wolly spulte zurück und alle spitzten die Ohren. Jürgen Grume verkündete, dass eine Violetta Fey den ersten und Lena Beck den zweiten Preis gewonnen hatten.

Lotter stand schwitzend hinter Karin. Der Schweiß tropfte ihr auf den Kopf. Sie schaute ihn strafend an, sagte aber nichts. Der trat sofort einen Schritt zurück. Auch er verkniff sich einen Kommentar und tupfte sich die Stirn trocken.

In diesem Augenblick betrat Rolf Sahner den Besprechungsraum. „Leute, was ist passiert? Habt ihr was gefunden?“

„Ja“, antwortete Klaus Pfeffer aufgeregt. „Wir sind bei der Firma Dröse in Herbede auf eine Spur gestoßen. Karin hatte den richtigen Riecher.“

Schnell fasste Karin die Fakten zusammen und erklärte die Zusammenhänge. Wolly ließ das Video noch einmal laufen. Rolf wandte sich an Karin und Klaus. Er schlug vor, Jürgen Grume einen Besuch abzustatten und die Wohnung von Carmen Zille in Augenschein zu nehmen.

„Lasst euch die Einladungslisten aushändigen. Dann werden wir die gesamte Kunstszene verhören. Dazu holen wir uns die Wittener Kollegen mit ins Boot.“

„Klar, machen wir. Anschließend fahren wir noch zum Museum, sprechen mit der Museumsleitung und den Mitarbeitern.“

„Gute Idee, Karin.“ Rolf schlug ihr anerkennend auf die Schulter. Lotter machte ein Gesicht, als hätte er in eine Zitrone gebissen. Da Rolf das mitbekam, wandte er sich an Lotter: „Du fährst mit Elke und Ulf zur Wohnung in der Mozartstraße und noch mal zu den Fundorten. Schaut euch die Umgebung genau an. Nicht, dass wir etwas übersehen haben. Wir ziehen die beiden Fälle ab sofort zusammen.“

Sogleich war Lotter wieder versöhnt. „Das wollte ich auch vorschlagen, Chef. Es war ja schon dämmerig und man weiß ja nie.“

„Genau! Haben wir schon Ergebnisse von der Kriminaltechnik?“

„Nee, noch nichts Weltbewegendes. Wir warten noch. Ein paar Resultate liegen drüben auf dem Schreibtisch“, warf Elke schnell ein.

Lotter drehte sich um. Er wollte die Ergebnisse der KTU noch zügig durchsehen. Dabei rannte er den Pressesprecher Siegfried Westermann fast um, der gerade den Raum betrat.

„Mensch, Lotter! Pass doch auf!“

„T'schuldigung Siegfried“, murmelte er. Lotter, Ulf und Elke schwirrten ab.

Rolf zog Siegfried, Karin und Klaus zur Seite. „Habt mit Lotter ein wenig Nachsehen. Er hat ein dickes Problem. Ich darf euch noch nichts sagen. Auf jeden Fall braucht er zurzeit viel Verständnis und Hilfe.“

„Aber wenn wir wüssten, was los ist, könnten wir doch besser damit umgehen“, bemerkte Karin.

„Vertraut mir einfach.“

Rolf machte ein ernstes Gesicht. Die anderen nickten stumm. Keiner traute sich noch einmal nachzufragen. Klaus zog Karin am Ärmel. „Komm, Karin. Los geht's!“

„Rolf?“

„Ja, Siegfried.“

„Können wir noch schnell besprechen, was wir an die Presse geben?“

„Klar, komm mit in mein Büro. Da haben wir Ruhe.“

„Chef“, rief Wolly.

„Ja, was ist noch?“

„Ein Manfred Lau meldet sich gerade aus Lagos in Portugal. Er ist dort mit seinem Sohn und kann seit Tagen seine Frau nicht erreichen. Er hat in den sozialen Netzwerken die Nachrichten über die beiden Mordfälle gelesen und macht sich Sorgen um sie.“

„Stell durch in mein Büro“, ordnete Rolf aufgeregt an. „Ich informiere euch gleich.“

Siegfried Westermann rannte hinter ihm her.

14. Verabredung

– Föhr, Utersum; Freitag –

Nachdem Karla am Vormittag mit ihrem Rad die Insel einmal umrundet hatte, fühlte sie sich topfit. In der *Ual-Skinne* in Utersum hatte sie auf dem Rückweg angehalten und vorzüglich gespeist. Nach kurzer Siesta bereitete sie alles vor, was für das Malen mit den Profikünstlerinnen notwendig war.

Sie legte den Boden mit einer Folie aus, stellte beide Staffeleien auf, sortierte die Farben, holte Skizzenblätter, Leinwände, Pinsel und Malkreiden. Karla hatte jetzt schon Spaß und rieb sich die Hände. In diesem Augenblick klopfte es an der Terrassentür. Inge stand davor und hielt ihr ein Tablett entgegen.

„Hallo, Inge."

„Selbst gebackener Kuchen aus der Cafeteria der Klinik."

„Prima, der Kaffee läuft schon durch."

Karla nahm ihr das Tablett ab. Sie stellte es in die kleine Kochnische.

„Du hast ja bereits alles vorbereitet."

„Ja sicher, wenn die Prominenz kommt."

„Gut, dass du mich nicht meinst." Inge grinste verschmitzt und zog sich eine alte Bluse über, die Karla ihr reichte.

„Quatsch, du Trine!" Karla schlüpfte in den vertrauten weißen Overall, den die Spurensicherung bei der Arbeit trug.

„Wir könnten uns schon mal warm malen."

Karla holte eine CD aus der Hülle und legte Bob Marley auf.

„Liebst du ihn auch immer noch?"

„Klar, weißt du noch, wir beide in Südfrankreich? In dem Urlaub war der Reggae-König unser ständiger Begleiter."

„Oh Gott! Vor allen Dingen die Strandfete in Antibes – wir beide waren hackendicht."

„Aber schön war es." Die beiden bewegten sich im Rhythmus der Musik. Karla öffnete die Farbdosen.

Sie drückten die Farben auf einen Pappteller, schnappten sich einen Pinsel und legten los. Die beiden malten, was das Zeug hielt und merkten gar nicht, wie die Zeit verging.

Karla schaute auf die Uhr. „Es ist schon halb fünf. Wo bleiben die beiden? Merkwürdig."

Karla versuchte, Violetta und Lena auf dem Handy zu erreichen. Es antwortete nur die Mailbox.

„Komisch, verstehst du das? Mein erster Eindruck war, dass sie sehr zuverlässig sind. Sollte ich mich getäuscht haben?

„Mmh", meinte Inge. „Vielleicht haben sie nette Männerbekanntschaften gemacht. Oder es ist was Wichtiges dazwischengekommen. Dagegen haben wir keine Chance."

„Egal, dann malen wir allein weiter." Es ging in die nächste Runde.

Erschöpft fielen sie um halb acht auf die Couch.

„Wow! Das war schön. Ein erfolgreicher Tag."

Zufrieden betrachteten sie ihre Arbeiten.

Karla holte einen Wein aus der Küche und goss ein.

„Auf uns, Inge."

„Prost!"

Sie hörte ein leises Miauen. Margaret bat um Einlass.

15. Erwachen

– Föhr, Südstrand; Freitag –

Es war eiskalt und laut. Violetta zitterte am ganzen Körper. Vor ihr stand ein Laptop. Der war so aufgebaut, dass sie unwillkürlich auf ihn starren musste. Wer immer es war, hatte das Video, das dort abgespielt wurde, auf Wiederholung gestellt. Es lief die Aufzeichnung der Preisverleihung im Museum. Die Künstlerin lag auf einer streng nach Urin stinkenden Matratze. Man hatte sie in einen Schlafsack gesteckt, geknebelt und an Händen und Füßen gefesselt. Das trockene Tuch im Mund ließ sie andauernd würgen.

Ihre Knochen schmerzten. Es gab keine Stelle an ihrem Körper, die sich nicht meldete. Ratten oder Mäuse liefen durch den Raum. Sie konnte nichts genau erkennen. Ekel und Übelkeit vereinten sich. Sie hatte Durst.

‚Wo bin ich?', dachte sie.

Sie schaute nach links und rechts. Hinten in der anderen Ecke des Raumes, der wie ein altes, verlassenes Schwimmbad aussah, bewegte sich etwas.

„Mmmhm, mmmhm!", brachte sie nur leise hervor. Sie vernahm ein klägliches Jammern. Da das Video sehr laut abgespielt wurde, konnte sie die Geräusche nicht genau identifizieren. Sie hatte das Gefühl, ein Bienennest im Kopf zu haben.

„Hmmhm?"

„Mmmhm?", kam es kaum hörbar zurück.

Sie dachte angestrengt nach. Violetta hatte den totalen Filmriss. Das Letzte, an das sie sich erinnern konnte, war, dass sie mit zwei Herren Sekt im *Dörpshus* tranken. Der eine, ein gut gekleideter, gepflegter Mann mit französischem Akzent, stellte sich als Monsieur Fabien, Kunstsammler aus Cannes vor. Der andere trug eine schwarze Kappe. Er war der Chauffeur des Franzosen. Monsieur Fabien sicherte Lena und ihr den Kauf von mehreren Bildern zu. Sie hatte nach seiner Anweisung rote Punkte an ihre und an Lenas Arbeiten geklebt, die die Kaufzusicherung signalisierten.

Sie holte eine neue Flasche Sekt, weil die erste nicht reichte. Nachdem sie eingeschenkt hatte, betrachtete Monsieur Fabien die Bilder. Der andere Mann, der sich als Pascal vorstellte, lief im Raum auf und ab.

‚Wo war Lena in der Zwischenzeit? Ach ja! Sie war zur Toilette gegangen.'

Die Veranstaltung war eigentlich schon zu Ende, die beiden Herren die letzten Gäste.

Zwei Flaschen Sekt hatten sie auf die Schnelle zusammen geleert und die Stimmung war entspannt und lustig gewesen. Dann kam der Filmriss.

Violetta schaute sich das Video von der Preisverleihung an, das in einer Endlosschleife immer wieder abgespielt wurde.

‚Was soll das nur? Was sind das für Typen? Was wollen sie von uns?' Sie hatte keine Idee dazu. ‚Was haben die mit der Preisverleihung zu tun? Waren sie in Witten bei der Veranstaltung im Museum?'

Sie konnte sich nicht an die beiden erinnern. Könnte es irgendeine Verbindung geben?

Jemand betrat den Raum. Eine Tür knarrte und quietschte. Dann kam eine Gestalt auf sie zu. Dunkel konnte sie erkennen, dass diese eine Treppe hinunterstieg.

„Genug mit Kino, jetzt wird geschlafen", hörte sie eine Männerstimme sagen.

‚Das ist die Stimme von Herrn Fabien', dachte Violetta sofort.

Im gleichen Moment riss er ihr grob den Knebel aus dem Mund, ihr Kiefer schmerzte. Das Gesicht des Unbekannten wurde von einem dichten Bart verborgen, seine Haare durch eine dicke Mütze verdeckt.

Es war zu dunkel, um mehr zu erkennen. Sie wollte etwas sagen, aber der Mann mit dem Rauschebart verbot es ihr sofort. Er presste seine stinkende Hand auf ihren Mund. Danach hielt er ihr einen Becher hin, in dem ein Strohhalm steckte.

„Trink", befahl er mürrisch. Seine Stimme klang jetzt anders. Ob er ihre Gedanken lesen konnte?

Violetta sog an dem Strohhalm, als wohnte sie in der Wüste. Sie hatte Durst auf frisches Wasser, stattdessen gab er ihr einen billigen Fusel mit einem bitteren Beigeschmack zu trinken. Sie schüttelte sich vor Ekel.

‚Dieser komische Geschmack erinnert mich an was', schoss es ihr durch den Kopf.

Schon steckte er das trockene Tuch in ihren Mund. Ihr rollten Tränen die Wangen herunter. Der Fremde stand auf und lief in die andere Ecke des Raumes, aus der sie Geräusche gehört hatte. Violetta hörte einen Schrei, der sofort im Keim erstickt wurde. Danach folgte ein lautes Klatschen.

‚Hat er Lena geschlagen?', überlegte Violetta. Es konnte nur Lena sein, die mit ihr im Raum war!

„Trink jetzt endlich", schrie der Maskierte. Er stellte das Video ab.

Dann verließ er den Raum.

Jetzt war es totenstill. Nur das Fiepen der Ratten und Mäuse war zu hören. Ein zarter Lichtschein durchbrach die Dunkelheit. In der Ferne zwitscherten die Vögel.

‚Dort muss es ein Fenster geben', dachte sie und schlief ein.

16. Verschwunden

– Föhr, Utersum; Freitag –

Karla tippte auf die Fernbedienung: „Ich schalte kurz den Fernseher ein, die Nachrichten."

„Klar, mach das", antwortete Inge, die sich erschöpft auf die Couch kuschelte und ihren Wein schlürfte.

Siegfrid Westermann, der Pressesprecher vom PP Bochum berichtete über den Mord im Muttental.

Die beiden Frauen lauschten aufmerksam.

„Was? Zwei Morde? Rolf hat mir doch nur von einem Fall erzählt." Karla rutschte aufgeregt hin und her.

Nach dem Bericht gab es für Karla kein Halten mehr. Sie drückte auf Rolfs Kurzwahlprofil und rief an.

„Mist, besetzt", stöhnte sie, stellte auf Wahlwiederholung und Lautsprecher. Das Handy legte sie auf den Tisch.

Sie machte ihren Laptop startklar und begann zu googeln. Sie gab als Erstes die Namen der Künstlerinnen ein und wurde dann auf einen Bericht der Preisverleihung im *Märkischen Museum Witten* weitergeleitet.

„Inge, schau mal. Ein Video von der Preisverleihung", stieß sie vor Aufregung hervor. „Der Stifter des Kunstpreises stellt die Künstlerinnen vor. Und da sind Violetta und Lena."

Ununterbrochen versuchte sie Rolf zu erreichen. Inge saß kerzengerade, wie angespitzt daneben. Die beiden Frauen starrten gebannt auf das Display.

Endlich, Freizeichen.

„Rolf?"

„Ja."

„Karla hier. Ich habe gerade den Pressebericht gesehen und mir im Internet das Video von der Preisverleihung angesehen. Die beiden anderen Preisträgerinnen Violetta Fey und Lena Beck sind hier auf der Insel. Das hatte ich dir doch erzählt. Erinnerst du dich?", sprudelte Karla gleich los.

„Was? Ruhig, liebe Kollegin. Ich wünsche dir auch einen guten Abend. Dass die beiden auf der Insel sind, davon weiß ich nichts."

„Das kommt davon, wenn du mir nicht zuhörst“, schimpfte Karla.

„Okay – kann sein. Ich war im Stress. Aber nun schieß mal los und erzähl mir alles genau nacheinander.“

Karla erzählte alles haarklein und berichtete, dass sie und Inge mit den beiden Künstlerinnen zum Malen verabredet waren und diese nicht gekommen waren.

„Da ist was passiert, ich spüre das. Ich werde die Kollegen von der Inselpolizei unverzüglich benachrichtigen“, verkündete sie entschlossen.

„Lass mal, das mache ich“, stoppte sie Rolf.

„Rolf, ich kenne die Kollegen. Ich rufe Piet Dirksen an und erkläre ihm alles.“

„Er wird noch nichts machen können. Die beiden Frauen sind erwachsen und noch keine vierundzwanzig Stunden verschwunden. Das reicht noch nicht für eine Vermisstenanzeige. Die vergnügen sich bestimmt anderweitig und wir machen die Pferde scheu. Aber auf der anderen Seite könntest du auch recht haben.“ Er machte eine Gedankenpause. „Ich hoffe nicht, dass wir es mit einem Serienkiller zu tun haben, der wieder zuschlägt. Also okay. Ruf ihn an und melde dich wieder bei mir.“

„Mach ich, Rolf.“

„Karla?“

„Ja?“

„Du hast aber eigentlich Urlaub.“

„Mach dir darüber keinen Kopf. Ich kann dich doch nicht hängen lassen. Wenn ich den Urlaub für eine wichtige Ermittlung unterbrechen muss, mache ich das gern. Das weißt du doch.“

„Eben, Karla, genau weil ich das weiß, sollte es nicht sein.“

„Jetzt lass uns nicht darüber diskutieren. Das ist hier ein Sonderfall. Jetzt ist Handeln angesagt, okay?“

„Danke, so kenne ich dich. Bis später.“

Die Hauptkommissarin suchte nach Piets Nummer.

Inge hielt sich zurück. Sie hörte gespannt zu.

Es meldete sich Adriane Holthusen.

„Hallo, hier ist Karla Lang, die Hauptkommissarin aus Bochum. Erinnern Sie sich?“

„Ja sicher. Was kann ich für Sie tun?“

„Ist Piet da?“
„*Klor*! Ich stelle Sie durch.“
Piet übernahm sofort. „Karla, was hast du auf dem Herzen?“
„Die Bochumer Kollegen und ich brauchen deine Hilfe.“
„Was? Meine Hilfe?“
„Hör gut zu.“
Karla erklärte Piet die Sachlage. Die beiden besprachen das weitere Vorgehen.
„Du weißt, dass ich im Augenblick noch nichts machen kann?“
„Weiß ich, Piet, aber ich sehe Gefahr im Verzuge, wenn wir zu lange warten.“
„Für eine Vermisstenanzeige reicht die Zeit noch nicht. Aber trotzdem werde ich schon mal bei der Kurverwaltung nachfragen, wo die beiden wohnen. Dann können wir ihnen einen Besuch abstatten. Was hältst du davon?“
„Das ist eine prima Idee“, freute sich Karla sichtlich.
„Ich verstehe deine Befürchtungen. Von daher lege ich mich für dich gern ins Zeug. Ich melde mich, wenn ich was weiß.“
„Danke Piet! Wir hören und sehen uns.“
Sie beendete den Anruf und lehnte sich zurück. Inge saß immer noch stumm auf der Couch und schaute Karla fragend an. Diese merkte, dass sie nervös mit den Fingern spielte. Die Aufregung spiegelte sich in ihrem Gesicht.
„Wir sehen Piet bestimmt noch in einem anderen Zusammenhang. Mädel, hat es dich etwa erwischt?“
Inge lächelte geheimnisvoll und Karla drückte sanft ihre Hand.

17. Beratung

– Bochum; Samstag –

Karin und Klaus rissen die Tür zum Besprechungsraum auf und ließen sich übermüdet an ihrem Arbeitsplatz nieder. Ulf stand wie immer schon an der Kaffeemaschine und traf alle Vorbereitungen für einen guten Start in den Tag. Wolly und Franzi kümmerten sich um die Berichte und Elke studierte die Ausführungen der KTU.

„Mensch Kinners", stöhnte Elke de Haag, die blondgelockte Holländerin, die mittlerweile mit Herz und Seele Ruhrpöttlerin war. „Das war gestern ein harter Tag und eine lange Nacht."

„Aber auch erfolgreich", antwortete Klaus.

Rolf, Lotter und Siegfried Westermann kamen dazu. Die Staatsanwältin Christa Sitzler stöckelte zuletzt in den Raum. Eine außergewöhnliche Erscheinung. Die vollschlanke Frau trug immer hautenge Kostüme und hochhackige Schuhe. Mit ihren kinnlangen, naturroten Haaren und ihren stahlblauen Augen machte sie Furore, besonders in der Männerwelt. Ihr Sommersprossen gesprenkeltes Gesicht gab ihr einen außergewöhnlichen Charme. Nur die Meinung von Rolf Sahner und von Siegfried Westermann ließ sie gelten. Die anderen Kommissare hatten es schwer, Gehör zu finden. Sie lebte allein in ihrem kleinen, aber feinen Bungalow.

Lotter hatte den Blick schwärmerisch auf die Staatsanwältin gerichtet. Rolf grinste und sagte laut: „Lasst uns starten, wir haben gleich den ersten Termin in der Gerichtsmedizin in Essen."

Lotter zuckte zusammen. Ihm brach wieder der Schweiß aus.

Karin stand auf. „Klaus und ich haben gestern noch Jürgen Grume besucht. Wie wir es auf dem Video gesehen haben, handelt es sich um einen gepflegten Herrn, der mit seinem Vermögen nicht hinterm Berg hält."

„Pfff", schnaubte Lotter.

„Lotter", zischte Rolf ihn an.

Karin fuhr fort: „Er wohnt in Witten am Parkweg in einer weißen Villa mit Pool. Sein schwarzer Labrador weicht ihm nicht von der Seite. Die gesamte Gästeliste, aufgeschlüsselt nach Preisträgern, der Jury und den Namen der Kuratoren, hat er uns zur Verfügung gestellt. Allerdings hat das Ganze einen Haken. Jeder geladene Gast durfte eine Begleitung mitbringen, die nicht auf der Gästeliste erscheint."

„Ach du dickes Ei", mischte sich Wolly ein.

„Wir müssen bei allen einen DNA-Test durchführen", ergänzte Lotter.

„Das versteht sich von selbst", konterte Karin sofort. Womit sie sich wieder einen strafenden Blick von Rolf einfing. „Außerdem müssen wir jeden geladenen Gast fragen, wer ihn begleitet hat."

„Will heißen: Das klingt nach viel, viel Arbeit", stöhnte Wolly aus dem Hintergrund.

Karin referierte weiter. „Im *Märkischen Museum* haben wir schon mit der Museumsleitung gesprochen. Den DNA-Test haben wir gleich bei allen Mitarbeitern durchgeführt, und auch der edle Stifter blieb nicht verschont."

„Gut gemacht", lobte Rolf.

Elke berichtete von einer erneuten Spurensuche im Muttental und am Hohenstein. „Frank hat den fehlenden Schuh des Opfers vom Hohenstein gefunden. Und Fetzen von der Plastikfolie. Im Muttental könnte eine Schneise im Unterholz auf eine mögliche Schleifspur hinweisen. Auch am Hohenstein weisen abgebrochene Äste darauf hin. Offenbar sind die Opfer zum Fundort transportiert worden."

Alle schauten zu Lotter, der sichtlich erstaunt Elke ansah. Verwundert darüber, dass sie ihn bei seinem Vornamen nannte.

„Klasse, wieder ein Puzzlesteinchen mehr", setzte Rolf das Gespräch fort.

Lotter ergriff das Wort: „Wir haben auch die Wohnung von Carmen Zille durchsucht. An der Schelle stand noch der Name Sven Lahn. In der unteren Etage öffnete eine Frau das Fenster, die sich als Vermieterin der Wohnung ausgab und uns erklärte, dass nur noch Frau Zille dort lebt. Die Mieterin habe Sven Lahn vor einigen Wochen mit viel Geschrei rausgeworfen. Im Haus habe ihn niemand gemocht. Wir haben ihr berichtet, dass Carmen Zille Opfer eines Gewaltverbrechens geworden sei und wir ermitteln. Sie schien betroffen zu sein. Offenbar hat sie die junge Frau gemocht. Ganz im Gegensatz zu Sven Lahn. Auf unsere Bitte öffnete sie uns die Wohnungstür."

„Die Genehmigung für die Hausdurchsuchung bekommt ihr nachgereicht", warf Christa Sitzler ein.

„Während die Vermieterin die Wohnungstür öffnete, brabbelte sie unaufhörlich weiter. Wir haben sie eindringlich befragt, ob sie Sven Lahn einen Mord zutraue. Sie schloss das nicht aus. Die Frage, wo der junge Mann jetzt wohne, konnte sie nicht beantworten."

„In der Wohnung stellten wir alles sicher, was wir finden konnten. Die KTU ist schon dabei zu sichten", mischte sich Ulf ein.

„Sie hatte ihr Atelier in einem tollen Wintergarten mit Aussicht auf die Hinterhöfe. Eine große Terrasse schließt sich an. Die Wohnung ist nach Aussagen der Vermieterin eine Doppelwohnung. Man hat einen Durchbruch gemacht, sodass Frau Zille zirka 150 Quadratmeter zur Verfügung hatte. Sie konnte anscheinend gut von der Kunst leben, ansonsten hätte sie sich diesen Luxus nicht leisten können", ergänzte Lotter.

„Schaut mal kurz", warf Franzi ein. „Ich bin gerade auf ihrer Homepage. Sie wird von einigen Spitzengalerien vertreten, die sie auf vielen namhaften Messen präsentiert haben."

„Oh ja", staunte Rolf. „Sie ist scheinbar künstlerisch schon sehr erfolgreich." Dann schaltete Rolf um: „Wir müssen diesen Sven Lahn unbedingt finden."

„Schon dabei, Chef", meldete sich Franzi aus ihrer Arbeitsecke.

Rolf fuhr fort: „Ich habe gestern auch noch ein interessantes Telefongespräch mit einem Herrn Lau geführt, der sich aus Lagos in Portugal gemeldet hat. Manfred Lau ist mit seinem fünfjährigen Sohn allein nach Lagos gefahren, weil Simone Lau mit dieser Preisverleihung beschäftigt war. Morgen fliegen sie schon zurück, obwohl sie noch eine Woche länger gebucht hatten. Er konnte seine Frau seit dem Museumsfest nicht mehr telefonisch erreichen und macht sich große Sorgen. Sie war die Kuratorin der Ausstellung und Jurymitglied. Sie wohnen an der Rauendahlstraße, fast gegenüber des Parkplatzes *Finefrau*, wo wir Carmen Zille gefunden haben. Ein schickes, freistehendes Einfamilienhaus mit Garten und Pool. Freunde von mir wohnen gleich um die Ecke. Kennt ihr das Haus auch?"

Die anderen Kommissare zuckten mit den Schultern.

„Hier – sie steht auf der Liste. Simone Lau." Wolly und Franzi forschten nebenbei im Netz.

„Möglicherweise ist Simone Lau unser Opfer, das wir am Hohenstein gefunden haben. Ihr Mann kommt morgen Mittag zum Präsidium, wenn er seinen Sohn zu den Großeltern gebracht hat. Aber ich bin mir sicher, dass es sich bei unserer zweiten Leiche um seine Frau handelt."

„Warum schicken wir ihm nicht ein Standbild von dem Videofilm per E-Mail? Dann hätten wir eher Klarheit", wollte Lotter wissen.

„Weil ich in sein Gesicht sehen möchte. Ich will sehen, was er fühlt, wie er zu seiner Frau steht. Eben das volle Programm", konterte Rolf. „Und wissen wir wirklich, dass er sich in Portugal aufgehalten hat? Da gehen wir doch erst einmal behutsam vor. Wer weiß, was da noch ans Tageslicht kommt. Carmen Zille hatte ja auch privaten Stress."

„Der Ex von ihr hat sich im Bürgerbüro noch nicht ab- und umgemeldet. Ich kann zur Zeit nichts über ihn finden", mischte sich Franzi ein.

„Habt ihr die anderen Bewohner im Haus noch nicht befragt, außer der Hausbesitzerin?" Rolf wandte sich an Lotter, der den Kopf schüttelte. „Frank Lotter, das hätte passieren müssen!"

„Das hole ich nach, sobald wir aus Essen zurück sind."

Rolf nickte nur kurz, ehe er das Thema wechselte: „Liebe Kolleginnen und Kollegen, jetzt haltet euch fest. Es gibt noch eine brandheiße Information von Karla."

„Karla?" Alle hatten sofort rote Fragezeichen auf der Stirn stehen.

„Ja, Karla, sie hat mich gestern angerufen. Unsere beiden anderen Preisträgerinnen befinden sich auf Föhr."

„Was?", riefen alle.

„Karla hat die Vernissage in Nieblum besucht und die beiden kennengelernt. Die Künstlerinnen stellen im Föhrer Kunstmuseum aus."

Das gesamte Team hörte gebannt zu, als er weiter berichtete. „Sie hatten sich gestern zum Malen verabredet. Die beiden Künstlerinnen kamen allerdings nicht. Karla hat den Pressebericht von Siegfried im Fernsehen gesehen und mich daraufhin sofort angerufen. Sie wird gemeinsam mit der Inselpolizei die weitere Vorgehensweise beraten und sich wieder melden."

Genau in dieser Minute klingelte Rolfs Handy – es war Karla.

„Karla, hast du gehört, dass wir gerade von dir gesprochen haben?"

„Klar, was meinst du, warum ich dich anrufe? Ich habe eben eine besondere Verbindung zu euch. Also hör gut zu."

Rolf schaltete um auf Lautsprecher, sodass alle mithören konnten.

„Piet Dirksen habe ich gestern noch über die Ereignisse bei euch informiert und ihm den Zusammenhang erklärt. Er hat schon bei der Kurverwaltung die Adresse von Lena Beck und Violetta Fey erfragt und ist mehrfach an deren Ferienwohnung am Südstrand vorbeigefahren. Die beiden wurden bisher nicht angetroffen. Sie gehen auch nicht ans Handy. Er hat auch im Museum und im *Dörpshus* in Nieblum nachgefragt. Dort sind sie seit Donnerstag nicht wieder aufgetaucht. An beiden Orten wollten sie eigentlich regelmäßig anwesend sein. Morgen findet das Museumsfest statt. Wenn sie auch dort nicht erscheinen, wird eine Suchmeldung rausgegeben. Dann wird Piet beim Amtsgericht Niebüll die Hausdurchsuchung beantragen und gemeinsam mit der Vermieterin des Apartments die Wohnung öffnen und durchsuchen. Ich könnte ihn begleiten. Außerdem wird er die Kripo in Niebüll um Mithilfe bitten. Seinen Chef Jan Andersen hat er schon informiert."

Karla holte kurz Luft und erzählte weiter: „Rolf, ich mache mir Sorgen. Ich befürchte, dass da etwas nicht stimmt. Bitte bevollmächtige mich, offiziell in die Ermittlungen einzusteigen, dann kann ich was bewirken. Hier vor Ort und auch für euch. Meinen Urlaub stelle ich erst mal zurück, darüber reden wir später. Das hier hat jetzt Vorrang."

„Okay, Karla. Ich schicke eine Mail an Piet Dirksen, wenn ich die Formalien geklärt und die Genehmigung eingeholt habe. Deinen Dienstausweis hast du ja sicherlich dabei. Halt uns auf dem Laufenden."

„Mach ich. Gutes Gelingen und viel Erfolg für euch und liebe Grüße an alle Kollegen."

„Tschüss, Karla", grüßten alle im Chor zurück.

Dem Team zugewandt sagte Rolf: „Kollegen, jetzt seid ihr alle auf dem gleichen Stand.“

„Franzi? Wir brauchen noch mehr Unterstützung. Bitte die Kollegen in Witten um weitere Hilfe und maile die Listen von den Teilnehmern, Gästen und Mitarbeitern auch nach Witten. Bitte sie, alle zur DNA-Probe einzuladen. Für die Vernehmungen, die ja sehr umfangreich sein werden, werde ich noch zwei Kollegen aus der MK 1 beordern. Sofort!“

Franzi dreht sich schwungvoll um und legte los.

18. Plan

– Föhr, Südstrand; Samstag –

„Mensch Bernd, war das ne geile Nummer?“

Heinz schlug Bernd mit aller Kraft auf die Schulter, so dass dieser kurz aufjaulte. Beide saßen gemütlich im Bus und hatten den frischen Bratfisch vor sich liegen, den Bernd von der Fischbude besorgt hatte.

„Und das wird noch richtig geil“, antwortete Bernd.

„Da liegen die beiden großen Künstlerinnen heulend im Dreck und dürfen sich immer wieder ihren wahnsinnigen Erfolg ansehen und Alkohol mit Schuss saufen. Was ein paar Tröpfchen von den leckeren K.-o.-Tropfen doch bewirken. Ist das schön.“

Heinz rieb sich die Hände und beide lachten laut.

„Ein gelungener Auftritt in Nieblum. Wie die dummen Dinger an unseren Lippen hingen und dahinschmolzen. Eine geniale Vorstellung, wie im Schauspielhaus. Vor allen Dingen deine Verkaufsversprechungen, ein echter Brüller. Danach gab es kein Halten mehr für die Mäuschen.“

„Und deine Künste als Maskenbildner. Einfach genial, dass sie uns nicht erkannt haben.“

Bernd öffnete eine Dose Bier, schlürfte den Schaum ab und setzte zum Trinken an. Heinz imitierte ihn und feierte so den gemeinsamen Plan.

„Was stellen wir denn als Nächstes mit den beiden an?“

„Ich habe eine Idee“, lachte Heinz. „Die beiden Damen haben sicherlich großen Hunger, meinst du nicht auch? Aber wenn sie essen wollen, müssen sie erst arbeiten.“

„Wie?“

„Wir wollen doch auch noch ein bissken Spaß haben, oder?“

„Du meinst, wir sollen ...?“

„Ja sicher. Solche Leckerchen bekommen wir ja nicht jeden Tag zum Frühstück serviert.“

„Da hast du sicherlich recht.“

Bernd und Heinz knackten die nächsten Bierdosen auf und stießen an.

„Auf Violetta und Lena, die begnadeten Künstlerinnen. Morgen, ihr Schnuckelchen, bekommt ihr was Anständiges zwischen die Zähne und zwischen die Beine. Aber nur, wenn ihr auch schön brav seid. Jetzt dürft ihr erst einmal schlafen und schon mal von uns träumen, damit ihr morgen nicht schwächelt."

Dann widmeten sie sich wieder dem Bratfisch.

19. Totenschau

– Essen; Samstag –

Der Wagen passierte das große Stahltor. Es war schon außergewöhnlich, dass die Gerichtsmedizin Essen sie am Karsamstag hereinließ. Aber wenn Morde aufgeklärt werden mussten, gab es eben keinen Terminkalender.

Auf dem Parkplatz befand sich links ein Stellplatz für die Staatsanwaltschaft und rechts einer für die Polizei. Rolf parkte links. Er hatte schließlich die Staatsanwältin an Bord. Klaus Pfeffer sagte: „Eine fast geschmeidige Fahrt nach Essen. Bis auf den kurzen Stau bei Wattenscheid."

Christa Sitzler war sichtlich genervt, dass sie den schwitzenden Lotter während der Fahrt hatte ertragen müssen.

Sie schellten und Dr. Walter Breming öffnete ihnen persönlich. Er begrüßte sie mit seiner warmen, tiefen Stimme, die sehr angenehm war.

„Kommen Sie rein in unsere gute Stube. Ist auch keiner dabei, der zimperlich ist und gleich umfällt?" Mit seinen hellgrünen Augen zwinkerte er Rolf zu.

„Nee, nee, Dr. Breming. Alles hartgesottene Kollegen."

„Ach ja, ich sehe schon, sie waren alle schon oft hier." Er schob die schwarze Hornbrille auf seine grauen Haare und führte sie in den Raum, in dem sich die Leichen befanden.

Dr. Katharina Windeisen stand zwischen zwei Tischen, auf denen die Opfer, mit einem dunkelgrünen Tuch bedeckt, lagen. Sie wirkte neben Dr. Breming wie ein Zwerg. Das lag allerdings nicht daran, dass sie klein war, sondern dass Dr. Breming alle hier Anwesenden um Längen überragte. Ihre langen Haare hatte sie zu einem strengen Zopf zusammengebunden. Sie bat die Kommissare, näher zu treten.

Die beiden begannen mit ihrem Bericht: „Hier liegt das Opfer vom Hohenstein. Als Erstes habe ich noch eine zusätzliche Info für Sie. Die junge Frau war in der fünfzehnten Woche schwanger."

Alle wurden schlagartig blass und bemühten sich, ihre Fassung zu behalten.

„Was?" Selbst die Staatsawältin hatte Mühe, gelassen zu bleiben.

„Das auch noch“, sagte Rolf. „Als wenn es nicht schon heftig genug ist.“

„Ja, das auch noch“, fuhr Dr. Windeisen fort. „Beide Frauen sind vermutlich mittels einer Decke oder eines Kissens erstickt worden. Auf die Punktblutungen in den Augen haben wir Sie ja schon an den Fundorten hingewiesen. Wir haben textile Fasern in den Lungen beider Frauen gefunden. Allerdings handelte es sich nicht um die gleichen Fasern. Also sind zwei unterschiedliche Kissen oder Decken zum Töten benutzt worden. Fremd-DNA konnten wir unter den Fingernägeln beider Opfer sicherstellen. Es ist ebenfalls nicht dieselbe DNA. An der Kleidung der beiden Opfer konnten wir verschiedene Faserspuren finden. Hier allerdings wird es interessant. Diese Faserspuren konnten wir jeweils bei der Toten vom Hohenstein und bei Carmen Zille sicherstellen. Wir schließen daraus, dass es sich um zwei unterschiedliche Täter handeln könnte, die allein oder gemeinschaftlich gehandelt haben. Beide Frauen hatten vor ihrem Tod noch Geschlechtsverkehr. Genaue Aussagen über die DNA können wir nur im Ausschluss- oder im Vergleichsverfahren machen. Zum Beispiel, wenn die DNA vom Ehemann vorliegt. Es kann sein, dass die Opfer sehr betrunken gewesen waren. Dies ist allerdings nach so langer Zeit nicht mehr genau nachzuweisen. K.-o.-Tropfen waren aller Wahrscheinlichkeit nicht im Spiel. Sonst hätten wir keine DNA unter den Fingernägeln gefunden. Es muss ein starker Todeskampf stattgefunden haben. Das wäre unter der Gabe von K.o.-Tropfen nicht so heftig möglich gewesen. Sie sind beide im Liegen getötet worden. Das sagen uns Leichenflecken auf dem Rücken. Bitte schauen Sie.“ Sie drehte die Leiche vom Hohenstein auf die Seite.

„Carmen Zille und auch die Schwangere waren gesunde Frauen, die mitten im Leben standen“, setze Dr. Breming den Bericht seiner Kollegin fort. „Wir haben keinerlei gesundheitliche Einschränkungen festgestellt. Das Opfer vom Hohenstein hätte ein gesundes Mädchen zur Welt bringen können, wenn sie nicht umgebracht worden wäre.“

Elke und Ulf fertigten während des Berichtes der Rechtsmediziner von den beiden ermordeten Frauen Fotos an. Alle anderen hatten aufmerksam zugehört. Niemand konnte seine Betroffenheit verbergen.

„Haben Sie noch Fragen?“ Katharina Windeisen schaute in die Runde.

„Die schwangere Frau ist aller Wahrscheinlichkeit eine Simone Lau. Gestern hat sich ein Manfred Lau aus Portugal gemeldet“, teilte Rolf den Medizinern mit. „Wenn wir mit Manfred Lau gesprochen haben, werden wir mit ihm kommen, damit er die Leiche identifizieren kann.“

„Natürlich, Kollege Sahner“, sagte Dr. Breming. „Dann schauen wir mal, was uns seine DNA sagt.“

20. *Museumsfest*

– Föhr; Sonntag –

Karla und Inge betraten gegen sechzehn Uhr das Föhrer Kunstmuseum. Weil der Eintritt am Ostersonntag frei war, hatte es sich bereits gut gefüllt. Im Garten malten Kinder Ostereier bunt an. Das kleine Café platze aus allen Nähten. Die Bedienungen flitzten von Tisch zu Tisch, um alle Gäste zu versorgen. Obwohl es nicht sehr warm war, waren die Tische auch draußen gut besetzt. In dicke Jacken gepackt und Decken gehüllt, mit Sonnenbrillen ausgestattet und mit inselüblichen Spezialitäten und Kaffee verwöhnt, ließ es sich gut aushalten.

Karla und Inge kämpften sich durch die Menge zum zentralen Geschehen. Sie betraten den ersten großen Ausstellungsraum, in dem eine riesige Plastik aus Papier von Josef Bordenleintner prangte. Dahinter entdeckten sie Svenje Laarsen, die Museumsleiterin. Sie hatte Karla bei der Vernissage am Donnerstag erzählt, dass sie die Ausstellung von Violetta und Lena nur ausnahmsweise im *Dörpshus* eröffnet hatte, weil es sich um die beiden Preisträgerinnen aus Witten handelte. Ansonsten hätte sie dies nicht gemacht. Schon deshalb, weil im *Dörpshus* normalerweise völlig andere Kunst als im Museum gezeigt wurde.

Die zierliche, aber dynamische Svenje Laarsen mit den sinnlichen Mandelaugen wurde von vielen Gästen zu den Kunstwerken befragt. Bereitwillig und kompetent gab sie Auskunft. Im kniefreien, besonders schicken schwarzen Kleid stach sie aus der Menge heraus. Ihr kurzgeschnittener, dunkelbrauner Bob verlieh ihr eine feine und elegante Note.

Die Kommissarin und ihre Freundin hatten es geschafft zu ihr vorzudringen. Die Museumsleiterin unterbrach kurz ihre Fragestunde und begrüßte die beiden freundlich. Karla erkundigte sich nach Violetta und Lena.

„Ich habe die beiden seit der Vernissage im *Dörpshus* nicht mehr gesehen. Hoffentlich ist nichts passiert, allmählich mache ich mir Sorgen."

„Die machen wir uns auch", erwiderte Karla. „Wir waren mit den beiden am Freitag verabredet, aber sie sind nicht gekommen."

„Das ist alles sehr merkwürdig. Lena Beck und Violetta Fey habe ich als verlässliche Personen kennengelernt."

„Diesen ersten Eindruck hatten wir auch", mischte sich jetzt Inge ein.

Karla gab ihre Identität als Hauptkommissarin aus Bochum preis, indem sie ihren Dienstausweis zeigte. Sie berichtete von den ermordeten Frauen in Witten und teilte ihre Vermutung mit, dass ein Kausalzusammenhang bestehen könnte.

Svenje Laarsen wechselte ihre Gesichtsfarbe. Kreideblass hielt sie erschrocken die Hand vor den Mund.

„Noch wissen wir gar nichts, Frau Laarsen, aber wir müssen der Sache nun nachgehen. Eigentlich wollte ich entspannt Urlaub machen. Doch nun bin ich mit den Ermittlungen hier auf der Insel betraut", erklärte ihr Karla „Ach, dort sehe ich schon die Kollegen von der Inselpolizei, Adriane Holthusen und Piet Dirksen."

Karla winkte den beiden zu, die sich den Weg durch die Menge bahnten.

Karla informierte sie, dass Lena und Violetta noch nicht aufgetaucht waren und auch Frau Laarsen sie seit der Vernissage nicht wiedergesehen hatte.

Piet schlug vor: „Wir warten noch bis zum Ende des Festes und dann starten wir mit der Suche, und zwar mit allem, was der Laden hergibt."

„Das ist ein Wort", stimmte Karla zu.

„Übrigens, Rolf Sahner hat mir ein Fax geschickt, dass du uns bei den Ermittlungen unterstützen darfst. Die Staatsanwaltschaft und der Polizeipräsident haben in diesem speziellen Fall ihr Okay gegeben. Er hat mir auch den Stand der Dinge in Bochum mitgeteilt und mir die Autokennzeichen von beiden Künstlerinnen durchgegeben. Mit welchem Fahrzeug sie auf der Insel sind, können wir über die Reederei herausbekommen. Das Fax ist schon unterwegs. Vielleicht finden wir eines der Autos hier auf der Insel. Als Erstes suchen wir in Nieblum, wo die Frauen zuletzt gesehen wurden. Zwei Kollegen sind schon auf dem Weg."

„Super, Piet, alle Achtung! Lasst uns bei einem Kaffee schon mal kurz die Lage checken."

„Das ist eine gute Idee."

Eine Menge Fragender umringte Svenje Laarsen. Sie entschuldigte sich bei den Kommissaren und Inge.

„Wenn der Ansturm hier abgeklungen ist, sprechen wir noch einmal miteinander."

„Das machen wir, Frau Laarsen."

Die Vier drängelten sich gegen den Besucherstrom in Richtung Café. Kein Sitzplatz in Sicht.

„Ich glaube, hier wird das heute nichts mehr. Lasst uns nach Utersum zur *Ual Skinne* fahren. Dort haben wir sicherlich mehr Ruhe", schlug Karla vor.

„Das denke ich eher nicht", lachte Piet, „aber versuchen können wir es."

In diesem Augenblick stand eine Familie auf und ein Tisch wurde frei. Sie ergatterten die Plätze. Die Titelmusik von *Star Wars* ertönte – Piets Handy klingelte.

„Ja? Prima, klasse", hörte Karla ihn sagen.

Piet beendete das Gespräch und berichtete: „Die Reederei hat ein Fax geschickt. Sie sind mit einem knallroten Mercedes-Bus mit dem amtlichen Kennzeichen WIT VF 19 auf die Insel gekommen. Zugelassen ist der Wagen auf Violetta Fey."

„Das ist ja schon mal was. Jetzt müssen wir ihn nur noch finden."

Piets Handy klingelte schon wieder.

„Aha, in Nieblum, auf dem Parkplatz der Feuerwehr, danke."

„Daraus können wir schließen, dass sie von dort aus verschwunden sind. Zumindest wissen wir, dass sie Nieblum nicht mit ihrem eigenen Auto verlassen haben."

Svenje Laarsen kam zu ihnen an den Tisch und die Bedienung brachte ihr einen Stuhl.

„Was darf es sein? Möchten Sie sich einen Moment ausruhen, Frau Laarsen? Soll ich Ihnen einen Kaffee bringen? "

„Ja gern. Ich habe schon Fransen am Mund und benötige dringend einen Kaffee und ein stilles Wasser."

Piet informierte Svenje Laarsen, dass der Wagen von Violetta Fey in Nieblum gefunden worden war.

Schnell waren sich alle einig, dass nun endlich mit der Suche begonnen werden müsse.

Die Titelmusik von *Miss Marple* erklang. Selbst bei dem lauten Geschnatter im Café konnte sie jeder hören.

„Ja, Rolf. Nein, die beiden Künstlerinnen sind noch nicht wieder aufgetaucht. Aber den Wagen von Violetta Fey haben die Kollegen in Nieblum gefunden. Piet wird heute noch mit der Suche beginnen. Sicher, wir melden uns sofort, wenn es was Neues gibt."

21. Ehemann

– Bochum; Sonntag –

Frank Lotter und Karin Bock saßen Manfred Lau im Vernehmungsraum gegenüber.

Das Gespräch wurde über den Beamer in den Besprechungsraum übertragen.

Lotter trocknete sein Gesicht mit einem Taschentuch ab und versuchte, Haltung zu bewahren.

„Mannomann! Lotter kann man anderen Menschen langsam nicht mehr zumuten", sagte Elke de Haag laut und deutlich. Alle, die die Vernehmung im Raum verfolgten, hörten sie. Ihr Blick richtete sich dabei auf Rolf. „Karin hätte die Vernehmung mit Klaus durchführen sollen."

„Lass mal, Elke", mischte sich Klaus sofort ein. „Es ist schon gut."

„Ich weiß, was du meinst, Elke", bestärkte sie Rolf, „aber zurzeit ist nichts daran zu ändern. Habt Geduld mit ihm."

Jetzt ergriff Karin Bock das Wort und legte Manfred Lau die Bilder vom Fundort und aus der Rechtsmedizin vor. Die Hände ihres Gegenübers fingen an zu zittern und die Tränen schossen ihm in die Augen. Er legte den Kopf auf den Tisch und schluchzte laut. Karin stand auf und legte ihre Hand auf seine Schulter. Sie versuchte, beruhigend auf ihn einzureden, erfolglos.

„Herr Lau, ich kann nur erahnen, was in Ihnen vorgeht. Es tut uns aufrichtig leid, was geschehen ist. Ihrer Reaktion nach zu urteilen, handelt es sich bei der Toten um Ihre Frau?"

Manfred Lau hob den Kopf und nickte nur kurz. Lotter stand ebenfalls auf und wandte sich Herrn Lau zu.

„Herr Lau, soll ich Ihnen ein Glas Wasser holen? Brauchen Sie sonst noch etwas?"

„Danke, Wasser ist gut", wimmerte er.

Karin versuchte noch einmal ihn anzusprechen: „Herr Lau, ich muss Ihnen jetzt noch eine Frage stellen. Sind Sie bereit dazu, oder brauchen Sie eine Pause?"

Obwohl ihm immer noch die Tränen über die Wangen rollten, sagte er: „Nein, es ist schon in Ordnung." Er richtete sich wieder auf und trocknete seine Tränen. Lotter betrat den Raum und stellte ihm ein Glas Wasser hin.

„Trinken Sie jetzt erst einmal einen Schluck, dann machen wir weiter."

Manfred Lau atmete tief durch und trank sein Wasser. Mit ängstlichem Blick schaute er die beiden Kommissare an. „Was kommt jetzt noch? Wird es noch schlimmer?"

Karin Bock schaute Lotter an. Er nickte bloß. „Herr Lau, wussten Sie, dass Ihre Frau schwanger war?"

„Sie war schwanger? Schwanger? Nein! Das gibt es doch nicht!" Er brach wieder in Tränen aus. „In der wievielten Woche?"

„In der fünfzehnten – es wäre ein Mädchen geworden."

Er jammerte und stotterte: „Schon in der fünfzehnten Woche? Warum hat sie mir überhaupt nichts gesagt? Ich verstehe das nicht. Wir haben uns seit vier Jahren noch ein Kind gewünscht. Es hat aber nicht geklappt. Unser Sohn Leon wollte immer ein Schwesterchen haben. Und jetzt trägt sie dieses kleine Mädchen in sich und ist tot. Ermordet! Es ist nicht zu fassen. Und sie hat mir nichts gesagt! Wenn ich dieses Schwein erwische, das sie getötet hat."

Er redete sich in Rage, bis Karin ihn stoppte. „Herr Lau, wir verstehen Ihre Wut, und dass das alles für Sie unfassbar ist, aber Selbstjustiz ist strafbar. Also überlassen Sie uns die Ermittlungen und die Suche nach dem Verantwortlichen."

Er weinte leise und wischte sich immer wieder die Tränen ab.

Lotter stellte ihm noch ein Glas Wasser hin, das er in der Zwischenzeit geholt hatte, und streichelte ihm ermutigend über die Schulter. Dann schwenkte Lotter nochmal um auf die Tat:

„Sagen Sie, Herr Lau, wo waren Sie eigentlich in der Zeit vom 29. März bis 1. April genau?"

Manfred Lau blitzte ihn wütend an.

„Sie glauben doch nicht wirklich, dass ich meine Frau getötet habe? Ausgerechnet ich? Ich liebe sie über alle Maßen. Ich könnte ihr niemals auch nur ein Haar krümmen. Sie ist mein Leben!"

„Wir müssen Ihnen diese Frage stellen. Erzählen Sie uns doch einfach, wo sie waren, dann können wir das zu Protokoll nehmen."

Manfred Lau sprach leise: „Ich war gemeinsam mit unserem fünfjährigen Sohn Leon im Osterurlaub in Lagos in Portugal."

„Wo haben Sie dort gewohnt?"

„In einer kleinen Ferienwohnung direkt am Meer."

„Wer hat sie vermietet?"

„Die Vermieterin hieß Emmanuelle über Airbnb. Hier ist noch die Bestätigung der Buchung." Herr Lau kramte einen Brief aus der Jackentasche und reichte ihn weiter an Lotter. „Wir sind erst wieder seit zwei Stunden zu Hause. Leon habe ich bei meinen Eltern abgegeben und bin sofort Ihrer Vorladung gefolgt. Ich konnte Simone seit Sonntag nicht mehr telefonisch erreichen. Weder zu Hause noch über Handy. Das beunruhigte mich und ich habe mir Sorgen gemacht. Eigentlich wollten wir noch eine Woche bleiben. Meine Frau ist nicht mitgefahren, weil sie mit einer Preisverleihung und anderen Aufgaben beschäftigt war. Sie wollte nachkommen. Aber keine Nachricht von ihr."

„Können Sie uns einen Nachweis geben, dass Sie dort waren?"

Manfred Lau holte wieder den gleichen Umschlag aus der Tasche, in dem auch die Bestätigung der Unterkunft gesteckt hatte, zog die benutzten Tickets daraus hervor und gab sie Lotter und Karin.

Lotter überprüfte, ob sie auf seinen und den Namen des Sohnes ausgestellt, und ob Hin- und Rückflug eingetragen waren.

„Okay, jetzt benötigen wir noch eine DNA-Probe von Ihnen."

„Wie jetzt? Reicht das nicht?" Manfred Lau zeigte auf die Tickets und den Brief von Airbnb.

„Die DNA-Probe nehmen wir vorsorglich ab."

Lotter öffnete das Röhrchen und zog das Stäbchen vorsichtig heraus. Manfred Lau öffnete den Mund und ließ bereitwillig den Abstrich nehmen.

„Bevor wir Sie jetzt entlassen, haben wir noch eine Frage: Sehen Sie sich in der Lage, mit uns nach Essen zur Gerichtsmedizin zu fahren, damit Sie Ihre Frau identifizieren können?"

Manfred Lau verlor wieder seine Gesichtsfarbe. Aber er nickte.

„Okay, geht es morgen früh oder gegen Mittag? Wir holen Sie dann zu Hause in Witten ab. Vorher möchten wir uns noch gern bei Ihnen gemeinsam mit der Spurensicherung im Haus umsehen. Vielleicht finden wir noch irgendwelche Hinweise, die auf den Täter deuten. Sind Sie damit einverstanden?"

„Ja, ist in Ordnung. Können Sie bitte gegen zehn Uhr kommen, damit ich Leon vorher zu meinen Eltern bringen kann? Ich möchte ihm möglichst viel ersparen und weiß noch nicht, wie ich ihm beibringen kann, dass seine Mama tot ist."

„Natürlich, das lässt sich machen", gab Karin zur Antwort. „Haben Sie noch Fragen an uns?"

Lau schüttelte den Kopf.

„Dann können Sie jetzt gehen."

Manfred Lau stand auf und verabschiedete sich.

„Sie finden allein heraus?"

„Ja, kein Problem."

Auch Lotter und Karin verließen den Raum.

22. Spiele

– Föhr, Südstrand; Sonntag –

Violetta befand sich in einer Art Trance-Zustand. Traum und Realität verschwammen im Nebel. Das Laptop spielte immer wieder das Video von der Preisverleihung. Wenn der Ton wenigstens nicht so laut eingestellt gewesen wäre, hätte sie schlafen können. Das Stöhnen aus der anderen Ecke des Raumes wurde immer lauter. Lena ging es anscheinend sehr schlecht. So wie ihr auch. Sie hatte Durst und Hunger. Es stank erbärmlich. Ihr Bauch hatte sich aufgebläht, weil sie ihre notwendigen Bedürfnisse nicht erledigen konnte. Sie wollte es nicht zulassen, auch noch ihren Darm entleeren zu müssen. Es reichte schon, dass sie ständig einnässte und alles an ihrem Körper klebte. Der Knebel im Mund verstärkte die Mundtrockenheit. Ihre Lippen fühlten sich taub, spröde und aufgeplatzt an. Auch ihre Hand- und Fußgelenke schmerzten von den engen Fesseln.

In den kurzen Momenten, nachdem man ihr etwas zu trinken eingeflößt hatte, konnte sie ein wenig ihre Gedanken ordnen, weil ihr Geist etwas klarer wurde. Sie überlegte immer wieder: ‚Welche Personen quälen uns hier? Welches Motiv verfolgen sie? Sind es tatsächlich Männer?' Sie vermutete es. Die beiden Entführer waren perfekt verkleidet, sodass man auch nicht im Entferntesten herausbekommen konnte, wer hinter der Maskerade steckte. Sie spürte, dass sie großen Spaß daran hatten, sich äußerlich zu verändern und in andere Persönlichkeiten zu schlüpfen. Ansonsten hätte es doch auch eine Gesichtsmaske getan.

Zwei Gestalten betraten den Raum. Wieder in einem anderen Outfit als am Vormittag. Die eine trat zu Violetta und die andere bewegte sich in Richtung Lena.

„So, Schönheit, jetzt wollen wir mal ordentlich Ostern feiern. Die Eiersuche kann beginnen!"

Beide lachten schallend und Violetta sah, wie das unbekannte Wesen, das vor ihr stand, den Reißverschluss der Hose herunterzog und sie fallen ließ. Er beugte sich zu ihr herunter, öffnete ihren Schlafsack, zog ihren Rock hoch und die Unterhose aus.

Es machte ihm nichts aus, dass alles nass war und stank. Sie zappelte hin und her und versuchte, ihn abzuwehren. Doch er war eindeutig stärker als sie. Dann spürte sie einen harten Schlag in ihrem Gesicht. Ihr wurde übel und sie würgte. Der kräftige Mann löste kurz den Knebel und presste ihr sofort die Hand auf den Mund.

„Wehe dir, du gibst einen Laut von dir“, raunzte er sie an. „Jetzt halt endlich die Schnauze, sei still und mach schön mit. Dann gibt es auch eine Belohnung. Deine Freundin ist viel freundlicher als du. Nimm dir mal ein Beispiel.“

Der Fremde legte sich auf sie, spreizte ihre Beine und drang sofort in sie ein. Dabei versuchte er immer wieder, sie zu küssen. Es schmerzte fürchterlich und ihr rannen die Tränen über das Gesicht.

Er benutzte kein Kondom. Es blieb ihr nichts anderes übrig, als es mit sich geschehen zu lassen, in der Hoffnung, dass es dann schneller vorbei ging. Er stöhnte laut und ausgiebig.

Wie ein nasser Sack blieb er auf ihr liegen, als er erreicht hatte, was er wollte.

‚Gott sei Dank‘, dachte sie. ‚Es scheint vorbei zu sein.‘

Der Mann erhob sich und richtete sich auf. Die Hose ließ er liegen und trat zur Seite.

Der andere Mann, ebenfalls entblößt, legte sich nun auf sie. Die Prozedur begann von vorn. Auch er hielt von Kondomen nichts.

Einige Male musste sie diesen Wechsel ertragen. Wie oft, konnte sie nicht sagen. Sie stellte sich vor, mit dem Auto auf einer unebenen Rennstrecke zu fahren. Violetta hoffte, dass das Pflaster bald wieder besser wurde.

Wenn die Männer die Rollen tauschten, bekam sie zwischendurch etwas zu trinken. Dann befuhren sie erneut die Berg- und Tal-Piste.

Nach einiger Zeit verließen sie den Raum. Der eine sagte beim Rausgehen: „Sicherlich habt ihr jetzt Hunger. Da ihr willig mitgemacht habt, gibt es gleich ein vorzügliches Mahl. Wir kommen später wieder und dann dinieren wir gemeinsam. Im Anschluss gibt es ein leckeres Dessert.“

Violetta schlief vor totaler Erschöpfung und Ekel sofort ein.

23. Geständnisse

– Bochum; Sonntag –

Die Vernehmung von Manfred Lau hatte Lotter und Karin geschlaucht. Sie atmeten tief durch, als Rolf ihnen eine Flasche Wasser und zwei Gläser brachte.

„Klasse, ihr beiden. Das war nicht einfach, aber ihr habt das gut geregelt."

„Meinst du?" Lotter schaute ihn dankbar an. „Der Bursche war eine harte Nummer."

„Ja, ihr wart gut. Einfühlsam und trotzdem sehr klar."

„Chef, wir machen das ja auch schon einige Jahre", lachte Karin, deren Selbstbewusstsein ausgeprägt war.

„Das stimmt. Aber darf ich euch denn nicht mal loben?", scherzte Rolf.

„Sicher, Chef, das brauchen wir." Lotter hob den Daumen. „Ich bin ja auch ein alter Hase im Geschäft."

„Klar, Lotter." Rolf klopfte ihm dabei auf die Schulter.

Elke kam auf Lotter zu. Sie wollte jetzt unbedingt wissen, was mit ihm los war. „Sag mal Frank, was ist eigentlich mit dir los? Komm, Butter bei die Fische! Wir sind doch Kollegen. Jeder ahnt, dass mit dir etwas nicht in Ordnung ist. Raus damit, ich will es wissen."

Die anderen im Raum waren wie elektrisiert und hörten zu. Lotter schaute hilfesuchend zu Rolf.

„Okay, ich denke es ist an der Zeit, dass du den Kollegen endlich reinen Wein einschenkst. Das habe ich dir ja schon seit Längerem geraten."

Eine Schweißperle nach der anderen trat auf die Stirn des Kommissars. Er zog ein großes weißes Stofftaschentuch aus der Tasche, das er von seinem verstorbenen Vater geerbt hatte, und tupfte sie ab. Er liebte diese Taschentücher und hasste die Papiervariante. Alle Kollegen wussten das.

Elke legte ihm fürsorglich die Hand auf die Schulter und schaute ihm in die Augen. „Frank, was ist los?"

„Ich habe Schilddrüsenkrebs“, sprudelte es aus ihm heraus. „Und ich habe erbärmliche Angst.“ Die Tränen schossen ihm in die Augen und er weinte.

„Was? Das kann doch nicht sein?“

„Seit wann weißt du es?“, wollte Elke wissen.

„Vor drei Wochen habe ich die Diagnose bekommen.“

„Und dann sitzt du noch hier und sprichst erst heute mit uns?“

„Ich muss operiert werden. Chemo, Bestrahlung, Medikamente und so weiter. Eben das volle Programm. Ich will das nicht! Ich will normal weiterarbeiten und nicht als Krüppel enden – oder jetzt schon sterben. Ich bin doch noch zu jung.“

„Frank.“ Karin streichelte ihrem weinenden Kollegen über den Kopf. „Du weißt doch noch gar nicht, wie es nach der Operation wird. Es gibt viele unterschiedliche Krankheitsbilder. Je früher du was machen lässt, desto besser. Lass den Knoten entfernen und dann kommt der nächste Schritt.“

„Ihr habt alle gut reden.“

„Klar, haben wir. Wir können dir nicht die Krankheit nehmen und du musst sicherlich allein da durch. Aber wir sind bei dir und unterstützen dich, so gut wir nur können. Du kannst dich auf uns verlassen. Dafür stehen wir ein, auch wenn du mir manchmal tierisch auf die Nerven gehst.“ Sie nahm ihren verzweifelten Kollegen in den Arm.

„Genau, Lotter“, mischte sich Klaus Pfeffer ein.

Und Rolf sagte: „Ich habe es dir gesagt, dass alle hinter dir stehen werden und dich keiner im Stich lässt. Du schaffst das, Frank.“

Lotter schniefte in sein Taschentuch und zog ein sauberes aus seiner Hosentasche. Damit wischte er sich über das Gesicht. „Okay Kollegen, ich werde mich zur Operation anmelden.“

„Und mindestens einer von uns wird da sein, wenn du nach der Narkose erwachst. Wir alle werden dich besuchen, wann immer unser Dienst es zulässt. Und außerdem weißt du ja noch gar nicht, wie groß der Tumor ist und wie sich alles entwickelt. Ich denke, heute machst du mal früh Feierabend und ruhst dich aus“, schlug ihm Rolf vor.

„Nix da, bist du verrückt? Allein zu Hause drehe ich durch.“

„Mach, was du willst, aber wenn du nicht mehr kannst, versprich uns, nach Hause zu gehen. Wir alle werden dafür Verständnis haben. In unserem Job müssen wir immer hellwach sein, du weißt das."

„Klar, Rolf. Heute habe ich doch auch gut durchgehalten. Irgendwie bin ich froh, dass ihr nun alle im Bilde seid."

„Das versuche ich dir schon seit der Diagnose verständlich zu machen", schimpfte Rolf.

„Ich hab's ja jetzt kapiert. Aber was ist denn, wenn ich mitten in der heißen Phase der Ermittlungen abspringen muss?"

Rolf redete weiter beruhigend auf ihn ein: „Zerbrich dir nicht meinen Kopf Frank. Das regele ich schon. Außerdem kommt Uwe Wentzel bald aus dem Urlaub".

„Ich wollte diesen Fall aber gemeinsam mit euch zu Ende bringen. Das ist mir ein großes Bedürfnis."

„Junge, was nicht geht, das geht nicht."

„Aber so lange ich noch dabei sein kann, unterstütze ich euch. Ich weiß ja noch nicht, wann ich einen OP-Termin bekomme."

„Ist in Ordnung Frank", mischte sich Klaus Pfeffer ein. „Du bist der Chef in Sachen deiner Gesundheit." Damit war erst einmal alles gesagt und die Kommissare setzten sich wieder vor ihre Computer.

„Karin und Frank, ihr begleitet dann morgen Manfred Lau nach Essen und Klaus, Elke und Ulf, ihr schaut euch in der Villa Lau um."

„Sicher, Rolf", schoss ihm die Antwort von Lotter entgegen.

Die anderen nickten ebenfalls zustimmend.

Die Tür wurde energisch geöffnet. Der Polizeipräsident Dr. Michael Drumler, Siegfried Westermann und Christa Sitzler betraten den Raum.

„Liebe Kolleginnen und Kollegen", setzte Dr. Drumler bedeutungsschwer an. „Siegfried Westermann und Rolf Sahner haben mir von dem aktuellen Fall ausführlich berichtet. Und auch von einer möglichen Verquickung mit dem Verschwinden der beiden Frauen auf Föhr. Die Presse will mehr wissen. Ich habe den Medienvertretern eine große Pressekonferenz für heute Abend zugesagt."

„Heute? Am Ostersonntag?", ließ Elke verlauten.

„Genau, heute am Ostersonntag. Ich möchte mich gemeinsam mit Ihnen über den Stand der Dinge austauschen, bevor wir drei“, er zeigte dabei auf Rolf Sahner und Siegfried Westermann, „vor die Presse treten. Der Fall nimmt anscheinend größere Ausmaße an. Mit dem Leiter der Polizeiinspektion Jan Andersen und seinem Stellvertreter Piet Dirksen in Wyk habe ich mich auch schon kurzgeschlossen. Es kann - vorsichtig ausgedrückt - ein Kausalzusammenhang bestehen.“

„Ach“, ließ Karin fallen und schaute Rolf grinsend an.

Dr. Drumler hatte es nicht mitbekommen und referierte weiter: „Dort wird die Suche nach den vermissten Frauen nun auch so schnell wie möglich eingeleitet. Jan Andersen wird es zunächst in der Zuständigkeit der Inselinspektion belassen, bevor sie die Kriminalaußenstelle Niebüll einschalten. Wir müssen die Bevölkerung hier um Mithilfe bitten. So wie mir Rolf Sahner berichtete, haben die Kollegen mit der Befragung möglicher Zeugen begonnen. Auch der Abgleich der Personen auf der Gästeliste läuft auf Hochtouren. Sind hier noch Erkenntnisse, die wir berücksichtigen müssten?“

Rolf berichtete von den Neuigkeiten des Tages, vom Besuch in der Gerichtsmedizin und der Vernehmung von Manfred Lau.

„Okay, Herr Sahner. Herr Westermann und ich werden jeweils nur eine kurze Einführung geben. Ich möchte, dass Sie den größten Part übernehmen und der Presse einen chronologischen Ablauf über den Stand der Dinge liefern. Sie wissen am besten Bescheid. Wir sollten allerdings peinlichst darauf achten, dass wir vorsichtig mit den Informationen umgehen, damit unsere Ermittlungen nicht behindert werden. Vielleicht sollten wir es noch für uns behalten, dass auch zwei Frauen auf der Insel Föhr vermisst werden, bevor von dort mehr Fakten vorliegen.“

„Das sehe ich auch so“, antwortete Rolf. „Die Kollegen sollten erst einmal mit ihren Ermittlungen und der Suche nach Violetta Fey und Lena Beck begonnen haben. Die Veröffentlichung in der Presse und in den Medien sollten wir zunächst den dortigen Kollegen überlassen.“

„Genau, so machen wir es. Wir sehen uns um 17:45 Uhr im großen Besprechungssaal. Der WDR möchte eine Liveübertragung bringen.“

„Alles klar.“

Dr. Drumler verließ den Raum. Siegfried Westermann blieb noch zurück.

„Ihr Lieben, ich bin denn mal mit Siegfried weg. Ihr könnt uns dann gleich im Fernsehen sehen. Ich muss nämlich noch in die Maske“, versuchte Rolf zu scherzen, bevor er sich mit dem Pressesprecher auf den Weg machte.

Die Kollegen wussten, dass die Präsentation in der Öffentlichkeit nicht gerade Rolfs Lieblingsbeschäftigung war. Aber wenn es darauf ankam, legte er immer eine Glanzleistung hin.

24. Berichterstattung

– Föhr; Sonntag –

„Mannomann, ist es hier laut! Und für unsere polizeiliche Beratung viel zu öffentlich“, ließ Piet genervt verlauten.

„Das stimmt“, sagte Karla. „Lasst uns doch alle zu mir nach Utersum in meine Ferienwohnung fahren. Dort haben wir absolute Ruhe, können unseren Kaffee trinken und von hier leckeren Kuchen mitnehmen.“

„Eine hervorragende Idee“, meinte Inge.

„Ich bezahle und hole den Kuchen. Ist Friesentorte okay?“

Alle nickten und standen auf.

„Geht schon mal nach draußen. Ich regele das hier mit Inge“, schlug Karla vor und schob sich mit ihrer Freundin durch die Menschenmenge.

An der Theke war es voll, weil auch andere die gleiche Idee hatten.

Zwanzig Minuten später begaben sie sich mit dem Kuchentablett nach draußen. „Mein Gott, habt ihr den Kuchen in Hamburg gekauft?“, rief Piet über die Straße.

„Glaub mal, das war kein Vergnügen“, konterte Karla, die Piets nordischen Humor mittlerweile kannte.

„Okay, wir treffen uns bei mir. Du weißt, wo ich wohne?“

„Jo“, war die knappe, friesische Antwort.

Inge stieg in Karlas Bus. „Sag mal, Karla, kannst du mich an der Klinik rauslassen? Ich habe bei euren Beratungen nichts verloren.“

„Das stimmt, aber in diesem Fall bist du schon mitten drin. Du könntest uns mit deiner unabhängigen Betrachtung hilfreich zur Seite stehen. Immerhin studierst du Polizeiwissenschaft und Kriminologie. Also eine Fachfrau“, lobte Karla.

„Quatsch! Ich bin noch Studentin und ihr unterliegt der Schweigepflicht.“

„Das ist richtig. Wir besprechen mit den Inselkollegen, wie wir es am besten handhaben.“

„Okay, ansonsten setze ich mich auf die Terrasse und lass mich von der Aprilsonne wärmen, während ihr arbeitet.“

Piet und Adriane warteten schon, als Karla ihren Bus einparkte.

„Mensch, Karla, kein Wunder, dass ihr im Ruhrpott nicht zu Potte kommt, wenn alle dort so langsam sind."

„Das müsst ihr Friesengeister gerade sagen. Kommt rein in die gute Stube."

„Ich werfe die Kaffeemaschine an", machte sich Inge gleich nützlich.

„Ich komme mit." Piet eilte hinter ihr her.

Adriane und Karla grinsten und deckten schnell den Tisch.

Mit geröteten Wangen kamen die beiden nach ein paar Minuten aus der Küche und brachten den Kaffee mit. Karla bediente alle zügig, um endlich voranzukommen.

„So, Kollegen, ich muss kurz die Anwesenheit von Inge ansprechen. Kann sie dabei sein, wenn wir beraten oder soll sie besser rausgehen?"

„Sie ist ja mitten im Thema. Jetzt im Augenblick kann sie dabei sein. Vielleicht hat sie gute Ideen, die uns bei unserer Arbeit helfen können. Bei der Ermittlung und Beratung in der Polizeiinspektion sollte sie nicht auftauchen. Das geht wegen der Schweigepflicht nicht und würde die anderen Kollegen irritieren. Außerdem hat sie ja auch noch eine Reha, die sie erfolgreich abschließen muss." Piet zwinkerte ihr zu und Adriane nickte zustimmend.

Karla schlug vor, den Fernseher einzuschalten, um die Regionalnachrichten aus Bochum zu sehen.

Alle wurden sofort still und lauschten. Die Moderatorin kündigte im Fall des Frauendoppelmordes in Witten eine große Pressekonferenz an, die live geschaltet war.

Polizeipräsident Drumler stellte sich und die anderen kurz vor. Er gab eine Zusammenfassung des Sachverhalts. Danach ergriff Pressesprecher Siegfried Westermann das Wort, der nur einen knappen Abriss zu den Geschehnissen gab. Er gab an Rolf Sahner weiter. Der hatte den schwierigsten Part übernommen.

„Oh je, ich glaube, Rolf ist nervös", warf Karla ein. „Wie immer."

„Da kennt aber jemand seinen Chef", witzelte Piet.

„Natürlich. Und jetzt Ruhe!"

Vorsichtig, aber deutlich, erklärte Rolf Sahner den Stand der bisherigen Ermittlungen. Man merkte, dass seine Stimme bereits nach dem zweiten Satz fester wurde.

Er zeigte seine Betroffenheit, indem er sagte: „Ich bin nun schon lange bei der Polizei und seit einigen Jahren Leiter der Mordkommission. Aber dieser Fall geht uns allen unter die Haut. Vor allen Dingen wissen wir nicht, ob es noch weitere Morde geben wird. Es gibt Zusammenhänge. Beide Frauen wurden nach dem gleichen Muster getötet. Sie wurden in einem Baum, im wahrsten Sinne des Wortes wie ein Kunstwerk, präsentiert. Die Opfer trugen beide einen Schleier vor dem Gesicht. Beide wurden mit roter Farbe bespritzt und mit Stahlseilen im Baum installiert. Noch wissen wir nicht, was der oder die Täter uns damit sagen wollen und können nur ahnen, was in ihm oder ihnen vorgegangen ist. Sicher ist, dass der Fundort der Leichen auf keinen Fall auch der Tatort ist."

Die Nervosität war verschwunden. Fotos von den beiden Opfern wurden groß auf dem Bildschirm eingeblendet.

Chronologisch führte er die Zuhörer nach seinem kurzen Einführungsexkurs durch den Fall. Er bat die Bevölkerung um Mithilfe.

„Für uns gibt es noch viele Ungereimtheiten und wir sind mit unseren Ermittlungen noch am Anfang. Aber wir werden den Fall lösen, auch wenn wir nächtelang durcharbeiten müssen."

Rolf Sahner übergab das Wort noch einmal an den Polizeipräsidenten, der sich seinen Ausführungen anschloss. Er wandte sich an die Journalisten: „Meine Damen und Herren, ich danke Ihnen fürs Zuhören. Falls Sie noch Fragen haben, sind wir gern bereit, hier darauf einzugehen."

Die Journalisten riefen erst wild durcheinander. Siegfried Westermann bat um Ruhe. Rolf Sahner beantwortete geduldig jede einzelne Frage.

Nach fünf Minuten unterbrach der Sender und schaltete zurück zur Moderatorin. Sie ging ebenfalls auf die Frauenmorde ein und hielt mit ihrer Betroffenheit nicht hinterm Berg.

Karla atmete tief ein. „Du meine Güte – der Fall ist harter Tobak!"

Piet, Adriane und Inge stimmten ihr zu.

„Ich darf gar nicht daran denken, was mit Lena und Violetta geschehen sein könnte. Wir müssen schnellstens handeln, sonst haben wir bald die nächsten Opfer."

Piet stand auf und ließ seinen Gedanken freien Lauf: „Ich werde sofort mit meinem Chef Jan Andersen sprechen, damit er mir von den zwölf Kollegen, die in unserer Dienststelle arbeiten, ein Team zusammenstellt und entscheidet, wann wir die Kripo Niebüll oder Husum informieren. Wir brauchen einen Durchsuchungsbeschluss, damit wir die Ferienwohnung der Frauen schnellstens durchsehen können. Ich kümmere mich gleich darum. Aus der Wohnung benötigen wir verschiedene Bekleidungsstücke für die Spürhunde. Eine Suchmeldung sollte an die Presse gehen, und örtlich muss mit den Fotos plakatiert werden." Jetzt wandte er sich an Karla und Adriane: „Morgen früh um sieben Uhr im Polizeirevier Wyk zur großen Besprechung? Was wir schon in die Wege leiten können, gehen wir sofort an."

„Genauso machen wir es", bemerkte Karla. „Ich kann ja gleich mit Adriane schon nach Wyk fahren, während du Inge nach Hause bringst." Sie grinste ihn dabei an.

Piet nickte und Inge schreckte auf. Sie hatte während der Pressekonferenz und Piets Ausführungen still in der Couchecke gesessen. Sie war beeindruckt und sagte: „Mensch, das ist ein Echtfall. Der hat es in sich, dabei kann ich viel lernen."

„Echtfall hin oder her", warf Karla ein. „Das ist unser tägliches Brot. Aber man braucht es nicht wirklich."

„Da hast du sicherlich recht. Es ist nur was anderes, einmal mitten im Geschehen zu sein."

„Das verstehe ich. Ich stehe nur etwas unter Strom und will endlich handeln."

„Natürlich, Karla." Inge stand auf. „Okay, ich gehe jetzt zur Klinik. Dort muss ich mich auch mal wieder einfinden."

Piet schaltete sich sofort ein: „Ich bringe dich hin. Dann kann ich noch Fragen beantworten, falls du welche hast."

„Das glaube mal, ich habe Fragen."

Piet machte sich mit Inge auf den Weg. „Bis gleich! Ich komme zügig nach."

25. Festmahl

– Föhr, Südstrand; Sonntag –

Violetta blinzelte. Langsam öffnete sie die Augen und wachte auf. Ihr Körper schmerzte. Übelkeit machte sich breit.

‚Ist das hier ein schlimmer Albtraum oder Realität?'

Sie konnte es nicht mehr unterscheiden. Die Empfindung für Zeit und Raum hatte sie völlig verloren. Sie erinnerte sich und musste würgen.

Das Video lief auf voller Lautstärke. Aber sie hörte es schon gar nicht mehr. Alles schien miteinander verschmolzen zu sein.

‚Lebt Lena noch? Wie geht es ihr?'

Sie konnte nicht mit ihr sprechen. Der Knebel im Mund ließ es nicht zu, verursachte Trockenheit und Atemnot. Ihre Handgelenke schmerzten und bluteten. Ebenso fürchterlich fühlten sich ihre Fußgelenke an. Die dünne Nylonschnur hatte sich in die Haut gegraben. Immer wieder fragte sie sich, was das alles sollte.

‚Was haben wir den Männern getan? Warum machen sie das alles?'

Sie wusste es nicht.

Ein lautes Poltern schreckte sie aus ihren Gedanken. Die beiden Kerle stiegen die Stufen zu ihnen herab. Dieses Mal hatten sie sich verjüngt. Eine Theatermaske, die wie eine zweite Haut war, machte dieses Aussehen möglich. Sie trugen langhaarige Perücken.

Es roch nach Essen. Einer der Typen trug es herein. Der andere hatte Wäsche auf seinem Arm.

Der mit der schwarzhaarigen Perücke kam auf sie zu. Er rollte sie kommentarlos zur Seite, zog ihr durchnässtes Laken beiseite und legte ein frisches darunter. Die Pizzakartons stellte er mitten im Raum ab. Sofort hörte sie das Fiepen der Ratten und Mäuse. Der mit den schwarzen Haaren vertrieb sie. Der Blonde holte sich ebenfalls ein frisches Laken und ging auf Lena zu. Violetta hörte sie weinen. Er schrie sie an und befahl ihr, still zu sein.

Der Schwarzhaarige säuselte: „Kleine, gleich gibt's was zu beißen und leckeren Nachtisch. Wein haben wir auch mitgebracht. Schaut mal, bunte Eier. Wir können gleich Eierkitschen spielen. Wehe dir, ich höre einen Mucks. Dann ist es mit dem Ostermahl vorbei. Ist das klar?"

Violetta nickte und der unangenehme, stinkende Zeitgenosse entfernte ihren Knebel. Der Mund fühlte sich wund, trocken und taub an. Sie spürte ihre Lippen nicht mehr.

Der Blonde brachte eine Schachtel zu ihnen herüber.

Sein Kumpel nahm ein Stück Pizza und führte es an ihren Mund. Als sie den Geruch vor der Nase hatte, verspürte sie nur noch Ekel und Brechreiz.

Leise sagte sie: „Ich kann nichts essen, bitte geben Sie mir Wasser. Was wollen Sie von uns? Sind Sie nicht Monsieur Fabien?"

„Wer soll das sein?" Er lachte schallend.

Der Widerling führte einen Pappbecher an ihren Mund, in den er vorher Wein gegossen hatte.

„Bitte geben Sie mir Wasser. Ich möchte keinen Wein."

„Jetzt haben wir Essen und Wein besorgt, um mit euch Ostern zu feiern, und ihr wollt Wasser? Was seid ihr nur für komische Weiber?"

Er nickte dem anderen zu und trug ihm auf, Wasser einzuschütten. Schluck für Schluck genoss Violetta das kühle Getränk, das durch ihre trockene Kehle rann.

Das stinkende Mannsbild hielt ihr wieder die Pizza hin, die sie immer noch verweigerte. Schließlich aß er sie selbst.

Dann holte er ein Pappschälchen hervor. „Hier ist das Dessert." Es roch nach Tiramisu. Der Alkoholgeruch, der in ihrer Nase aufstieg, ließ sie würgen und sie schüttelte sich.

Aus der anderen Ecke des Raumes hörte sie Lena stöhnen. Auch sie würgte und hustete.

Für den schwarzhaarigen Fremden stellte das kein Problem dar. Er löffelte die Nachspeise genüsslich in sich hinein und packte die Reste samt Laken in einen Müllsack, schnürte ihn zu und stellte ihn zur Seite.

„Okay, meine Damen! Freut euch, jetzt gibt es wieder ein besonderes Leckerchen". Er ließ seine Hose fallen.

26. *Fahndung*

– Föhr, Utersum; Sonntag –

Adriane und Karla stiegen in den Bus, Piet und Inge in den Streifenwagen.

Adriane grinste Karla an: „Sag mal, was hältst du von den beiden Turteltauben?"

„Ich weiß noch nicht, aber bei denen scheint es ordentlich gefunkt zu haben."

„Ich habe das Gefühl, dass Piet etwas neben der Spur ist und sich nicht richtig konzentrieren kann. Wir brauchen ihn aber jetzt."

„Mach dir keine Sorgen, Adriane. Eben war er doch ziemlich aufgeräumt. Der schafft das schon."

„Okay, ich bin gespannt. So habe ich meinen Kollegen noch nie erlebt", lachte sie verlegen.

Karla stutzte und dachte: ‚Ob sie Piet auch mag?'

„Oha, fahrt ihr in Bochum alle so rasant? Du bist mit einem heißen Reifen unterwegs."

„Mist! Du hast recht. Manchmal bin ich zu nah am Gas. Gleich in Nieblum kommen die ganzen Touristen. Da sollte ich besser aufpassen."

„Macht dir das eigentlich nichts aus, deinen Urlaub zu unterbrechen und uns zur Seite zu stehen?"

„Natürlich nicht! Dieser Fall ist außergewöhnlich. Ich hoffe sehr, dass wir Violetta und Lena lebend finden."

„Das wünsche ich mir auch."

Karla fuhr Richtung Anlegestelle, rüber zur Hafenstraße und parkte ihren Bus direkt vor der Polizeistation Wyk. Dort las sie auf dem Schild *Politsei*. Beide sprangen aus dem Fahrzeug und rannten die Treppe zum Eingang hoch.

Adrianes Chef Jan Andersen empfing die beiden Beamtinnen.

„Moin, Bochumer Kollegin."

Er führte sie durch die Räume und sie begrüßte zwei Beamte, die an ihren Computern arbeiteten.

„Kriminalhauptkommissarin Karla Lang", stellte sie sich vor.

Jan Andersen berichtete: „Rolf Sahner hat Sie schon angekündigt. Toll, dass Sie uns hilfreich zur Seite stehen wollen. Wir wissen zwar noch nicht, ob es einen Zusammenhang zwischen den Bochumer Morden und dem Verschwinden der beiden Frauen hier gibt, aber möglich ist es. Sie wollten hier Urlaub machen, erzählte mir Ihr Chef."

„Ja, das war der Plan. Aber Ferien kann man nachholen. Jetzt geht es darum, die beiden Künstlerinnen zu finden, um sie vor etwas Fürchterlichem zu bewahren."

„Genau, das ist das Wichtigste."

Jan Andersen bot Karla das ‚Du' an, was sie gern annahm.

Karla schaute auf die Uhr. Adriane sagte leise zu ihr: „Piet lässt aber lange auf sich warten."

Jan Andersen fragte: „Wo treibt sich Piet rum?"

„Der muss jeden Moment kommen, er hatte noch kurz etwas in Utersum zu regeln."

In diesem Augenblick stürmte Piet herein.

„Da bist du ja endlich."

„Klor, Chef."

„So, lasst uns die Lage checken. Was haben wir? Was müssen wir als Nächstes erledigen?"

Piet hatte eine gesunde Gesichtsfarbe und seine Haare standen strubbelig ab.

„Wie siehst du überhaupt aus?"

„Wieso? Es ist ein büschn Wind draußen." Piet strich sich über seine Haare und lenkte das Thema schnell auf etwas anderes. „Wir haben eben schon besprochen, wie wir vorgehen wollen." Er trug die Checkliste vor: „Wir sollten schnellstens ein Team zusammenstellen, was sich ausschließlich mit dem Fall beschäftigt und uns mit den Kollegen von Niebüll kurzschließen."

„Das ist geplant", sagte Polizeihauptkommissar Andersen. „Ich stelle erst mal ein Team von sechs Kollegen zusammen und die restlichen setze ich auf Bereitschaft."

„Was ist mit dem Durchsuchungsbeschluss für die Ferienwohnung?"

„Habe ich in die Wege geleitet. Ich warte darauf. Das Schreiben kommt per Fax", antwortete Andersen. „Mit dem Leiter der *Mantrailing Föhr* habe ich schon gesprochen. Die Spürnasen sind startklar und er wartet auf unseren Anruf." Andersen lehnte sich auf seinem bequemen Schreibtischstuhl zurück und nippte am friesischen Tee. „Die Hundestaffel ist gut ausgebildet, sie war schon oft eine große Hilfe. Morgen treffen wir uns um acht Uhr zur Frühbesprechung und für elf Uhr habe ich eine Pressekonferenz angemeldet. Die Suchmeldungen sind fertig. Sie können morgen überall auf der Insel verteilt und aufgehängt werden. Die Wasserschutzpolizei ist übrigens schon mit ihrem Boot unterwegs und fährt die Insel ab."

„Junge, ihr seid aber auf Scheibe, wie wir im Ruhrpott sagen!" Karla setzte sich neben Jan und schaute mit ihm in den Computer. Er hatte gerade das Video von der Preisverleihung im Märkischen Museum aufgerufen.

„Lasst uns das Filmchen mal genauer ansehen, vielleicht finden wir schon etwas Auffälliges."

„Das ist eine gute Idee." Adriane und Piet setzten sich dazu. In diesem Augenblick ratterte das Faxgerät. Es war der Durchsuchungsbeschluss.

„Wisst ihr was? Lasst uns keine Zeit verlieren, wir starten sofort und durchsuchen die Wohnung. Piet, ruf den Hundeführer an. Sie sollen sich bereithalten. Sobald wir Kleidung geholt haben, setzen wir die Hunde auf ihre Spur. Am besten wir beginnen mit der Suche in Nieblum, wo sie zuletzt gesehen wurden."

Piet wählte die Nummer und die anderen machten sich startklar.

27. Zusammenbrüche

– Essen; Montag –

Pünktlich zur vereinbarten Zeit am Ostermontag standen Karin Bock, Frank Lotter, Klaus Pfeffer, Elke de Haag und Ulf Schmidt vor der Villa Lau.

Karin schaute besorgt zu Lotter. „Frank, du siehst müde aus. Geht es dir nicht gut?"

„Schon gut, Karin, alles bestens." Er wischte sich wie immer den Schweiß von der Stirn und atmete tief ein. „Nun mach schon und läute!"

Klaus klingelte und Lau öffnete.

„Herr Lau, Sie sehen nicht gut aus. Haben Sie schlecht geschlafen?", fragte Lotter. Karin schaute irritiert zu Lotter, der selbst nicht besonders fit wirkte.

Manfred Lau hatte tiefe Ränder unter den Augen und eine fahle Gesichtsfarbe. Er hatte sich nicht rasiert und die hellblonden, kurzen Haare standen wirr ab.

„Das soll wohl sein, Herr Kommissar. Wie würden Sie sich fühlen, wenn Ihre Frau ermordet worden wäre und sie zur Gerichtsmedizin fahren müssen, um sie zu identifizieren! Würden Sie dann gut aussehen? Leon hat ständig nach seiner Mama gefragt. Ich habe ihm heute Morgen so schonend wie möglich beibringen müssen, dass sie nicht mehr wiederkommt. Eine Welt ist für ihn zusammengebrochen. Meine Mutter hat ihn eben abgeholt und wir konnten ihn kaum beruhigen."

„Wir verstehen Ihre Nöte, aber es nutzt nichts. Wir müssen den Tatsachen ins Auge blicken und damit umgehen", wandte sich Klaus Pfeffer an Manfred Lau. „Herr Lotter und Frau Bock werden mit Ihnen nach Essen fahren und Ihnen zur Seite stehen. Wir schauen uns hier in aller Ruhe in der Wohnung um und suchen nach Spuren, die uns bei der Aufklärung des Mordes an Ihrer Frau weiterhelfen könnten."

„Bitte richten Sie nicht ein totales Chaos an. Das verkrafte ich im Augenblick nicht."

Besorgt schaute Manfred Lau die Beamten an. Elke de Haag beruhigte ihn: „Machen Sie sich keine Sorgen, wir sind Polizisten und keine Vandalen."

Lau nickte stumm und stieg in den Dienstwagen auf den Rücksitz. Karin Bock setzte sich ans Steuer und strich mit beiden Händen durch die kurzen braunen Haare. Sie setzte eine große Sonnenbrille auf. Lotter saß neben ihr und öffnete das Fenster. Er sog die Frischluft ein. Der Schweiß rann ihm über das Gesicht.

„Frank, soll ich dich erst nach Hause bringen? Ich kann auch allein mit Herrn Lau nach Essen fahren."

„Nein, nein! Fahr endlich los."

Karin stieg noch mal aus und holte aus dem Kofferraum zwei Wasserflaschen. Eine reichte sie Lau und die andere gab sie Lotter, dann startete sie.

Da es Feiertag war, kamen sie zügig voran. Vom Osterrückreiseverkehr war noch nichts zu spüren. Sie erreichten ihr Ziel in dreißig Minuten.

Das eiserne Tor war noch geschlossen. Lotter stieg aus und klingelte. Das Automatiktor wurde geöffnet und sie parkten den Wagen im Hof. Walter Breming stand schon in der Tür.

„Sie sind aber pünktlich." Er bat die drei hinein.

„Wo ist Ihre Kollegin?", wollte Karin wissen.

„Die hat heute frei und feiert mit ihrer Familie Ostern. Sie müssen mit mir allein vorliebnehmen."

Lotter schaltete sich ein: „Das ist für uns kein Problem." Er litt unter nicht übersehbarer Atemnot.

„Herr Lotter, möchten Sie lieber draußen an der frischen Luft bleiben? Sie sehen nicht gut aus. Oder kann ich Ihnen irgendwie helfen?"

„Alles gut, Herr Doktor, gehen wir hinein."

Lau schaute irritiert und aufgeregt von einem zum anderen.

Dr. Breming fasste ihn am Arm und führte ihn zu dem Raum, in dem die Leiche seiner Frau lag. Ihr Körper war mit einem Tuch bedeckt.

Manfred Lau stand davor und Lotter spürte, wie er zitterte. Lau hielt sich an dem Tisch fest, auf dem das Opfer lag. Karin stellte sich neben ihn, als der Doktor das grüne Tuch entfernte.

Manfred Lau sackte zusammen und Karin stützte ihn. Er weinte, schluchzte, schrie und fiel Karin schließlich um den Hals. Sie hielt den weinenden Mann fest und tröstete ihn. Dabei warf sie immer wieder einen Blick auf Lotter, der sichtlich angeschlagen wirkte.

Nachdem Lau sich etwas beruhigt hatte, trat Walter Breming an ihn heran. „Herr Lau, ich entnehme Ihrer Reaktion, dass es sich bei der Toten um Ihre Frau handelt."

Manfred Lau nickte. Dr. Breming fuhr fort: „Sie wussten, dass Ihre Frau schwanger war?"

Lau schüttelte den Kopf. „Ich hatte keine Ahnung."

„Wir haben Ihre DNA mit der des Kindes und der Kindesmutter abgeglichen und haben festgestellt, dass Sie nicht der Vater sein können."

Dr. Breming schaute Lau an. Es entstand eine Pause, bis dieser die Aussage des Rechtsmediziners realisiert hatte.

„Was ist los? Ich bin nicht der Vater? Was wollen Sie mir damit sagen?"

„Dass jemand anderes der Vater ist."

„Wer soll das denn sein? Hatte meine Frau einen Geliebten? Jetzt verstehe ich, warum sie nicht mitfahren wollte und keine klaren Aussagen darüber gemacht hat, ob und wann sie nachkommen will. Sie wollte mit dem Typen vögeln!"

Er trat an den Tisch, beugte sich kurz über die Leiche und ohrfeigte sie. Links, rechts, links, rechts.

„Das glaube ich jetzt nicht." Karin stand fassungslos da und hielt sich die Hand vor den Mund. Dr. Breming und Lotter zogen Lau von der Toten weg und führten ihn in einen anderen Raum.

„Herr Lau, beruhigen Sie sich", redeten alle drei abwechselnd auf ihn ein.

„Wie soll ich mich beruhigen? He, wie soll ich? Verstehen Sie, was in mir vorgeht? Sie hat mich und unseren Sohn betrogen! Schamlos betrogen! Ich kann nicht begreifen, was passiert ist und dann ist sie auch noch von diesem Dreckskerl schwanger. Diesem Blödmann. Wenn ich rausbekomme, wer das war, bringe ich ihn um!"

„Mit dieser Aussage sind Sie mal ganz vorsichtig. Sie wollen sich doch nicht noch unglücklicher machen, oder?“, mischte sich Lotter ein und rang dabei wieder nach Luft.

„Noch unglücklicher? Ha, dass ich nicht lache! Da kommt es auf ein bisschen mehr oder weniger auch nicht mehr an.“

Karin fasste Lau fest am Arm, sah ihm in die Augen und sagte: „Und, Herr Lau, was ist mit Ihrem Sohn? Braucht er seinen Vater jetzt nicht besonders?“ Diese Worte zeigten sofort Wirkung.

Er richtete sich auf und wischte die Tränen ab.

„Sie haben recht, Frau Kommissarin, er braucht mich jetzt besonders. Er ist noch so klein und ich darf ihn nicht im Stich lassen.“

„Sehen Sie, das hat doch jetzt erste Priorität.“

Dr. Breming brachte die beiden Kommissare und den Ehemann der Toten zum Haupteingang.

„Herr Lau, ich wünsche Ihnen trotz aller Widrigkeiten alles Gute und passen Sie gut auf Ihren Sohn und auf sich auf.“

„Das mache ich, Herr Doktor Breming.“

Lotter stand am Ausgang und rang nach Luft. Vor den Füßen des Rechtsmediziners brach er zusammen.

28. Verstärkung

– Föhr, Utersum; Montag –

Karla saß um halb sieben verschlafen am Frühstückstisch. Es war eine lange Nacht mit Hausdurchsuchung, Recherche, Diskussionen und Vorbereitungen gewesen. An allen zentralen Stellen in Wyk, Nieblum und Alkersum klebten schon die Suchmeldungen, denn die Plakate waren schneller als erwartet fertig geworden. Heute sollten zwei Kollegen von der Kripo in Niebüll ankommen, die die Wyker Beamten an der ersten Fähre in Empfang nehmen wollten.

Ihr Handy vibrierte auf dem Tisch und riss sie aus ihren Gedanken. Sie nahm den Anruf entgegen.

„Moin Inge, alles gut bei dir?“

„Das wollte ich dich fragen. Wie kommt ihr voran?“

Im Telegrammstil spulte sie die neuesten Informationen ab. Aber nur das, was sie unbedenklich weitergeben konnte.

„Kann ich irgendetwas für dich tun?“

„Nee Inge, heute wird es anstrengend. Wir gehen in die Vollen und dürfen keine Zeit verlieren. Aber lieb von dir. Wir sehen und hören uns auf jeden Fall. Tschuldigung, wenn ich mich kurzfasse, aber ich muss mich sputen.“

„Kein Problem, liebe Karla, trink noch einen Espresso und dann los.“

„Ich hatte schon zwei, nutzt aber nicht viel. Es wird schon, wenn mir gleich der Föhrer Wind um die Ohren bläst. Inge, ich muss auflegen, Rolf klopft an.“

Sie drückte ihre Freundin weg und nahm gleich das nächste Gespräch an. Auch Rolf gab sie eine Schnellfassung der Geschehnisse. Ebenso erhielt sie von ihm blitzschnell alle Informationen.

„Okay, wir telefonieren wieder.“ Schnell verabschiedete sie sich und hörte schon wieder ihr Handy. Dieses Mal meldete sich Dirk.

„Sag mal, Karla, ich höre nichts mehr von dir. Was ist los?“

„Schatz, ich rufe dich später an, ich muss jetzt los. Wir suchen nach den beiden verschwundenen Künstlerinnen.“

„Ich habe die Pressekonferenz über den Ermittlungsstand der Wittener Morde gesehen. Vermutet ihr einen Zusammenhang zu den verschwundenen Frauen auf Föhr?“

„Ja, möglich ist es. Noch will ich aber nicht an einen Serientäter denken. Auf jeden Fall dürfen wir keine Zeit verlieren. Urlaub hin oder her. Wir müssen die Frauen finden, bevor es zu spät ist.“

„Okay, okay, verstehe, mein Schatz. Dir ist wirklich nicht zu helfen. Es sind doch Kollegen vor Ort.“

„Ja, hier sind Kollegen vor Ort und die arbeiten auch gut. Aber in diesem Fall verstehe ich mich als Bindeglied zwischen den beiden, beziehungsweise vier Fällen. Rolf hat mit meinem Polizeipräsidenten persönlich entschieden, dass ich ermitteln soll.“

„Verstehe, pass bitte gut auf dich auf.“

„Klar, mache ich, wie immer, das weißt du doch. „Küssken und tschüss“, rief Karla und drückte nun auch Dirk weg.

Schnell sprang sie unter die Dusche und machte sich auf den Weg nach Wyk.

Sie fuhr durch die Inseldörfer, die früh am Morgen noch verschlafen und ruhig waren. Selbst in Nieblum sah sie kaum Menschen auf der Straße.

Die Kirchenglocken läuteten. Von Touristen keine Spur. Nur die Schafe auf den Feldern gaben sich ihr morgendliches Stelldichein. Die Insel strahlte auf Karla immer wieder etwas Besonderes aus. Sie schaute nach links, nach rechts, sah beim Vorbeifahren die wunderschönen reetgedeckten Häuser mit ihren bunten, gepflegten Gärten und spürte den Wind, der durch das offene Fenster wehte. Je mehr sie sich Wyk näherte, desto ruhiger wurde sie.

Auf dem Polizeiparkplatz war alles voll. Sie stellte sich dreist vor einen Streifenwagen und rannte die Treppe zur Polizeiinspektion hoch.

Jan, Piet, Adriane und die beiden Kollegen von der Kripo in Niebüll saßen schon zusammen. Jan stellte sie vor: „Das ist Kriminalhauptkommissar Arnold Harmsen, Kriminaloberkommissarin Wiebke Olsen.“

„Kriminalhauptkommissarin Karla Lang, Mordkommission Bochum.“

Arnold Harmsen ließ seine dunkle laute Stimme erschallen, sodass sogar Karla zusammenzuckte. Als er sich erhob, bauten sich gefühlte zwei Meter vor ihr auf. Arnolds blaue Augen blitzten. Er wuschelte durch sein weißblondes Haar und sagte: „Ich heiße Arnold“, und schlug gleich das ‚Du‘ vor.

„Ja sicher, Arnold, ich bin die Karla.“

Die wuchtige Erscheinung des Kollegen Harmsen beunruhigte sie. Sie hasste es, wenn sie nicht mit ihrem Gegenüber auf Augenhöhe sprechen konnte.

Die kleine zierliche Wiebke Olsen wirkte neben ihm wie ein Zwerg. Sie warf ihre rotblondgelockte Mähne zurück und reichte ihr die Hand. „Ich bin Wiebke“, ließ sie mit hoher Stimme verlauten.

„Karla.“

Wiebke reichte Arnold gerade mal bis zur Brust. Karla schaute sie an und dachte: ‚Mensch, Mädel! Du darfst auch nicht im Wind stehen.‘

Wiebke lächelte sie an und drückte ihr die Hand.

Karla massierte sie nach dem Händedruck.

„Mensch, Kollegin, du kannst aber zudrücken!“

„Das macht mein Krav-Maga-Training.“

„Das erklärt einiges.“ Karla befühlte Wiebkes Oberarm und lachte: „Ja, das sind Muckis – stahlhart.“

„Jungs und Mädels, genug mit dem Vorspiel. Lasst uns zur Tat schreiten, damit wir vorankommen“, ergriff Piet das Wort. Er fasste die bisherigen Ergebnisse zusammen und das, was in der Pressekonferenz vorgetragen werden sollte. „Gestern haben wir noch die Wohnung durchsucht und das Auto, das in Nieblum steht. Es lag ein Zweitschlüssel auf dem Wohnzimmertisch, sodass wir den Wagen mühelos öffnen konnten.“

Er zeigte einige Kleidungsstücke, sorgfältig in Beuteln verschlossen. Auch Schuhe hatten sie eingepackt.

„Wir haben noch mehr gesichert. Einige Stücke haben wir schon den Mantrailern gegeben, die gestern Abend in Nieblum mit der Suche begonnen haben. Sie sind, wie besprochen, auf dem Parkplatz der Feuerwache mit den Hunden gestartet. Die Straße bis zum *Dörpshus* haben sie abgesperrt, damit die Hunde ungehindert bis dorthin laufen konnten. Der erste Hund lief bis zum *Dörpshus*, schnüffelte kurz und rannte weiter bis fast zur *Föhrer Teestube*. Nach Aussagen des Trainers war er irritiert, strich immer wieder um dieselbe Stelle herum. An dieser Stelle kann man parken. Er schnüffelte weiter, lief ein Stück zurück und blieb stehen. Diese Spur sind die Hundetrainer mit weiteren Hunden abgelaufen. Alle Spürnasen verhielten sich gleich. Von daher gehen die Trainer davon aus, dass die Frauen mit einem anderen Auto gefahren sein könnten."

„Aha“, sinnierte Arnold Harmsen und Karla sagte: „Das ist ja schon mal ein kleiner Hinweis. Da sollten wir dranbleiben und speziell in Nieblum eine intensive Befragung starten.“

Jan Andersen informierte: „Das kleine Boot der Küstenwache ist wieder unterwegs. Gestern haben sie schon die Insel umrundet und nichts gefunden. Es sind auch am frühen Morgen Anrufe aus der Bevölkerung eingegangen. Leider noch nichts Brauchbares. Sechs Bereitschaftsbeamte sind zur Befragung der Bürger zunächst in Nieblum, Alkersum und besonders hier in Wyk unterwegs.“

„Okay, dann sind wir doch schon bestens für die Pressekonferenz gerüstet“, warf Piet schnell ein.

Karla hatte sich alles in Ruhe angehört und sagte: „Ich schlage vor, dass wir ebenfalls in der näheren Umgebung von Wyk suchen. Hoffen wir, dass die Insulaner was gesehen und bemerkt haben. Sie kennen sich alle. Es gibt einige spezielle Föhrer, die immer bestens informiert sind“.

„Der Inselfunk ist zusätzlich ein hervorragendes Medium“, ergänzte Piet.

„Die Fahndungsplakate werden vielleicht dazu beitragen.“

In dem Augenblick schellte das Telefon. Eine Touristin, die in Wyk Ferien mit ihrer Familie machte, hatte angeblich einen bärtigen Mann gesehen, der sich an der Fischbude auffällig verhalten hatte. Er hatte vor ihr in der Warteschlange gestanden und im Ruhrpottdeutsch den Fischverkäufer unflätig angeraunzt.

Adriane hatte das Telefonat angenommen. Sie fragte nach, ob sie gesehen habe, wohin der Mann gegangen sei.

Die Frau konnte nur berichten, dass er ein Fahrrad dabeihatte. Er sei in Richtung Sandwall gefahren.

„Sagen Sie mal, wie kommen Sie darauf, dass dieser Mann irgendetwas mit den vermissten Frauen zu tun haben könnte?“, hakte Adriane nach.

„Ich weiß es nicht. Mein Bauchgefühl hat es mir geflüstert. Ich dachte, es könnte wichtig sein. Dieser Mann fiel mit seinem unmöglichen Verhalten auf“, entgegnete ihr die Frau am Telefon.

Aufgrund des gut funktionierenden Inselfunks gingen weitere Anrufe aus der Bevölkerung ein. Adriane notierte sorgfältig alle Informationen. Die anderen Beamten verteilten sich an den Rechnern. Jan hatte für die Gastermittler aus Niebüll und für Karla einen Raum zur Verfügung gestellt, in dem sie ungestört arbeiten konnten.

Karla schreckte alle auf, als sie plötzlich das Wort ergriff: „Sag mal, Piet, wo ist die Autoliste von der Reederei? Wir sollten alle Fahrzeuge aus dem Ruhrgebiet genau unter die Lupe nehmen und auch noch mal eine neue Liste anfordern, und zwar von allen Fahrzeugen, die bis zum heutigen Tag auf der Insel angekommen sind und sie wieder verlassen haben.“

Piet griff zum Telefon und rief umgehend die Schiffsgesellschaft an. Inzwischen trafen noch drei weitere Beamte ein. Jan Andersen hatte sie angerufen. Sie sollten Adriane unterstützen, die ein Telefonat nach dem anderen entgegennahm.

„Ach übrigens, Karla, wir haben Arnold und Wiebke ebenfalls in zwei Apartments bei deiner Vermieterin Stine Gedsen untergebracht. Die Hotels waren ausgebucht und ich dachte, dass es sinnvoll sein könnte, wenn ihr alle zusammen seid.“

„Klasse, das passt doch gut“, rief Karla, die sich sofort wieder in ihre Arbeit vertiefte.

Karlas Handy klingelte.

„Inge, wat gibbet?“

„Karla, mir ist was eingefallen. Kannst du dich noch an die beiden Männer erinnern, die auf das *Dörpshus* zugingen, als wir die Ausstellung verlassen haben?“

„Na klar, Inge.“

„Wir haben uns noch über die beiden lustig gemacht. Weißt du noch?“

„Ja sicher, danke Inge, das ist noch mal ein guter Hinweis. Vielleicht haben diese beiden gelackten Kerle tatsächlich etwas mit der Entführung zu tun. Wir halten Augen und Ohren offen."

„Viel Erfolg noch."

„Tschüss Inge."

Karla überlegte. Dann rief sie das Video von der Preisverleihung auf.

29. Liebschaften

– Witten; Montag –

Klaus, Elke und Ulf machten sich an die Arbeit. Als Erstes nahmen sie sich das Arbeitszimmer der toten Simone Lau vor.

Der Laptop stand sofort im Mittelpunkt des Interesses.

Ulf setzte sich an den Schreibtisch, klappte den Rechner auf und versuchte das Kennwort zu knacken.

Elke und Klaus durchsuchten den Papierkorb, Ordner und alles das, was sonst noch herumlag.

Ulf jauchzte: „Ich fasse es nicht, das war einfach! Wie kann man so bescheuert sein? Das Passwort lautet 12leonmanfred90."

„Wie bist du denn darauf gekommen?", wollte Elke wissen.

„Frauen neigen dazu, die Namen ihrer Kinder und Männer mit 12 und 90 zu kombinieren, also die ersten und letzten Zahlen in der Reihe auf der Tastatur. Ihr werdet lachen, das habe ich schon oft gesehen, von daher war das mein erster Versuch. Männer machen so was auch, nur sie haben andere Kriterien. Zum Beispiel Fußballvereine kombiniert mit 12 und 90."

„Ich mache das nicht", lachte Elke.

„Ich auch nicht", mischte sich Pfeffer ein. „Ich hasse Fußball!"

„Und du, Elke, hast ja keine Kinder und keinen Ehemann."

Währenddessen beschäftigte sich Ulf mit den E-Mails von Simone Lau.

„He! Seht mal, Simone Lau hatte intensiven Schriftverkehr mit dem Stifter des Kunstpreises Jürgen Grume."

„Ach nee", frotzelte Elke. „Das ist doch klar, sie war in der Jury."

„Aber schaut mal, wenn man die Mails liest, kann man erkennen, dass mehr dahinter steckt."

„Dann sollten wir schnellstens einen DNA-Vergleich starten. Vielleicht ist der Grume ja der Vater des Lau-Kindes."

Elke rief gleich im Labor an und sagte zu den beiden Kollegen: „Wenn wir den DNA-Vergleich haben, dann statten wir dem guten Herrn Grume einen zweiten Besuch ab. Mal sehen, was er zu den neuesten Erkenntnissen sagt."

Ulf hob die Hand. „Schaut mal, Simone Lau hatte anscheinend die Nase voll von Grume. Sie hat Grume den Laufpass gegeben."

„Und dann hat sie vor der Preisvergabe noch mal mit ihm geschlafen? Merkwürdig“, überlegte Elke.

„Das werden wir mit dem DNA-Vergleich alles rausbekommen. Nur Geduld“, meinte Klaus.

Ulf durchsuchte den Laptop und philosophierte vor sich hin: „Wer weiß, vielleicht hat Sven Lahn ja auch zugeschlagen und seine Ex umgebracht. Dann hätten wir zwei 1-a Mordmotive.

Elke stimmte zu: „Eifersucht kennen wir als Motiv zur Genüge. Möglich wäre es ja, aber ich glaube es erst, wenn wir Beweise haben. Das jetzt sind nur Vermutungen.“

„Stimmt“, gab Ulf zur Antwort. „Ich spinne nur mal rum.“

Die drei Kommissare suchten weiter und verstauten sorgfältig alle Fundstücke in Plastikbeuteln.

Das Handy von Klaus Pfeffer klingelte und er wurde blass, als er den Anruf entgegennahm: „Was ist passiert? Karin? Beruhige dich erst einmal und erzähle mir alles nacheinander. Was? Lotter ist zusammengebrochen?“

Klaus stellte das Smartphone auf laut, damit alle Kollegen mithören konnten.

Karin berichtete: „Ja, Lotter ist in der Gerichtsmedizin zusammengebrochen. Dr. Breming hat sofort Hilfe aus der Notfallambulanz geholt. Er liegt jetzt auf der Intensiv im Medizinischen Zentrum der Uniklinik hier in Essen. Ich habe gewartet, in der Hoffnung irgendetwas erfahren zu können. Lau habe ich in der Kantine geparkt und hole ihn gleich ab. Den Ärzten habe ich gesagt, dass Lotter vermutlich einen Tumor in der Schilddrüse hat, damit sie eine grobe Einschätzung haben. Sie haben ihn reanimiert, stabilisiert und ins künstliche Koma versetzt, damit sich sein Körper erholen kann. Er hatte einen Herzstillstand.“

„Gut, Karin, mehr kannst du nicht für ihn tun.“

„Ich habe meine Telefonnummer hinterlassen. Soviel ich weiß, hat Lotter niemanden. Oder weißt du, ob er noch Verwandte oder Freunde hat, die man informieren müsste?“

„Nee, ich weiß auch niemanden. Er hat wenig über sein Privatleben rausgelassen. Gut, dass du deine Telefonnummer hinterlassen hast. Sie werden sich melden, und dann sehen wir weiter.“

„Wir fahren jetzt zurück nach Witten. Seid ihr noch in der Villa?“

„Ja, wir brauchen schätzungsweise noch eine halbe Stunde.“

„Alles klar."
Klaus wischte über sein Display und beendete das Gespräch.
„Ach du dickes Ei", sagte Elke und ließ sich auf die Couch im Wohnzimmer fallen.
„Ich informiere Rolf."
Klaus rief ihn an und berichtete von den Ereignissen. Rolf reagierte betroffen und meinte: „Ich habe es kommen sehen. Lotter hat mir in den letzten Tagen überhaupt nicht gefallen. Nun ist er zwangsweise ruhiggestellt. Was für ein Mist. Ich wollte euch heute eigentlich alle zum Ostermenü in *Sebos Café* einladen. Danach überlegen wir gemeinsam, wie wir weitermachen und wie wir Frank unterstützen können. Morgen kommt Uwe Wentzel übrigens aus dem Urlaub. Dann haben wir schon mal Verstärkung."
„Karin und ich könnten nach dem Essen unserem edlen Stifter einen Besuch abstatten und ihn zur Vernehmung ins Präsidium mitnehmen", schlug Klaus abschließend vor.
„Okay, das besprechen wir gleich. Ich warte auf euch bei *Sebos*. Dann sehen wir weiter. Hoffentlich geht das nur mit Frank gut."
„Das hoffen wir auch."

Karin und Manfred Lau betraten die Villa. Karin lief auf Klaus zu.
„Ich mache mir solche Vorwürfe – wie oft habe ich Lotter zusammengefaltet, aber ich wusste doch nicht, was dahintersteckte."
„Hör auf, dir Vorwürfe zu machen. Frank war immer anstrengend", flüsterte Klaus. „Das hatte nichts mit seiner Erkrankung zu tun, sondern einzig allein mit seiner Persönlichkeit. Aber trotzdem tut er mir leid. Auf seine Fachkompetenz und auf seine Kollegialität lasse ich nichts kommen."
„Da stimme ich dir zu, das eine hat mit dem anderen nichts zu tun. Er hat mit Sicherheit große Probleme, von denen wir nichts wussten. Wir müssen abwarten, was die Klinik uns mitteilt und dann sehen wir weiter."
Dann wandten sie sich wieder Lau zu.
Der saß mit regungsloser, starrer Miene auf seiner Couch im Wohnzimmer. Als Klaus Pfeffer ihn ansprach, reagierte er zunächst nicht.

„Herr Lau? Herr Lau!“

„Ja.“ Er schreckte auf.

„Wir sind jetzt fertig. Einige Dinge haben wir für die KTU mitgenommen. Wir melden uns, wenn wir noch einmal mit Ihnen sprechen müssen, oder zu neuen Erkenntnissen gekommen sind.“

Manfred Lau nickte stumm. Die Kommissare verließen das Haus und fuhren zur Oberstraße, wo sich *Sebos Café* befand.

30. *Flaute*

– Föhr; Montag –

Nach der Pressekonferenz atmeten alle durch.

Jan Andersen und Piet Dirksen hatten darauf geachtet, dass die Presseleute das richtige Futter bekamen.

Die Beamten wollten Unterstützung durch die Medien. Dennoch durfte nicht zu viel ausgeplaudert werden. Zu den Morden in Witten stellten sie erst einmal keinen Bezug her, sondern konzentrierten sich nur auf das Verschwinden der beiden Künstlerinnen auf der Insel.

Piet hatte sein Handy während der Konferenz auf lautlos gestellt. Als er es wieder einschaltete, piepste es. Eine Nachricht.

Als er sie las, lächelte er und seine Wangen röteten sich.

„Na, Piet, wer ist es denn?“, wollte Adriane wissen und lugte auf das Display. Durch die Spiegelung konnte sie nichts erkennen.

„Ach, nur ein Bekannter aus dem Chor, der mir immer lustige Videos schickt.“

„Aha!“

Adriane und Karla schauten sich an und grinsten. Beide wussten, dass Piet log, sagten aber nichts.

Als Nächstes nahmen sich Piet und Adriane Wyk vor. Karla fuhr mit Arnold und Wiebke zunächst nach Niebüll und dann nach Alkersum. In den jeweiligen Inseldörfern teilten sie sich auf, liefen in Geschäfte, Cafés und befragten die Menschen auf der Straße. Überall zeigten sie die Fotos von Violetta und Lena. Einigen kamen die Gesichter bekannt vor. Man hatte die Vermissten bei der Vernissage oder sonst wo auf der Insel gesehen, oder am Nachmittag vor der Ausstellungseröffnung in der *Föhrer Teestube*. Das bestätigten auch die Besitzer des Cafés.

Aber niemand wusste, ob Lena und Violetta das *Dörpshus* allein oder in Begleitung verlassen hatten. Ab der Vernissage schienen sie wie vom Erdboden verschluckt zu sein.

Karla rief Piet an. „Habt ihr irgendwelche Hinweise?“

„Nee, nichts wirklich Brauchbares. Die beiden sind an verschiedenen Stellen in Wyk vor der Vernissage gesehen worden. Wir waren auch in unterschiedlichen Restaurants. Zum Beispiel bei *Fietis*. Dort haben sie gegessen. Aber nach der Vernissage verläuft sich die Spur."

„Hier verhält es sich genauso."

„Wir suchen weiter. Wir befragen auch die Menschen in den anderen Dörfern. Irgendwer muss sie oder etwas Auffälliges gesehen haben."

„Piet, wir geben nicht auf. Wenn die Medien morgen berichten, werden wir mehr brauchbare Hinweise bekommen."

„Das hoffe ich, bis später."

„Tschüss Piet."

Karla informierte auch die anderen und schlug vor, eine Pause zu machen. Sie verabredeten sich auf dem Parkplatz an der Feuerwache, um dann in Utersum in der *Ual Skinne* zu essen.

Karla parkte vor dem Restaurant, vor dem sogar einige Gäste saßen. Der Wind fegte ihnen entgegen, als sie aus dem Auto stiegen, aber die Sonne schien.

„Wollt ihr draußen oder drinnen essen?", wollte Arnold wissen.

Karla schlug einen windgeschützten Platz draußen vor und sie versuchten sich alle drei in den Strandkorb zu setzen. Selbst mit den schlanken Frauen funktionierte es nicht. Der kräftige Arnold brauchte viel Platz. Die beiden Kommissarinnen zogen es vor, sich in den gegenüberliegenden Strandkorb zu kuscheln. Sie wickelten die Decken um die Beine und stopften sich die Kissen in den Rücken. Arnold saß in der Mitte des Korbes. Er verkündete, dass seine innere Wärme ausreiche und gab seine Decken auch noch rüber.

Die beiden Frauen hatten Spaß und rückten näher aneinander. Obwohl sie sich erst kürzlich kennengelernt hatten, war die Atmosphäre schon sehr vertraut.

„Ist das muckelig", lachte Karla, setzte ihre Sonnenbrille auf, schaltete kurz ab, bis die Bedienung nach ihren Wünschen fragte.

31. Osteressen

– Witten; Montag –

Rolf betrat *Sebos Café*. Während der nette Besitzer ihn an den reservierten Tisch führte, informierte er ihn darüber, dass noch vier weitere Kollegen auf dem Weg seien und er nicht ohne sie anfangen wolle. An allen anderen Tischen speisten die Gäste bereits; offensichtlich kam das Menü gut an.

Er hatte Uwe Wentzel schon telefonisch über die Ereignisse informiert und ihn auch gleich zum Essen eingeladen.

Rolf bestellte gerade ein Mineralwasser, als Uwe den Raum betrat. Seine Erscheinung strahlte schon etwas Besonderes aus. Kinnlanges, tiefschwarzes Haar, einen Dreitagebart, schlank, drahtig. Er trug vorwiegend schwarze Kleidung. Heute erschien er in Jeans, einem schlichten Rollkragenpullover aus Kaschmir und einem Wollblazer. Darüber trug er einen halblangen Mantel. Nicht nur die Frauen im Raum hörten auf zu essen und starrten ihn an. Uwe wusste, dass er gut aussah, reagierte aber gelassen und lächelte die Damen freundlich an.

„Hallo Uwe, schön, dass du gleich kommen konntest."

„Na klar, morgen bin ich doch eh wieder im Dienst. Mein Urlaub ist vorbei."

„Du siehst gut erholt aus, dann kannst du mit vollem Elan einsteigen. Ich wollte nach dem Essen in die Polizeiinspektion rübergehen, um zu hören, was es Neues gibt. Sie haben sich genaustens mit den Gästen der Preisverleihung beschäftigt, DNA-Tests durchgeführt und alle, die sie bisher erreichen konnten, vernommen." Rolf wollte zu den Geschehnissen nichts weiter sagen, er wusste nicht, wer hier zuhörte.

Klaus, Elke und Karin kamen nun ebenfalls und der Chef des Lokals stellte den fünf Kommissaren das Ostermenü vor: „Es gibt Osterhasensuppe aus Karotte und Ingwer, Honig-Senf-Krustenbraten mit Rosmarindrillingen und dazu eine mediterrane Gemüse- oder Salatplatte. Zum Dessert habe ich eine Pancake-Station aufgebaut. Jeder kann sich seine Pancakes selbst gestalten und so viele essen, wie er möchte. Dazu liegen frisches Obst, Süßigkeiten, Puderzucker, Honig, Nougatcreme und Schokostreusel bereit."

„Klingt gut", meinte Rolf und die anderen nickten.

„Lass kommen", meldete sich Klaus zu Wort, dessen Magen schon auf den Schuhsohlen hing.

„Habt ihr inzwischen noch was von der Uniklinik gehört?"

Karin berichtete leise: „Ja, der diensthabende Arzt der Intensivstation hat mich angerufen. Er darf mir eigentlich keine Auskunft geben. Er hat es dann doch gemacht, als ich ihm erklärt habe, dass wir nicht wissen, ob Frank noch Verwandte hat und wir uns stellvertretend erst mal um ihn kümmern müssen, bis wir was rausgefunden haben. Da Frank im künstlichen Koma liegt, kann er auch nichts unterschreiben. Der Arzt hat mir dann gesagt, dass sie Lotter soweit stabilisieren konnten. Sein Herz macht weiterhin Probleme. Warum, wieso konnte er noch nicht sagen. Morgen werden weitere Untersuchungen durchgeführt, auch die Schilddrüse nehmen sie sich vor. Er meldet sich wieder, sobald er mehr weiß."

„Dann warten wir ab", sagte Uwe laut.

Die anderen nickten schweigend.

Karin ergänzte: „Ich werde mal nachforschen, ob ich irgendetwas über Lotters Verwandtschaft rausbekommen kann."

„Das ist eine gute Idee." Rolf drückte Karins Hand anerkennend. Dann warf er einen Gedanken in die Runde: „Sagt mal, ist euch aufgefallen, dass er Christa Sitzler immer angehimmelt hat?"

„Na klar", warf Elke ein. „Das hat doch jeder gemerkt."

„Und sie hasst ihn", meinte Karin. Elke stimmte Karin zu. „Der Arme sucht nach einer Lebensgefährtin." Uwe nickte nachdenklich. „Nur an der Sitzler beißt er sich die Zähne aus."

„Wenn er wieder gesund ist, werden wir mal gemeinsam schauen, wie wir ihm helfen können", grinste Elke. „Sein Herz schreit nach Liebe."

„Und wie", bestätigte Rolf.

Elke war sofort dabei: „Partnerschaftsvermittlung übers Internet – ich werde für ihn schon ein 1-a Profil erstellen. Und dann finden wir eine Herzensdame für ihn."

„Hört auf", wies Rolf die Kollegen zurecht. „Erst mal muss er wieder gesund werden."

32. Schreckminute

– Föhr, Südstrand; Montag –

Heinz saß dick eingepackt vor seinem Campingbus in der Sonne, als Bernd mit dem Fahrrad vorfuhr. Seine Glatze versteckte er unter einer dicken Mütze und eine große Sonnenbrille schützte seine Augen.

„Du glaubst es nicht“, rief Bernd. „Überall auf der Insel haben sie Suchmeldungen von den beiden Weibern angeklebt.“

„Was?“

„Ja, die beiden werden gesucht!“

„Quatsch! Wer soll die denn vermissen?“

„Du Blödmann, schon vergessen, viele kennen sie auf der Insel. Sie stellen an zwei Orten aus.“

Heinz wollte ihn beruhigen. „Ja sicher, aber deshalb können sie doch machen, was sie wollen, sie sind erwachsen. Wenn man sie zwei Tage mal nicht sieht, ist das doch kein Weltuntergang. Die Insulaner spinnen doch.“

„Aber sie suchen sie trotzdem, kapier es endlich. Wir müssen hier weg. Was machen wir mit den Weibern?“

„Jetzt komm mal runner, Bernd! Auf diese alte, verlassene Villa kommt niemand. Aber okay, wenn du meinst, können wir ja verschwinden. Die Insel geht mir sowieso auf die Eier. Aber gleich gibt es noch ein schönes Abschieds-Tête-à-tête mit den beiden – und dann hauen wir ab. Die zwei lassen wir hier liegen.“

„Gut gedacht – kannst du vergessen! Die letzte Fähre fährt in einer Viertelstunde“, bemerkte Bernd.

„Dann ist es auch egal. Wenn es dich beruhigt, fahren wir morgen. Jetzt lass uns essen.“

Bernd brummelte immer noch vor sich hin, packte aber dann die Pizza aus und sie genossen das Essen und das erfrischende Bier dazu. Beide lehnten sich in ihren Campingstühlen zurück.

„Heinz, sei mal still, ich höre Hundegebell.“

„Hinter der großen Hecke, etwas weiter weg, steht ein kleines Haus. Da tobt ein Hund mit Kindern herum, die Hecke ist jedoch dicht, man hat von dort keinen Einblick. So lange wir uns ruhig verhalten und keinen unnötigen Lärm machen, interessiert sich niemand für uns und auch nicht für dieses Gelände."

„Wenn aber doch?"

„Jetzt wirst du langsam paranoid, hör auf zu spinnen! Wir widmen uns jetzt erst mal den schnuckeligen Damen. Zu irgendetwas müssen sie doch gut sein, oder?"

Bernd stand auf und rieb sich die Hände. „Ja, dann mal los."

33. Stifter

– Witten; Montag –

Das Ostermenü hatte den fünf Kommissaren vorzüglich geschmeckt. Es gelang ihnen sogar etwas zu entspannen und Abstand zu den Ereignissen zu bekommen.

Mit neuer Kraft starteten sie durch zur Polizeiinspektion an der Casinostraße – ein kurzer Weg.

Rolf klopfte wie immer der Lechnerfigur auf die Schulter. „Na Junge, auch noch im Dienst?"

„Den hast du aber ins Herz geschlossen", lachte Klaus.

„Lass mal, der Kollege ist in Ordnung. Er quatscht kein dummes Zeug, ist immer freundlich und rund um die Uhr im Dienst. Guck mal, wie er lächelt."

Tina Fritz saß im ersten Stock am PC und schrieb fleißig.

„Hallo Tina, wie läuft es bei euch? Wie weit seid ihr?"

„Ich habe Wolly gerade alles nach Bochum geschickt. Wir sind mit den Befragungen und mit den DNA-Tests fast durch, bis auf einige, die wir nicht erreichen konnten. Wahrscheinlich sind sie in Urlaub, wir haben ja schließlich Ostern."

KHK Axel Mohn und KOK Till Barth, die ebenfalls an ihren Schreibtischen saßen, zeigten den Bochumern die Listen.

„Einige Gäste fehlen noch."

„Oh je, das sind ja noch etliche", staunte Rolf. „Aber die Adressen habt ihr schon rausgesucht. Gut."

„Wir waren auch schon dort, aber diese Leute haben wir nicht angetroffen. Handy- und Festnetznummern stehen daneben." Axel Mohn zeigte auf die Namen.

Rolf zählte durch. Elf Gäste mit Begleitung fehlten. Bei fünf Personen hatten sie die Namen der Begleiter mit Adressen und Telefonnummern daneben geschrieben, die sie von den anderen Gästen oder im Melderegister in Erfahrung bringen konnten. Die sozialen Medien wurden schon durchforstet.

Lena und Violetta standen ebenfalls auf der Liste der nicht erreichbaren Gäste sowie drei weitere Künstler:

Heinz Bitter - Bildhauer - Begleiter Bernd Wild, Gabi Blum - Malerei und Sibille Derks - Malerei.

Bitter und Blum, beide für den Preis nominiert, aber nicht unter den Gewinnern.

Die anderen noch fehlenden Besucher des Events waren anscheinend nur Kunstinteressierte, keine Künstler, Juroren oder Kuratoren.

Rolf überlegte laut. „Na ja, immerhin, das sind doch schon eine Menge Informationen, die uns vielleicht weiterbringen. Die vier müssen wir dringend finden."

„Hier ist übrigens der DNA-Vergleich aus dem Labor. Von den bisher vernommenen Gästen gibt es keine Übereinstimmung mit den Opfern", ergänzte Tina.

„Dann müssen wir uns auf den Stifter und auf die noch fehlenden Personen konzentrieren", sinnierte Klaus.

„Also wieder alles auf Anfang", stimmte Rolf zu. „Gute Arbeit. Willst du nicht mal für heute Feierabend machen? Wolly ist auf dem Laufenden, er kann übernehmen."

Tina konnte man die Erschöpfung ansehen. „Oh ja, ein wenig Schlaf, gute Idee!"

„Sag ich doch", lachte Rolf.

„Karin, wie du schon vorgeschlagen hast, besuchen wir alle gemeinsam Jürgen Grume und interviewen den alten Hallodri. Wir nehmen ihn gleich mit ins PP Bochum. Ich versuche umgehend, telefonisch einen Durchsuchungsbeschluss zu bekommen, damit wir die Villa durchleuchten können. Dann haben wir etwas in der Hand, falls sich Grume weigert. Ich bin sicher, wir werden was finden."

Rolfs Handy vibrierte in seiner Hosentasche, bevor Metallica ertönte.

„Ja, Sahner. Nee, das glaube ich nicht! Ist das wahr? Moment, Doktor Breming. Ihr werdet es nicht glauben, Jürgen Grume ist der Vater von Simones Kind. Außerdem hatte er kurz vor ihrem Tod auch Geschlechtsverkehr mit Simone und Carmen. Seine DNA klebte auch an ihr."

„Dieses Schwein", entfuhr es Karin. „Die Künstlerinnen mussten sich anscheinend seine Gunst und Förderung erschlafen."

„Mal sehen, wie Grume sich dazu äußert, und ob sich dieser Verdacht erhärtet“, meinte Uwe. „Wir können gespannt sein.“

Rolf wandte sich wieder dem Telefonat zu und bedankte sich bei Dr. Breming für die Information.

Er rief sofort den diensthabenden Amtsrichter an und erklärte ihm, dass er umgehend einen Durchsuchungsbeschluss für die Grume-Villa benötigte, den der Richter ihm zusicherte. Dann trieb Rolf seine Leute an.

„Auf zu Jürgen Grume, dem fühlen wir jetzt mal so richtig auf den Zahn.“

Fünf Minuten später standen sie vor Grumes Villa am Parkweg.

Die Kommissare bauten sich vor der Haustür auf, Karin läutete.

Jürgen Grume, der einen Bademantel trug und völlig zerzaust die Tür öffnete, schob seinen Labrador zur Seite, der sofort die Nase durch den Türspalt gesteckt hatte.

„Was wollen Sie denn hier? Es ist Ostermontag.“

„Schon vergessen, Herr Grume? Wir ermitteln in zwei Mordfällen und wir benötigen dringend Ihre Hilfe.“

„Ich habe alles gesagt, mehr weiß ich nicht.“

„Lassen Sie uns bitte rein. Es ist dringend und wichtig, Herr Grume.“

Grume ließ es nur ungern zu. Der Kunstexperte entschuldigte sich für die Unordnung.

„Ich habe gestern zwei bis zwölf Gläser zu viel getrunken. Der Mord an den Frauen hat mich total geschafft.“

„Man sieht's“. Klaus sah sich um.

„Meine Haushälterin kommt erst morgen.“

Die Frauen sahen sich an und rümpften die Nase.

Grume schob ein paar Sachen zusammen. Strumpfhosen, BHs, Slips, Blusen, ein Kleid, zwei Röcke, Herrenboxershorts, Socken, Hosen und zerwühlte Kissen lagen herum. Auf dem Tisch standen leere Gläser, Champagner-, Wein- und Bierflaschen, Knabberzeug und überfüllte Aschenbecher. Es roch nicht appetitlich und Elke lief zur Terrassentür, um sie weit zu öffnen.

„Der Mief muss raus, sonst bekomme ich keine Luft.“

„Hatten Sie Gäste?“ Rolf hob eine Bierflasche an.

„Nein, das ist das Sammelsurium der letzten Tage.“

„Und von wem ist die Unterwäsche?“
„Von Carmen und von mir.“
„Carmen Zille?“
„Ja, wieso?“
„Dazu kommen wir gleich noch. Ist sonst noch jemand hier im Haus?“
„Nein, nur mein Hund Picasso und ich.“
„Der Name passt ja“, konterte Uwe.
Picasso wich seinem Herrchen nicht von der Seite und rieb den Kopf an seinem Oberschenkel. Grume streichelte ihm liebevoll über den Kopf, was dem schwarzen Labrador sichtlich gefiel.
Die Kommissare setzten sich auf die leergeräumten Sitzpolster.
„Darf ich mir mal eben etwas anderes anziehen?“
„Na klar, machen Sie das, und zwar so, dass sie gleich mit uns nach Bochum fahren können.“
„Was? Was soll ich denn da?“
„Wir brauchen Ihre Aussage zum Mitschneiden und Ihre Unterschrift. Das können wir nur im Polizeipräsidium.“
„Fassen Sie ja nichts an!“
„Wir müssen also davon ausgehen, dass wir uns hier nicht umsehen dürfen.“
„Ja!“
Jürgen Grume lief sichtlich verwirrt die Treppe hoch und Picasso hinter ihm her. Kurz danach hörte man die Dusche rauschen.
Elke, Ulf und auch die anderen sprangen sofort auf und schauten sich in den Räumen um. Alle zogen sich rasch die Einmalhandschuhe über, die Damenunterwäsche und diverse Kleinigkeiten sammelten sie ein.

Der Kunststifter kam in einem perfekt sitzenden, maßgeschneiderten Anzug die Treppe herunter. Er duftete nach Eau de Toilette und seine Haare hatte er mit Gel in Form gebracht.
„Was machen Sie da? Ich hole die Polizei!“
Alle lachten. „Schon vergessen, wir sind die Polizei. Und den Durchsuchungsbeschluss haben wir mitgebracht.“
Rolf zeigte ihm sein Handy. Der Amtsrichter hatte ihm eine E-Mail geschickt mit einer PDF-Datei im Anhang.

„Das Original liegt schon im Präsidium und kann Ihnen gleich in Bochum vorgelegt werden. Keine Sorge, es hat alles seine Richtigkeit. Frau de Haag und Herr Schmidt werden hierbleiben und sich ein wenig umschauen. Sie fahren mit uns und dann werden Sie uns mal alles von Anfang an erzählen."

„Ich weiß nicht, was Sie von mir wollen. Verdächtigen Sie etwa mich, dass ich die beiden Frauen ermordet haben könnte?" Zu Elke und Ulf gewandt sagte er: „Machen Sie bloß keinen Ärger, sonst schicke ich Ihnen meine Anwälte auf den Hals."

„Ja, ja, sicher", gab Elke augenrollend zurück und blies die blonden Locken aus ihrem Gesicht. „Machen Sie das."

Klaus, Karin, Uwe und Rolf nahmen Herrn Grume mit hinaus und baten ihn, in den Wagen von Karin zu steigen.

Jürgen Grume sprach mit seinem Hund: „Du bleibst hier und passt auf, dass die beiden hier keinen Unsinn machen."

Picasso bellte kurz und lief ins Haus zurück.

34. Gescheitert

– Föhr, Südstrand; Montag –

Heinz und Bernd stapften durch das dichte Gebüsch auf die alte Villa zu, in der sie Lena und Violetta versteckt hielten. Seinen grünen VW Campingbus hatte Heinz ein Stückchen vom Haus entfernt unter einen alten Baum gefahren und vorsichtshalber mit einem anderen Kennzeichen versehen. Ein großer Aufkleber an der Fahrertür, der für eine Zigarettenmarke warb, sollte die Tarnung perfekt machen.

Bernd hatte dieses Mal Wasser und eine Tomatensuppe in einer Dose aus der Pizzeria für beide Frauen gekauft, dazu ein paar Pizzabrötchen. Heinz grinste hämisch.

„Wollen wir mal nicht so sein. Die Damen bevorzugen keine feste Nahrung, dann bekommen sie eben flüssige und viel Wasser, damit sie wieder fit werden. Wenn sie wie leblose Säcke rumliegen, macht das Vögeln keinen Spaß“.

„Da hast du recht“, stimmte ihm Bernd zu, der seine blonde Langhaarperücke noch mal gerade zupfte. Auch Heinz korrigierte seine Frisur, bevor sie die Treppe hinunterstiegen. Der Lichtstrahl vom eingeschlagenen Fenster leuchtete direkt auf Violetta, die leblos dalag.

„Die werden doch nicht tot sein?“

Beide stellten die Getränke und das Essen ab.

„Hey“, schrie Heinz Violetta an. „Hörst du mich, du Schlampe?“

Violetta schlug die Augen auf und bewegte sich. Heinz träufelte ihr etwas Wasser auf die Lippen, nachdem er ihr den Knebel entfernt hatte. Er setzte den Becher an ihren Mund und gab ihr vorsichtig zu trinken.

„Los, beweg deinen Hintern zu der dahinten“, befahl er Bernd, der sich sofort zu Lena begab, aber weniger behutsam vorging. Er schlug Lena immer wieder rechts und links auf die Wange.

„Werd' wach, du dumme Kuh!“

„Sei nicht so grob, wir brauchen sie noch“, gab Heinz zu bedenken.

Bernd gab nun Lena vorsichtig zu trinken und versuchte ihre Lebensgeister zu wecken. Anschließend boten die beiden Männer ihnen die Tomatensuppe an.

Violetta schmeckte die Suppe und sie versuchte ein wenig zu schlucken. Entgegen seiner Art fütterte Heinz sie behutsam. Nach und nach nahmen Lena und Violetta etwas von der Suppe im Wechsel mit Wasser zu sich. Diese kleine Aktivität strengte sie so sehr an, dass sie sofort wieder einschliefen.

„So'n Mist, ficken können wir die heute nicht mehr, kannse vergessen", schimpfte Bernd und Heinz stimmte zu.

„Scheiß was drauf, lassen wir sie schlafen. Mit denen ist nicht mehr viel los, das macht auch keinen Spaß mehr." Sie stopften ihnen den Knebel in den Mund und verließen die Villa.

Der Hund vom Nachbargrundstück bellte unaufhörlich.

35. Expertenverhör

– Bochum; Montag –

Klaus und Karin führten Jürgen Grume in den Vernehmungsraum.

Uwe und Rolf verfolgten das Geschehen auf der großen Leinwand.

Wolly arbeitete konzentriert an den Listen und stand mit Tina in Witten im regen Austausch, die immer noch keinen Feierabend gemacht hatte. Elke und Ulf suchten in der Villa unermüdlich nach Spuren.

„Herr Grume, fangen wir an." Klaus stellte das Mikrophon in Position und begann damit, den Stifter nach seinem Verhältnis zu Simone Lau zu befragen.

Herr Grume rückte den Stuhl zurecht, schaute auf die im Raum installierte Kamera und legte dann missmutig los: „Das Verhältnis zu Simone hatte ich bereits seit einem halben Jahr beendet. Wir pflegten eine lockere Bettbekanntschaft. Ich habe herausgefunden, dass sich Simone einen zweiten Liebhaber zugelegt hatte, ein gewisser Veit Brinkmann. Von daher sah ich keinen Sinn mehr, das Verhältnis weiterzuführen. Es wurde mir alles zu kompliziert. Schließlich war sie auch noch verheiratet und hatte einen Sohn."

Karin rümpfte die Nase.

„Und Sie haben sich dann gleich eine Neue zugelegt: Carmen Zille?", konfrontrierte Klaus ihn.

„Ja, richtig. Aber Carmen liebte ich aufrichtig. Ich wollte mit ihr zusammenleben. Meinem Heiratsantrag stimmte sie zu und beendete sofort die Beziehung mit Sven Lahn, der ihr schon seit geraumer Zeit auf die Nerven ging. Er klebte wie eine Klette an ihr. Sven drehte beinahe durch, als er von unserer Beziehung hörte. Daraufhin setzte Carmen ihn vor die Tür und warf ihm seine Sachen hinterher. Das lief dramatisch ab und löste im Haus einen ordentlichen Tumult aus. Er drohte ihr, sie und mich umzubringen. Er wurde sogar handgreiflich. Eine Nachbarin half ihr. Schließlich ließ er von ihr ab und verschwand mit Sack und Pack. Wo Sven jetzt ist, weiß ich nicht. Keiner hat ihn danach wiedergesehen."

„Könnte er Carmen Zille umgebracht haben?", warf Karin ein.

„Möglich, sie erzählte mir, dass er bei Konflikten überzogen und cholerisch reagierte. Ich kenne ihn zu wenig. Wer weiß schon, was aus Eifersucht alles passieren kann? Aber einen Mord zu begehen – dazu gehört schon was."

„Erklären Sie uns jetzt bitte genau, was sich vor und nach der Preisverleihung abgespielt hat."

Klaus rückte seinen Stuhl näher an ihn heran, beugte sich etwas nach vorn, um den Stifter Grume genau anzusehen. Auch Karin nahm diese Position ein.

Der wich mit seinem Stuhl etwas zurück und erzählte weiter: „Simone besuchte mich gegen sechzehn Uhr. Wir besprachen die Formalien für die Preisverleihung am Abend und tranken dabei ein Glas Sekt. Nach den Vorbereitungen setzte sie sich auf meinen Schoß und öffnete mir das Hemd. Sie meinte, dass wir doch zum Abschluss noch einmal miteinander schlafen sollten, um uns dann freundschaftlich zu verabschieden. Ich Blödmann ließ mich von ihr bezirzen und ließ mich darauf ein. Simone handelte es wie ein Geschäftsessen ab und verabschiedete sich mit den Worten: ‚Machs gut. Ich wünsche dir viel Glück mit Carmen.'"

„Wussten Sie, dass Simone ein Kind von Ihnen erwartete?"

„Was? Von mir! Das kann nicht sein. Wie kommen Sie denn darauf?"

Klaus erklärte ihm, dass seine DNA mit der des Kindes übereinstimmte.

Grume war entsetzt und sagte nur: „Oh nein, das hätte mir noch gefehlt."

„Ach, dann ist für Sie ja alles bestens gelaufen. Mutter und Kind leben nicht mehr, und das Problem ist gelöst."

„Das ist eine miese Unterstellung. Ein Kind hätte zwar alles noch komplizierter gemacht, doch wenn es so gekommen wäre, hätte ich mich darum gekümmert."

„Ich frage Sie jetzt an dieser Stelle: Haben Sie Simone Lau getötet?"

Jürgen Grume sprang von seinem Stuhl auf, warf ihn um und schrie: „Nein! Nein! Nein! Das habe ich nicht!“

„Okay, Herr Grume, setzen Sie sich wieder hin. Wir nehmen das erst einmal zu Protokoll. Dann berichten Sie bitte weiter“, ordnete Klaus sachlich an.

„Um Viertel nach sechs kam Carmen zu mir. Aufgeregt berichtete sie mir, dass sie in den sozialen Netzwerken und per WhatsApp böse attackiert worden sei. Über mich zogen verschiedene Künstler und Künstlerinnen ebenfalls her.“

„Haben wir das Handy von Carmen Zille bei der Hausdurchsuchung gefunden?“, wollte Klaus von Karin wissen.

„Nein, bisher noch nicht.“

„Wissen Sie, wo das Handy von Carmen sein könnte?“

Jürgen Grume verneinte dies.

„Wer hat ihr die Nachrichten geschrieben?“

Das konnte der Stifter ebenfalls nicht beantworten.

„In der Aufregung haben wir nicht über Namen gesprochen. Wütend löschte sie die Nachrichten und im Netzwerk verschwanden die Posts kurz vor der Veranstaltung auch wieder. Die Verfasser der Hetzkampagne hatten kalte Füße bekommen, nehme ich an. Es lief alles unter einem Pseudonym.“

„Was passierte anschließend?“

„Ich beruhigte sie und nahm sie in den Arm. Wir schmusten und schliefen miteinander. Sie duschte bei mir und fuhr zum Museum. Ich machte mich ebenfalls frisch, um mich danach auf den Weg zu machen.“

„Haben Sie ein Kondom benutzt, als Sie mit den beiden Frauen geschlafen haben?“

„Nein, beide haben die Pille genommen.“

„Und das reichte Ihnen?“, warf Karin ein.

„Ja, es war für uns in Ordnung.“

Karin verzog wieder das Gesicht und bat den Kunstkenner, mit seinem Bericht fortzufahren.

„Es kamen viele Besucher und die Preisverleihung verlief in recht guter Atmosphäre. Ich merkte zwar, dass einige im Hintergrund tuschelten, aber ich schüttelte es ab und warf mich ins Getümmel. Der Abend verlief feucht-fröhlich und verschiedene Künstler und Künstlerinnen umgarnten mich wie immer. Jeder wollte etwas von mir. Ich gestehe, dass ich es bis zu einem gewissen Punkt auch genoss. Später nervte es mich. Einige Künstler haben es nicht nötig sich anzubiedern, weil sie gut sind. Wie Lena Beck oder Violetta Fey. Die beiden sind talentiert und machen wunderbare Kunst. Und sie haben persönliches Format. Niemals haben sie bei mir auf der Matte gestanden und um Unterstützung gefleht, wie viele andere. Sie haben sich sachlich beworben. Nicht mehr und nicht weniger. Von daher haben diese beiden und auch Carmen Zille den Preis redlich verdient. Die meisten sollten es lieber lassen, da ist jede Mühe vergebens. Sie können gerne als Hobbykünstler weiterarbeiten, aber in der Preisliga spielen sie nicht."

Obwohl Karin und Klaus kurz der Atem stockte, als sie die beiden Namen Lena Beck und Violetta Fey hörten, bewahrten sie die Contenance. Karin fragte ruhig nach: „Wer tritt Ihnen denn zurzeit besonders auf die Füße und buhlt um Ihre Förderung?"

„Zum Beispiel Gabi Blum, Sibille Derks und Heinz Bitter, sowie noch einige andere, die aber noch eher in der zweiten Liga spielen. Die drei sind der Meinung, große Kunst zu produzieren. Dazu möchte ich mich jedoch nicht äußern. Ich hatte sie in den Nominierungspool mit noch weiteren zehn aufgenommen, weil ich die Jury entscheiden lassen wollte. Aber die hat die drei Sieger einvernehmlich ausgewählt. Und ich habe vollends hinter der Jury gestanden. Ich vermute, dass diese drei die Hetzkampagne eingeleitet haben. Aber beweisen kann ich es nicht. Auf jeden Fall werden die von mir keine Unterstützung bekommen, auch wenn sie sich die Füße vor meiner Tür blank scharren."

„Wer war noch in der Jury?", wollte Klaus genau wissen.

Grume zählte die insgesamt fünf Mitglieder auf und Karin notierte die Namen, um sie noch mal genau überprüfen zu lassen.

Karin und Klaus atmeten tief durch. Es kribbelte ihnen in den Fingern, sofort aktiv zu werden. Aber das passierte schon im Nebenraum. Das Handy von Klaus schnarrte in seiner Tasche.

Rolf schrieb ihm: „Macht ruhig weiter."

„Herr Grume, wenn Sie die beiden Frauen nicht getötet haben, wer könnte dann für deren Tod verantwortlich sein? Wem trauen Sie das zu? Haben Sie einen Verdacht?"

In diesem Augenblick schossen dem Kunstförderer die Tränen in die Augen und er weinte: „Ich weiß es nicht, ich weiß es wirklich nicht, glauben Sie mir. Als ich den Bericht im Fernsehen gesehen habe, ist für mich eine Welt zusammengebrochen. Danach habe ich mich zu Hause verschanzt, getrunken und geschlafen, bis Sie aufgetaucht sind. Ich kann und will es bis heute noch nicht fassen."

„Jetzt beruhigen Sie sich erst mal." Karin schüttete ihm ein Glas Wasser ein, welches sie ihm entgegenschob. „Ist Ihnen irgendetwas Verdächtiges an dem Abend aufgefallen?", setzte sie die Vernehmung fort.

„Erst mal nein, Carmen und auch Simone sah ich im Gespräch mit verschiedenen Gästen. Sie hatten Spaß. Auch ich führte noch einige nette Gespräche mit unterschiedlichen Leuten. Kurz nach Mitternacht suchte ich die Frauen. Weder Simone noch Carmen konnte ich finden. Ich machte mir Sorgen und rief sie auf ihren Smartphones an, ohne Erfolg. Auch in den nächsten Tagen konnte ich sie nicht erreichen."

„Und dann haben Sie bei der Polizei angerufen?"

„Nein, ich dachte mir, dass sie nach der Preisverleihung mal Ruhe haben wollten und hielt mich zurück. Später kam die Meldung vom Tod der beiden im Fernsehen."

„Auch nach dieser Nachricht meldeten Sie sich nicht."

„Ich war fix und fertig und wollte mit nichts etwas zu tun haben. Die beiden waren ja tot, daran ließ sich nichts ändern. Warum sollte ich dann aktiv werden?"

Karin und Klaus schauten sich entsetzt an. Karin meinte: „Herr Grume, es ist überhaupt nicht nachvollziehbar, dass sie sich nicht sofort bei uns gemeldet haben. Wir beenden jetzt erst mal das Gespräch. Bitte warten Sie draußen. Sie müssen Ihre Aussage noch unterschreiben, dann bringen wir Sie nach Hause zurück. Allerdings müssen Sie sich für eine weitere Befragung bereithalten."

Grume nickte, stand auf und verließ den Raum.

36. Hinweise

– Föhr, Utersum; Montag –

Das Essen in der *Ual Skinne* hatte vorzüglich geschmeckt. Die drei Kommissare wollten gerade die Befragung weiterführen, als Karlas Handy im Rucksack vibrierte. Dann erklang die Erkennungsmelodie.

„Oh, Miss Marple im Dienst“, lachte Arnold.

„Rolf, wat gibbet?“, meldete sich Karla im lockeren Ruhrpottjargon.

Rolf informierte sie über den Stand der Dinge.

„Wo stecken bloß die anderen Gäste, die auf der Gästeliste der Preisverleihung stehen? Nicht, dass von denen einer der Täter ist und sich bereits auf der Insel befindet. Vielleicht handelt es sich tatsächlich um einen Serienkiller. Ich darf gar nicht daran denken.“

„Okay, Rolf. Möglich oder nicht. Auf jeden Fall werden wir die Listen der Reederei durchforsten, um zu sehen, ob von den Personen irgendwer auf die Insel gekommen ist.“

„Richtig, das ist doch schon mal was.“

„Wir fahren sofort zur Polizeistation, um das zu überprüfen. Danke, ich melde mich wieder bei dir.“

Arnold und Wiebke verfolgten konzentriert das Telefonat. Karla hatte auf Lautsprecher gestellt.

„Jetzt aber flott!“, spornte Arnold die Damen an.

Es fegte ein starker Wind um die Mauern der Polizeistation Wyk, als sie ausstiegen.

Drinnen herrschte geschäftiges Treiben, es gab viel zu tun. Piet berichtete im Telegrammstil, dass sie eine alte, demente Dame, die sich auf einem Hof in Süderende allein auf Wanderschaft begeben hatte, hatten suchen müssen. Glücklich erzählte er, dass sie die nette Bäuerin wiedergefunden hatten.

„Mann, Mann! Oma Alma macht sich immer wieder auf die Socken. Irgendwann wandert sie durchs Watt und dann?“ Sein Gesicht legte sich in sorgenvolle Falten.

„Weißt du, Karla, Oma Alma lieben alle Insulaner und wenn sie weg ist, helfen alle suchen. Deshalb wird sie immer schnell aufgegriffen."

„Das freut mich, Piet. Dann hoffen wir doch, dass die Insulaner Violetta und Lena auch schon lieben gelernt haben und uns helfen, sie zu finden."

„Mach dir keine Sorgen, wir finden sie. Darauf kannst du dich verlassen."

Piets Handy piepste. Er las die eingegangene SMS und strahlte.

„Na, ist es Inge?", lachte Karla.

„Woher weißt du das?"

„Das steht in Leuchtschrift auf deiner Stirn. Aber jetzt mal zackig, wir haben eine Menge zu tun."

Piet beantwortete kurz die SMS. Schon währenddessen kramte er die Listen der Reederei hervor. Sie teilten die Arbeit auf und suchten konzentriert nach den Namen, die Rolf durchgegeben hatte: Heinz Bitter, Bernd Wild, Gabi Blum und Sibille Derks.

„Hier! Hier!" Karla sprang auf. Der Schreibtischstuhl, auf dem sie gesessen hatte, sauste durch den Raum und kam am anderen Schreibtisch zum Stehen.

„Dienstag, 31.3., Heinz Bitter, grüner VW Campingbus, Kennzeichen: EN-HB 123." Sie fuhr weiter mit dem Finger über die Namen und stockte ein zweites Mal: „Mittwoch, 1.4., Bernd Wild, schwarzer Audi Kombi, Kennzeichen: EN-BW 710. Von weiteren noch fehlenden Personen sehe ich nichts. Ihr etwa?"

„Nein, Karla", antworteten sie im Chor.

Ab jetzt herrschte rege Geschäftigkeit. Karla rief sofort Rolf an und berichtete ihm von ihren Ergebnissen. Piet alarmierte die Mantrailer Föhr und bat, so viele Hundeführer wie eben möglich bereit zu halten.

Adriane kam aus dem Nebenraum gerannt. „Leute, hört mal kurz zu. Wir haben einen Hinweis, der vielleicht für uns wichtig sein könnte. Eine Frau aus einem Ferienhaus am Südstrand hat angerufen und mir berichtet, dass sie gestern Abend angekommen sind und ihr Hund seitdem keine Ruhe mehr gibt. Er läuft immer an der Hecke entlang und bellt ständig. Irgendetwas stimmt da nicht."

„Wo ist das genau?", rief Karla aufgeregt. „Lass uns nachsehen, was dort los ist."

„Das Ferienhaus liegt *Am Golfplatz* in der Nähe der Pferdeweide."

Piet mischte sich ein: „Das muss neben der alten, verlassenen Villa mit Walmdach sein, die nur über die große Pferdekoppel erreichbar ist. Das Haus ist vom Strand nicht einsehbar. Der Zugang ist nur von der Straße möglich. Man muss über die große Pferdekoppel laufen. Es ist zugewachsen, hinter Hecken und Bäumen versteckt, und auch von der Straße nicht zu erkennen. Seit Jahren ist die Villa nicht bewohnt und steht leer. Ich hatte vergangenen Sommer mal einen Einsatz dort, weil sich Jugendliche darin einquartiert und wilde Partys gefeiert haben. Ansonsten kümmert sich niemand um das Anwesen. Ich kann euch dahin führen."

„Ja, dann aber flugs!", spornte Karla die nordischen Kollegen an.

Piet griff wieder zum Handy und rief Louis Carmsen, den Leiter der Mantrailer Föhr an, um genaue Instruktionen zu geben. Karla und Wiebke schnappten sich sämtliche Tüten mit Kleidungsstücken von Lena und Violetta, die in der Polizeistation lagen. Davon hatten sie schon einiges an die Hundetrainer weitergegeben, die diese Geruchsproben in Nieblum für die Suche benötigten.

Jan Andersen trommelte alle Beamten zusammen, die er erreichen konnte, und orderte sie zur alten Villa. Die Reederei wurde informiert und der Fährverkehr gestoppt. Keiner sollte mehr die Insel verlassen. Auch in Dagebüll verließ keine Fähre mehr den Hafen. Vier Polizisten kümmerten sich darum, dass an der Anlegestelle keine Tumulte aufkamen.

Alle anderen fuhren in Richtung Südstrand. Durch das dichte Gestrüpp konnte man nur schwer von der Villa zum Strand kommen, dennoch begaben sich zwei Beamte dorthin, um diesen Abschnitt zu bewachen. Möglich war ja schließlich alles.

37. Auswertung

– Bochum; Montag –

Nothing Else Matters erschallte. Rolfs Handy lag auf dem Tisch und drohte, durch die Vibration hinunterzufallen. Im letzten Augenblick schnappte er es sich. Karlas Foto war deutlich auf dem Display zu erkennen. Alle im Raum lauschten gespannt den Neuigkeiten. Der Einsatz an der Villa am Südstrand stand kurz bevor.

„Melde dich bitte sofort und sei bitte vorsichtig." Es knackte in der Leitung und Karla verstummte.

Rolf legte das Handy beiseite. „Gut, die nordischen Pflanzen starten. Wir setzen hier die Arbeit fort. Lasst uns noch mal über die Vernehmung von Grume sprechen. Was meint ihr? Hat er etwas mit den Morden zu schaffen, oder hat er die reine Weste, die er uns verkaufen will?"

Karin wollte gerade ansetzen, etwas dazu zu sagen, da trällerte ihr Handy.

Die Uniklinik Essen – Intensivstation!

„Ja, Karin Bock." Auch sie stellte die Mithörmöglichkeit ein.

Der Arzt schilderte, dass sie weitergehende Untersuchungen an Lotters Herz durchführten. Den plötzlichen Aussetzer konnte er sich nicht erklären. Er hatte keinen Infarkt und keine Herzrhythmusstörungen. Die rechte Herzklappe sei etwas schwach, aber besorgniserregend sei das nicht. Er vertrat die Meinung, dass es mit persönlichem Stress zu tun hatte, tippte auf die Krebserkrankung, über die sich Lotter existenzielle Sorgen machte. Zu dem vermuteten Karzinom in der Schilddrüse wusste er zu berichten, dass es sich um einen winzig kleinen Knoten handelte. Ob er bösartig sei, wisse er noch nicht. Selbst wenn sich der Befund bestätigen sollte, werde er aller Wahrscheinlichkeit nach eine gute Prognose haben.

Ein Raunen erfüllte den Raum und der Arzt offenbarte, dass sie Lotter aus dem künstlichen Koma geholt hatten. Er sei medikamentös gut eingestellt und ansprechbar. Nachdem der Arzt ihn über die Untersuchungen aufgeklärt hatte, sei er guter Dinge und sähe einer Operation hoffnungsvoll entgegen. Frank

Lotter hatte eingewilligt, dass der Arzt gegenüber den Kollegen Auskunft geben durfte. Mit dem Eingriff wollten sie allerdings noch ein wenig warten, bis er sich erholt und stabilisiert hatte. Eile sei momentan nicht geboten.

Karin fragte, ob man ihn jetzt besuchen könne.

Dies bestätigte und begrüßte der Arzt.

„Muntern Sie ihn auf, das genau braucht Ihr Kollege. Vorsorglich behalten wir ihn auf der Intensivstation zur weiteren Beobachtung. Aber in den nächsten Tagen wird er bestimmt auf die Normalstation verlegt."

Karin bedankte sich für die Auskunft und versprach, Lotter so bald wie möglich zu besuchen.

„Niemals habe ich gedacht, dass ich mich mal freuen werde, Lotter zu besuchen", lachte sie.

„Genau, wie oft wolltest du ihn verwursten und hast wie ein Rohrspatz über ihn geschimpft?" Uwe klopfte ihr auf die Schulter und alle anderen waren ebenfalls glücklich über die guten Nachrichten.

„Wenn du hinfährst, komme ich mit", unterstützte Rolf sie. „Danach könnt ihr ihn alle abwechselnd besuchen. Aber keiner spricht über den Fall mit ihm. Egal, wie sehr er auch darum bittet."

„Klaro", kam von allen die Antwort. Rolf erinnerte: „Kommen wir zurück zum Tagesgeschäft."

Karin ergriff wieder das Wort: „Ich glaube, dass Jürgen Grume mit den Morden nichts zu tun hatte. Dazu ist er nicht in der Lage. Er ist zwar ein sehr spezieller Typ und ich traue ihm als Frau nicht von zwölf bis Mittag über den Weg, aber morden? Nee, das kann der nicht."

„Da stimme ich dir zu", meinte auch Klaus und die anderen nickten die Aussage ab.

„Dennoch sollten wir ihn weiterhin im Auge behalten", meinte Rolf.

Mit großem Getöse betraten Christa Sitzler, Dr. Michael Drumler und Siegfried Westermann den Raum.

„Kollegen, wie weit seid ihr mit euren Ermittlungen?", wollte die Staatsanwältin wissen. Auch Westermann wandte sich an alle: „Wir sollten überlegen, was wir der Presse mitteilen. Sagen wir schon was von den verschwundenen Frauen auf Föhr oder warten wir noch, bis wir neue Informationen von Karla Lang erhalten haben?"

„Wir sollten uns damit noch zurückhalten", antwortete Rolf sofort. „Vielleicht werden die Kollegen heute noch auf der Insel fündig. Karla wird sich melden, sobald sie mehr weiß."

„Okay, dann sagen Sie mir, wie wir verfahren sollen."

„Ich finde, dass wir der Presse sagen sollten, dass wir in der Hochphase der Ermittlungen stehen und um Geduld bitten. Sobald wir mehr wissen, werden die Medien umgehend unterrichtet."

Rolf schlug vor, als nächstes den neuen Liebhaber des Opfers Simone Lau aufzusuchen.

„Wir brauchen auch diesen Sven Lahn. Wo steckt dieser Bursche nur? Die anderen Personen, die wir noch auf der Liste haben, müssen wir ebenfalls schnellstens finden."

Uwe ergänzte: „Das ist richtig, was du sagst. Wir müssten sie zur Fahndung ausschreiben, aber das könnte momentan nach hinten losgehen. Falls einer von ihnen mit dem Mord zu tun hat, warnen wir sie vor."

„Das stimmt, also nähere Nachbarschaft, Umgebung und die anderen Gäste noch mal befragen. Vielleicht bekommen wir auf diesem Weg doch noch etwas raus."

„Sicher, Rolf? Du weißt doch, dass die Wittener die Gästeliste von links nach rechts abgefragt haben. Bisher ohne Ergebnis", warf Karin ein.

„Dann eben noch einmal. Wir sollten unsere Aufmerksamkeit besonders auf die fehlenden Künstlerinnen Gabi Blum und Sibille Derks lenken."

„Auch die sind einfach nicht aufzutreiben."

„Egal, weitermachen, wir müssen sie finden."

Dr. Michael Drumler, der sich alles in Ruhe angehört hatte, stellte eine neue Hypothese auf: „Und wenn die beiden Typen, die auf Föhr gesucht werden, was mit dem Mord an den beiden Frauen hier zu tun hatten?"

Die Diskussion wurde nun immer lauter und emotionaler. Schließlich fasste Rolf zusammen: „Ruhe, liebe Leute! Was haben wir bis jetzt? Zäumen wir das Pferd mal von hinten auf. Wir wissen, dass Heinz Bitter und Bernd Wild auf der Insel sind und die beiden Künstlerinnen Violetta Fey und Lena Beck. Möglicherweise haben die zwei Herren was mit der Entführung und vielleicht auch mit den Morden hier zu tun. Mehr wissen wir erst, wenn sie und auch die beiden vermissten Frauen gefunden wurden. Hoffen wir, dass sie noch leben. Der Stand der Dinge hier ist, dass wir die Aussage von Grume haben und die DNA-Vergleiche. Damit können wir aber, was die Aufklärung der Morde angeht, nicht sehr viel anfangen. Verdächtig ist eventuell der Ex von Carmen Zille, dieser Sven Lahn. Auch könnte uns Veit Brinkmann, der neue Liebhaber von Simone Lau, mehr sagen. Wir müssen dringend Sibille Derks und Gabi Blum finden, von denen der Grume sprach. Die wissen sicherlich auch einiges zu berichten, was für uns von Bedeutung sein könnte."

„Nichts für ungut, lieber Rolf", mischte sich die Staatsanwältin ein. „Ich denke den Informationsstand haben jetzt alle. Ihr wiederholt euch. Ich sage nur: Findet den oder die Mörder."

Betretene Stille erfüllte den Raum, bis Elke und Ulf von der Villa Grume zurückkamen. Sie hatten einiges im Gepäck.

38. Großeinsatz

– Föhr, Wyk; Montag –

Adriane Holthausen und Jan Andersen blieben auf dem Revier in Wyk, um die laufenden Informationen zu sortieren. Draußen verdunkelte sich der Himmel und es wurde immer stürmischer, als Piet, Wiebke, Arnold und Karla zu den Einsatzfahrzeugen flitzten. Sie knöpften die Jacken zu, banden die Schals fester und zogen die Mützen tiefer über die Ohren. Es fing an zu regnen und die Temperaturen sanken. Schnell öffneten sie die Autotüren und starteten. Zwei weitere Einsatzfahrzeuge begleiteten sie. Piet und Karla fuhren voran, weil Piet den Weg kannte.

Auf den Einsatz des Martinshorns verzichteten sie.

Als sie den Hafendeich passierten, schaute Karla zum Fähranleger herüber. Dort sahen sie die Schleswig-Holstein, die vor Anker lag. Eine Menschentraube hatte sich versammelt und die Autoschlange reichte bis zur Fischbude. Die Beamten und die Mitarbeiter der Reederei hatten viel zu tun, um die Passagiere zu beruhigen und zu kontrollieren.

Sie verließen den Hafendeich und fuhren in Richtung *Am Golfplatz*. Linker Hand sahen sie eine riesige Wiese. Piet erklärte Karla, dass dort manchmal noch Pferde weideten. An diesem Abend jedoch nicht.

Louis Carmsen wartete schon mit seinen drei Spürnasen. Zwei Hunde saßen mit ihren Trainern im Auto, um die Kräfte zu schonen. Piet hielt kurz an und tauschte den Einsatzplan mit Louis aus und reichte ihm eine Tüte, in der sich ein Schuh befand. Diesen Schuh hielt er seinem Hund Billy hin, damit er den Geruch aufnehmen konnte.

Piet fuhr langsam über die Weide und alle Streifenwagen folgten ihm. Er entdeckte Reifenabdrücke auf der Wiese und fuhr vorsichtshalber neben dieser Spur her, um sie nicht zu zerstören. Zu Karla sagte er: „Wer weiß, die könnten als Beweis wichtig sein."

Karla, die unter Anspannung stand, nickte nur. Piet schaltete das Licht aus und alle folgten seinem Vorbild. Billy mit Herrchen lief auf der anderen Seite neben der Reifenspur. Er zog an der Leine, etwas schien ihm nicht geheuer zu sein.

Langsam fuhren sie auf das Gelände und stoppten kurz vor den Büschen. Das Bellen des Hundes vom Nachbarhaus konnten sie deutlich hören. Aufgeregt lief dieser an der Hecke entlang.

Die Beamten verließen die Fahrzeuge und luden ihre Schusswaffen. Karla sah als Erste den VW-Campingbus mit dem Kennzeichen EN-CK 506.

Sie nickte einem Kollegen zu, der sofort kommentarlos das Nummernschild per SMS zur Überprüfung an Adriane schickte.

Piet und Karla näherten sich leise und vorsichtig dem Fahrzeug, dessen Türen sich öffnen ließen. Behutsam schob Piet die Schiebetür des Busses auf. Die anderen gaben ihm Deckung. Der Bus war jedoch leer.

Piet flüsterte: „Da hat aber jemand fluchtartig das Fahrzeug verlassen, schaut mal."

Es standen Essensreste auf dem Campinggasherd, Kleidung lag auf den Polstern und leere Bierdosen verstreut auf dem Fußboden.

Kein Mucks war zu hören. Selbst Billy lief bei Fuß und gab keinen Ton von sich. Das machte das gute Training aus; der Hund wusste genau, worauf es ankam.

Karla und Piet gaben Louis Carmsen das Zeichen. Der Hundeführer hielt Billy noch einmal den Schuh hin. Daraufhin rannte er los. Er zog Louis zu der Villa und bellte in einem fort, der Hund auf dem Nachbargrundstück stimmte mit ein.

Karla flüsterte: „Hier ist was, halte deinen Hund bitte fest! Wir gehen rein."

Carmsen zeigte nur mit dem Finger neben sein Bein und Billy machte auf der Stelle ‚Sitz'.

Karla, Piet, Arnold und Wiebke näherten sich der Villa. Sie sahen ein eingeschlagenes Fenster und konnten erkennen, dass sich ein altes Schwimmbad dahinter befand. Karla und Piet liefen zur Tür, um zu überprüfen, ob sie so zum Eingang des Schwimmbades gelangen konnten. Ein großes Brett stand neben dem Eingang, mit dem der Zugang früher vernagelt gewesen war. Die Tür ließ sich leicht öffnen.

Alle vier Beamten betraten mit geladenen Pistolen im Anschlag das Haus.

Unter ihren Füßen knirschte es. Sie traten auf Glassplitter und kleine Steinchen. Karla spürte, dass etwas Felliges über ihre Füße lief und unterdrückte einen Aufschrei. ‚Ratten', schoss es ihr durch den Kopf.

Mitten im Raum stand ein Laptop. Sie schauten darauf. Karla flüsterte: „Das gibt's doch nicht, es läuft das Video von der Preisverleihung im Museum."

Dann sah sie durch den Lichtstrahl des zerschlagenen Fensters einen Körper.

„Da liegt jemand. Piet, leuchte mal."

Piet zog seine Taschenlampe vom Gürtel und leuchtete in die Richtung. Beide schlichen näher, Arnold und Wiebke suchten den restlichen Raum ab.

Wiebke und Karla schrien vor Überraschung gleichzeitig auf.

Karla stürzte in die eine und Wiebke in die andere Ecke.

„Das ist Violetta!", Karla war entsetzt. Trotz aller Professionalität konnte sie ihre Tränen beim Anblick der jungen Frau nicht unterdrücken. „Ruft sofort einen Krankenwagen, sie ist schwer verletzt und sieht fürchterlich aus."

Sie strich Violetta über das Haar, das an ihrem Kopf klebte.

„Violetta, hallo, schau mich an, erkennst du mich? Karla."

Violetta öffnete die Augen. Ihre Mundwinkel zuckten, als wollte sie vor Freude lachen. Karla entfernte vorsichtig den Knebel aus ihrem Mund.

„Alles wird gut. Der Krankenwagen ist unterwegs." Violetta weinte. Karla tupfte die Tränen mit einem Papiertaschentuch ab. Piet löste behutsam die Fesseln an Armen und Beinen und setzte sich neben sie.

Karla lief zu Wiebke, die sich über Lena gebeugt hatte.

„Lena?" Sie kniete sich neben die fast leblose Frau. Wiebke hatte ihr den Knebel und die Fesseln schon entfernt. „Wir sind da und du bist in Sicherheit." Lena nickte und rang sich ein leichtes Lächeln ab.

„Wer hat euch das angetan?"

Lena hauchte: „Zwei Männer."

„Kennt ihr sie?"

Lena schüttelte nur leicht den Kopf. Zu mehr war sie nicht in der Lage.

„Wir finden sie, das verspreche ich euch."

Lena schloss wieder die Augen. Die zwei Worte hatten ihr die letzte Kraft geraubt.

Arnold hatte sich inzwischen schon vorsichtig umgesehen. Er entdeckte neben den beiden Frauen alte Handtücher, die er sofort in Tüten packte.

„Wir müssen umgehend handeln, die Typen müssen noch auf der Insel sein. Wir starten sofort mit der Suche."

Arnold rannte nach draußen und bat vier der Bereitschaftskollegen an Ort und Stelle zu bleiben, bis der Krankenwagen eintraf. Zwei sollten den Tatort und die Spuren sichern.

Sie ließen die Frauen in der Obhut von zwei weiteren Polizistinnen und stürmten nach draußen.

Karla entdeckte mehrere Fahrradspuren, tiefe Furchen, gefüllt mit Regenwasser. Der Regen prasselte unaufhörlich auf die Fahnder ein und der Sturm wurde stärker.

„Schaut mal, der Fahrzeughalter ist mit dem Fahrrad unterwegs."

Ihr Handy vibrierte. Adriane meldete sich.

„Das Kennzeichen stammt von einem gestohlenen grünen VW-Bus."

„Klug gedacht, aber dumm gelaufen. Die Tarnung ist aufgeflogen", meinte Karla. „Es könnte der Bus von Heinz Bitter sein. Wir müssen den Audi finden, der dem anderen gehört. Wie hieß der noch?"

„Bernd Wild", rief Adriane ins Telefon. „Klaro, wir geben das sofort weiter an den Lokalfunk."

Es ertönte die Sirene des Krankenwagens. Die Hilfe für die beiden Frauen rückte an. Karla atmete tief durch.

Schnell drückte sie die Kurzwahl von Rolf in ihrem Handy und gab die gute Nachricht weiter, dass die Frauen gefunden wurden und in Sicherheit waren. „Wir vermuten, dass Heinz Bitter und Bernd Wild diese Scheiße verbrochen haben. Die Hundestaffel steht schon in den Startlöchern. Wir geben alles, um sie zu finden. Es wird eine lange Nacht. Ich melde mich, sobald ich mehr weiß."

39. Ex-Freund

– Bochum; Montag –

Alle im Raum hatten die Nachricht mitgehört, die Karla in Kurzform durchgab.

„Na, Gott sei Dank", atmete Dr. Michael Drumler auf. „Und wieder ein Puzzlestein, den wir hinzufügen können. Jetzt müssen sie nur noch die mutmaßlichen Täter finden, die das den Frauen angetan haben. Dann wissen wir auch, ob sie mit den Morden am Hohenstein und im Muttental etwas zu tun haben."

Derweil sortierten Elke und Ulf die Fundstücke aus der Villa Grume. Ulf klappte den Laptop des Stifters auf und machte sich daran, ihn zu durchforsten. Das Passwort hatte Jürgen Grume ihm, zwar zögernd, dennoch willig mitgeteilt.

Im Gewusel meldete sich Wolly zu Wort: „Kinners, seid mal still! Tina hat gerade angerufen." Das Gebrabbel verstummte. „Axel und Till haben Sven Lahn bei einer Personenkontrolle in einer Kneipe gefunden. Sollen sie ihn zur Vernehmung rüberbringen?"

„Unbedingt", rief Rolf.

Wolly gab die Info durch. „Sie sind quasi schon auf dem Weg."

„Das ist Polizeiarbeit", freute sich Rolf. Er rieb sich die Hände. „Bereitet alles für die Vernehmung vor. Dann wollen wir mal hören, was er uns zu berichten hat. Karin und Klaus, wie sieht's aus? Übernehmt ihr?"

„Ja, sicher", bestätigten beide.

„Okay, Uwe, wir sehen uns das gemeinsam an."

Dr. Drumler meinte: „Wir drei bleiben auch dabei." Damit zeigte er auf Siegfried Westermann, Staatsanwältin Sitzler und sich selbst. Klaus und Karin schauten sich an; Begeisterung hätte anders ausgesehen. Wolly, der schnell die Kaffeemaschine angeworfen hatte, verteilte das braune Gebräu in großen Bechern. Jeder hatte eine eigene, individuelle Tasse. Auf einigen war die Lieblingsfußballmannschaft verewigt, auf anderen konnte man *Pottkind, Komma schomma bei die Oma, Der kann dat gar nich* oder andere Ruhrgebietsvorlieben lesen. Wolly wusste genau, welche Tasse zu wem gehörte.

Er reichte Rolf seine Tasse auf der *Borussia Mönchengladbach* stand. Dafür wurde er von den Kollegen immer wieder aufgezogen.

„Ich schenke dir mal eine vom VFL Bochum", meinte Wolly. „Man bleibt immer dem Verein seiner Stadt treu und begibt sich nicht in ferne Städte."

Alle lachten. Rolf nahm den Kamillen-Fenchel-Tee entgegen und ließ Honig hineintröpfeln. Auch dafür neckten sie ihn.

„Macht ihr nur eure Witze. Auf jeden Fall hat sich mein Magen schon sichtlich beruhigt, auch ohne Medikamente. Kamillen-Fred, mein Hausarzt seit über dreißig Jahren, sagt mir immer wieder: ‚Rolf, wenn du auf nüchternen Magen eine Tasse Kamillentee trinkst, hast du keine Magenprobleme.'"

„Und? Hörst du auf Kamillen-Fred?", frotzelte Karin.

„Vor dem Frühstück bekomme ich keinen Kamillentee runter. Das ist auch mir zu viel. Ich trinke ihn immer erst, wenn ich Probleme habe."

„Ja, siehse. Hättest du mal auf Kamillen-Fred gehört. Aber trink du nur dein gesundes Gesöff", entgegnete Klaus, der genüsslich seinen Kaffee schlürfte.

Es klopfte an der Tür und zwei Wittener Kollegen traten ein. „Wir bringen Ihnen Sven Lahn, er wartet vor der Tür."

„Vielen Dank, dürfen wir Sie noch schnell auf einen Kaffee einladen?"

Rolf hatte schon die Kanne und zwei Tassen in der Hand.

„Vielen Dank, aber wir müssen sofort wieder zurück. Heute sind wir wegen Krankheit und Urlaub eng besetzt. Bis denne mal."

Karin und Klaus standen auf „Wir legen los." Karin nahm drei Gläser und eine Flasche Wasser mit in den Vernehmungsraum.

40. Versteckspiel

– Föhr, Wyk; Montag –

Pitschnass und vor Kälte schlotternd, kauerten Heinz und Bernd in der Behindertentoilette hinter der Fischbude am Hafen. Sie zogen ihre nassen Perücken vom Kopf, wrangen sie aus, nahmen Papierhandtücher und trockneten sich notdürftig damit ab. Das Fahrrad, auf dem sie beide gesessen hatten, um schneller voranzukommen, nahmen sie mit in den großen Toilettenraum.

Heinz zog eine Pistole aus der Tasche.

„Wo hast du die denn her?"

„Ich habe dir doch gesagt, dass ich im Knast Bildhauerkurse gegeben habe. Einer von den Jungs wollte sich mit diesem Teil bei mir bedanken."

„Mensch, Junge, jetzt mach bloß keinen Scheiß damit!"

Heinz raunzte Bernd an: „Wat bisse den gezz für ne Schissbuxe? Wenn es eng werden sollte, bahne ich uns nur damit den Weg frei, sonst nix."

Beide versuchten, ihre Kleidungsstücke ein wenig zu trocknen und ihr Aussehen wieder in den Griff zu bekommen, was mit den zerzausten Perücken nur schwerlich gelang.

Bernd zitterte vor Kälte: „Hasse ne Idee, wat wir gezz machen? Die suchen doch nach uns. Das war knapp, beinahe hätten sie uns erwischt."

„Lass sie doch", beruhigte ihn Heinz. „Hier findet uns keiner, wir ruhen uns erst mal aus."

„Hasse gesehen, wat am Anleger heute Abend los ist? Die lassen keine Fähre mehr fahren. Hier kommen wir nicht weg!", zeterte Bernd weiter.

Heinz bemühte sich, ruhig zu bleiben: „Quatsch! Morgen früh, dann nehmen wir die erste Fähre. Mit unserer Verkleidung erkennt uns keiner."

„Und wat is mit den Autos, Laptop und unserem anderen Kram?"

„All das lassen wir erst mal hier stehen", erklärte Heinz gelassen. „Geld und Papiere haben wir ja, die Handys mit den zerstörten SIM-Karten liegen im Abfalleimer. Alles andere benötigen wir erst mal nicht. Nur das Fahrrad nehmen wir mit."

„Du hast Nerven! Und wenn sie alles finden, dann können sie uns doch verfolgen."

„Jetzt hör endlich auf, Bernd. Die Inselbullen doch nicht, die sind doch viel zu blöd."

„Hoffentlich unterschätzen wir die nicht."

Heinz lachte und kramte zwei kleine Fläschchen Jägermeister aus der Jackentasche, die sie hinunterkippten.

„Gleich wird uns auch von innen warm", meinte Heinz.

Sie nahmen die Wickelauflage vom Babywickeltisch und setzten sich darauf. Notdürftig deckten sie sich mit ihrer nassen Kleidung zu, lehnten sich aneinander und schliefen sofort ein.

41. Verhör

– Bochum; Montag –

„Warum möchten Sie mich sprechen?“, wollte Sven Lahn wissen.

„Na, raten Sie mal. Wissen Sie nicht, was passiert ist?“, erinnerte ihn Klaus.

„Doch, klar, Carmen und Simone wurden ermordet. Ich habe es im Fernsehen gesehen und in der Zeitung gelesen. Was habe ich damit zu schaffen?“

„Genau das wollen wir von Ihnen wissen, Herr Lahn. Wo hielten Sie sich in der Nacht vom 29. auf den 30. März auf?“, hakte Karin nach.

„Zu Hause.“

„Ach ja, wo wohnen Sie denn jetzt?“

„Bei einem Freund in einer WG in der Wiesenstraße.“

Er gab die genaue Adresse und den Namen des Freundes an und knibbelte an seinen kurzen, ungepflegten Fingernägeln. Der lange, schlaksige junge Mann wirkte nervös und machte fahrige Bewegungen. Er roch streng nach Schweiß und Rauch, seine dunklen Haare klebten am Kopf. Seine Augen flatterten aufgeregt von einem zum anderen. „Was tut das hier zur Sache?“

„War jemand in dieser Nacht bei Ihnen oder hielten Sie sich allein in der Wohnung auf?“

„Nein, ich war allein. Mein Freund hat bei seiner Freundin geschlafen und ich habe einfach nur abgehangen. Gitarre gespielt, am Computer gezockt und ordentlich gebechert. Anschließend muss ich eingeschlafen sein. Morgens lag ich immer noch auf der Couch.“

Karin wies Sven Lahn darauf hin, dass das kein gutes Alibi sei.

„Aber was soll ich machen? Ich kann nichts anderes sagen, das ist die Wahrheit.“

Klaus fragte ihn nach dem Verhältnis zu der Toten, zu Carmen Zille. Der noch jungenhaft und etwas unreif wirkende Sven Lahn erzählte, dass Carmen sich wegen Jürgen Grume von ihm getrennt habe.

„Wir waren ein Jahr glücklich miteinander und dann hat sie sich an den alten Sack rangemacht. Sie hat sich davon versprochen, in der Kunst weiterzukommen. Dann verliebte sie sich in ihn und wollte ihn sogar heiraten. Ich rastete völlig aus, als sie es mir erzählte. Danach hat sie mich rausgeworfen."

„Wann ist das genau gewesen?", wollte Karin wissen.

„Eine Woche vor der Preisverleihung. Ich stand auf der Straße und ich wusste nicht, wohin. Dann fiel mir mein Freund ein. In seiner WG stand ein Zimmer leer und es passte gerade. Er holte mich ab und ich zog sofort dort ein."

Karin bohrte weiter: „Und wie verhielt es sich mit Ihrer Wut auf Ihre Ex?"

„Am Anfang hasste ich sie und wünschte ihr und dem feinen Pinkel die Pest an den Hals, aber nachdem ich mich beruhigt hatte, war es mir egal, was sie machen wollte. Ich habe mir am Abend nach dem Rausschmiss ordentlich einen getrunken. Nachdem ich meinen Rausch ausgeschlafen hatte, sah ich die Welt schon mit anderen Augen."

„Berührt es Sie, dass sie tot ist?"

„Nicht mehr. Ich habe überhaupt keine Empfindungen mehr, was Carmen betrifft. Es ist mir alles egal. Das überrascht und erschreckt mich selbst. Aber ich denke, dass ich die Geschehnisse momentan verdränge. Sie hat mich verletzt und ich will mich von diesem Gefühl verabschieden."

„Haben Sie denn eine Ahnung, wer Carmen Zille und Simone Lau getötet haben könnte?"

„Da gibt es einige, die ihr was Schlechtes wollten. Die Künstler verhalten sich untereinander wie Haie, keiner gönnt dem anderen was. Es gibt nur wenige Ausnahmen. Carmen war eine großartige Künstlerin und ein toller Mensch."

Klaus hakte sofort nach: „Nennen Sie Namen, Herr Lahn, wir brauchen Namen."

„Ich kann doch niemanden verdächtigen, wenn ich es nicht beweisen kann, hinterher habe ich noch Probleme."

„Herr Lahn, es geht hier um Mord, wir sind nicht auf einem Kindergeburtstag. Also?"

„Ich kann Ihnen nur sagen, dass einige ihr nicht wohlgesonnen waren und ihr den Erfolg geneidet haben. Aber ob ich diesen Personen auch einen Mord zutraue, weiß ich nicht. Gut, Heinz Bitter, Sibille Derks und Gabi Blum haben Carmen gehasst. Das weiß ich sicher. Es gab zwar auch noch andere, aber die drei waren die Schlimmsten, und ich vermute, dass sie auch die Hetze im Netz angezettelt haben."

„Woran machen Sie Ihre Vermutung fest?", setzte Klaus nach.

„Die beiden Frauen strichen doch immer um den Grume rum und hörten nicht auf, ihm an die Eier zu fassen. Sie biederten sich an und boten ihm den Beischlaf an, in der Hoffnung, von ihm künstlerisch gefördert zu werden. Abgesehen davon, dass er Carmen angeblich plötzlich liebte, bewunderte und schätzte er ihre Arbeiten. Auch die künstlerischen Werke von Violetta und Lena. Die drei verdienten den Preis, die Jury entschied meines Erachtens richtig."

„Sie erwähnten diesen Heinz Bitter. Was ist das für ein Typ?"

„Das ist ein widerlicher Schwachmat, der einfach nur wütend auf alles und nix war, weil keiner ihn und sein komisches Bildhauergewerkel ernst nahm. Wenn, dann traue ich dem auch einen Mord zu. Aber nicht, weil er klug ist, sondern weil er über das Wutpotential verfügt, das man braucht, um so etwas durchzuziehen. Einfach ein unzufriedener, unberechenbarer, böser, kranker Mensch, der immer mit diesem anderen Blödmann Bernd Wild rumhängt. Auch ein übler Typ, dem ich alles zutraue. Sibille Derks und Gaby Blum eher nicht. Die dummen Schnepfen bekommen doch nix geregelt."

„Oh, das ist aber eine schwerwiegende Aussage, die Sie über ihn machen." Karin beugte sich zu ihm und Klaus rückte ebenfalls nach vorn.

„Sie haben mich gefragt und das ist meine Meinung."

Karin und Klaus standen auf.

„An dieser Stelle wollen wir Sie nicht mehr weiter strapazieren, wir beenden erst mal das Gespräch. Bitte halten Sie sich jedoch für Nachfragen bereit."

Sven Lahn schaute die beiden an. Ihm schossen die Tränen in die Augen, er legte seinen Kopf auf die Tischplatte und weinte herzzerreißend.

42. Spurensuche

– Föhr, Südstrand; Montag –

Der Regen prasselte ununterbrochen. Auf der Pferdeweide bildeten sich große Wasserpfützen. Der Krankenwagen hatte Mühe, schadlos über die matschige Wiese zu kommen, ohne stecken zu bleiben.

Das Fell von Billy triefte vor Nässe. Für Carmsen, die Hunde und die Ermittler war die Suche nicht einfach. Alle motivierten sich gegenseitig die Täter zu finden, die dieses grausame Verbrechen begangen und die Künstlerinnen psychisch und physisch so zugerichtet hatten.

Billy schnüffelte an den Bekleidungsstücken, die sie im Bus gefunden hatten. Schnurstracks lief er über die große Pferdekoppel und legte ein beachtliches Tempo vor. Karla und Arnold liefen mit. Er bog rechts ab auf die Straße. Am Golfplatz wieder rechts auf die Gmeinstraße. Diese rannte er runter bis zum Strand und bog blitzschnell ab auf die Badestraße. An der Kreuzung zur Feldstraße stoppte Louis den Hund.

Ein anderer Trainer stieg mit seinem Hund aus dem Auto, um Louis mit seinem Spürhund abzulösen. Er hielt Lucky dasselbe Kleidungsstück vor die Nase. Der Hund rannte gleich los über die Kreuzung Feldstraße, die Badestraße entlang und auf die Große Straße. Karla und Arnold schnappten nach Luft, liefen aber weiter. Es folgte ein Schlenker links ab auf die Königstraße, die in die Hafenstraße mündete in Richtung Anlegestelle. Vor dem Toilettengebäude am Hafen stoppte der Hund abrupt und bellte, was das Zeug hielt. Billy war unbeirrt mitgelaufen, keiner konnte ihn mehr stoppen. Alle Polizeiautos hielten an, die Beamten sprangen aus den Wagen und auch Wiebke und Piet standen mit geladenen Dienstwaffen in Startposition. Karla und Arnold durchsuchten die Damen- und Herrentoiletten – nichts! Alle vier Kommissare bezogen vor der Behindertentoilette mit Wickelraum Stellung. Piet gab das Zeichen, still zu sein. Sie hörten ein lautes Schnarchen.

Arnold und Piet bollerten gegen die Tür und brüllten: „Öffnen Sie sofort, Polizei!“

Im Toilettenraum bewegte sich was. Dann hörten sie eine Stimme: „Kannse vergessen, wat wollt ihr hier? Wir kommen erst raus, wenn ihr weggeht. Achtung, es knallt!“

Ein Schuss aus dem Toilettenraum.

Karla und Arnold stellten sich links und Piet und Wiebke rechts neben der Tür auf. Arnold schrie: „Gehen Sie weg von der Tür. Wir schießen jetzt!“

Arnold zielte auf das Schloss und feuerte ab. Die Tür sprang einen Spalt auf.

„Hände hoch und Pistolen weg!“, warnten alle vier.

„Nein! Verpisst euch, ihr Bullen!“, schallte es ihnen entgegen.

„Nehmen Sie die Knarre runter!“, brüllte nun Arnold mit seiner erderschütternden Stimme.

„Nein, geh’n Sie weg, dann kommen wir raus.“

Karla konnte durch den Türspalt sehen, dass es sich um zwei Männer handelte, die sich im Toilettenraum versteckten. Beide waren nur mit Unterwäsche bekleidet. Nasse Kleidungsstücke hingen über dem Waschbecken und Wickeltisch. Ein Fahrrad stand halb schräg davor. Der eine hielt die Schusswaffe hoch und der andere saß zusammengekauert in einer Ecke, wie ein Kind, das augenblicklich Schläge erwartete, die Arme über dem Kopf verschränkt.

Karla und Arnold sahen sich an. Gleichzeitig traten sie gegen die Tür, die aufflog. Sie feuerten einen Schuss in Richtung Wand ab. In diesem Augenblick drückte der Mann ab und verfehlte Arnold nur knapp. Karla und Arnold schossen. Ein Schuss streifte das Bein des Angreifers. Der schrie vor Schmerz, zuckte zusammen und ließ die Pistole fallen.

Karla kümmerte sich sofort um den Verletzten und Arnold orderte einen Krankenwagen.

„Ihr Scheißbullen, ihr habt mich angeschossen.“ Er wollte auf Karla einschlagen. Arnold kam ihr sofort zu Hilfe und legte ihm Handschellen an.

„Es ist nichts groß passiert. Nur eine kleine Wunde. Schauen Sie selbst. Der Sanitäter wird Sie sofort versorgen“, beruhigte Karla ihn. Bernd saß wimmernd in seiner Ecke, als Piet die ‚Acht‘ um seine Hände schloss, dann fuhr der Krankenwagen vor.

43. Update

– Bochum; Montag –

Kurz vor Mitternacht saßen die Kommissare in einer großen Runde zusammen und werteten die Vernehmung von Sven Lahn aus. Inzwischen hatten die Wittener Veit Brinkmann, den neuen Liebhaber von Simone Lau, ausfindig gemacht.

„Brinkmann wohnt in Wetter“, ließ Wolly verlauten.

„Den besuchen wir morgen“, meinte Uwe, der große Probleme hatte, seine Augen offen zu halten.

„Ja, das machen wir so“, stimmte Rolf zu.

In diesem Augenblick brummte das Handy von Rolf, das vor ihm auf dem Tisch lag. Es war Karla.

„Karla, was gibt's?“, nahm Rolf das Gespräch an. Auch er konnte seine Erschöpfung nicht mehr verbergen.

„Rolf, wir haben sie, Bitter und Wild sitzen in der Gewahrsamszelle in Wyk. Violetta und Lena liegen im Inselkrankenhaus auf der Intensivstation. Ihr Zustand ist besorgniserregend. Die Ärzte haben beide ins künstliche Koma versetzt. Wenn sie die Nacht überleben, haben sie Aussicht, es zu schaffen. Sie können nicht aufs Festland geflogen werden, weil das Wetter zu schlecht ist. Auf Föhr ist Bodennebel und es weht ein scharfer Ostwind. Bei dem Sturm fährt keine Fähre und es fliegt auch kein Hubschrauber.“

„Oh nein!“ Rolf und auch die anderen waren sehr betroffen.

„Rolf, diese beiden starken Frauen werden es schaffen. Ich bin sicher.“

„Gut, dass du in allen Lebenslagen deinen Optimismus behältst.“

„Ja klar, anders funktioniert es doch nicht, ne?“

„Jau, Kollegin. Wie fühlst du dich?“

„Wie immer nach einer Festnahme. Angespannt, aber froh. Gut, dass ich Marathon laufe, ohne mein Training wäre mir der Lauf über die gefühlte halbe Insel bei dem Schietwetter nicht so leicht gefallen. Trotzdem bin ich jetzt todmüde und will ins Bett, genauso wie die anderen auch. Ich fahre mit Wiebke und Arnold gleich zur Ferienwohnung. Morgen früh sehen wir weiter. Wir hören uns nach der Frühbesprechung.“

„Das ist eine gute Idee, ruh dich aus, das werden wir auch tun. Gute Nacht."

Rolf drückte das Gespräch weg. Alle saßen am Tisch und schauten müde vor sich hin.

„Es nützt alles nichts, wir sind völlig durch. Wir müssen eine Verschnaufpause einlegen und Kräfte sammeln. Lasst uns morgen etwas später treffen. Was haltet ihr von acht Uhr?"

Die Anwesenden nickten zustimmend.

„Ich bin fit und ausgeruht, ich übernehme die Bereitschaft hier."

„Mensch, Uwe, das ist klasse!" Klaus schlug ihm anerkennend auf die Schulter.

„Ich bleibe auch noch hier", meldete sich Elke, die sich noch um die Auswertung der Spuren kümmerte. „Prima Elke, dann haue ich mich für drei, vier Stündchen hin. Später übernehme ich wieder." Wolly stand auf.

„Ihr seid ein tolles Team, dafür schätze und liebe ich euch", lobte Rolf seine Leute.

„Komm, lass stecken. Das ist doch selbstverständlich und nichts Besonderes. Nun haut endlich ab und ruht euch aus." Uwe bedeutete mit einer Bewegung seiner Hände, dass nun alle verschwinden sollten.

Die Computer der anderen verdunkelten sich. Einer nach dem anderen verließ den Raum, nur Elke und Uwe saßen noch vor dem Bildschirm und vertieften sich weiter in die Ermittlungsarbeit.

44. *Durchatmen*

– Föhr, Wyk; Montag –

Karla legte ihr Smartphone zur Seite. Die Anwesenden hatten mitgehört, was sie den Bochumern gesagt hatte. Jan, der mit Adriane ‚Stallwache' gehalten hatte, verteilte Handtücher an die durchnässten Ermittler und Adriane schüttete heißen Tee in große Friesentassen.

Jan hatte die Presse bereits per Fax über die Festnahme der Ganoven und die Rettung der beiden Künstlerinnen informiert. Die Pressekonferenz hatte er für elf Uhr angesetzt.

„Dank an alle, das war grandiose Teamarbeit", lobte Arnold.

„Mensch, gut dass wir die Hundestaffel auf der Insel haben. Eine Zusammenarbeit vom Feinsten. Das habe ich ihnen auch deutlich gesagt", bestätigte Jan.

„Danke, Jan", meinte Piet völlig erschöpft und auch die anderen gähnten, die Kälte kroch in ihnen hoch.

„Macht euch in die Betten", trieb der Dienststellenleiter die Kollegen an. „Kranke Mitarbeiter braucht hier keiner." Er lachte dabei.

Piet wandte sich an Karla, Wiebke und Arnold: „Euch fahre ich jetzt schnell nach Utersum, damit ihr unter die heiße Dusche kommt. Adriane, möchtest du auch mitfahren?"

„Nee, lass mal, die nehme ich mit", schlug Jan vor. „Ansonsten müsstest du einen viel zu großen Umweg fahren."

Karla ließ die nassen Klamotten fallen und sprang zitternd unter die heiße Dusche. Sie genoss den starken Strahl, der ihr über den Körper prasselte. Sie schäumte ihre Haare ausgiebig ein und massierte ihre Kopfhaut. Eine Wohltat auch für die Seele. Die Gedanken schweiften in alle Richtungen und der gesamte Einsatz lief wie ein Film in ihrem Innern ab. Sie musste immer wieder an Violetta und Lena denken. Die schrecklichen Bilder tanzten vor ihren Augen. Wie ein Mantra sagte sie immer wieder: „Ihr müsst das schaffen." Erst in diesem Augenblick wurde ihr bewusst, wie nah die Kugel, die Heinz Bitter abgefeuert hatte, am Kopf von Arnold vorbeigeflogen war. Sie hätte ihn, sie selbst oder einen von den anderen treffen können. Solche Momente hasste sie. Und nicht nur die: Sie hasste gerade auch ihren Job.

‚Das Leben könnte schön sein, aber ich muss mich mit solchen Vögeln abgeben', dachte sie.

Wie lange sie unter der Dusche gestanden hatte, wusste Karla nicht mehr. Erst als sie in dem kleinen Bad durch den Wasserdampf nicht mehr die Hand vor Augen sehen konnte, drehte sie die Hähne zu. In ein großes Handtuch gewickelt und die Haare unter einem Turban versteckt, schlich sie aus dem Bad und ließ sich aufs Bett fallen. Sie hatte noch nicht einmal Lust, ihre Haare zu föhnen. Schließlich raffte sie sich auf, lief in die Küche und stellte den Wasserkocher an, um sich einen Tee zu kochen. Im Kühlschrank fand sie Aufschnitt und sie belegte sich ein Brot. Als das Wasser brodelte, goss sie sich die *Inselmischung* auf, die sie fünf Minuten ziehen ließ. Über die Kluntjes ließ sie den heißen Tee fließen. Es knisterte und knackte. Schnell lief sie ins Bad, hielt den Föhn in ihre braunen Naturlocken und fläzte sich anschließend mit Brot und Tee auf die Couch.

Ein zartes Miauen ließ sie aufhorchen. Margaret stand vor der Terrassentür und wollte herein. Karla öffnete die Tür und die Katze sprang gleich auf die Couch.

„So geht Urlaub." Mit der einen Hand streichelte sie Margaret, mit der anderen aß sie ihr Brot. Dabei schaute sie sehnsüchtig auf die Bilder von Inge und ihr, die auf den beiden Staffeleien standen.

„Schöne Arbeiten." Noch in Gedanken griff sie schon wieder zum Telefon, strich über das Profil von Dirk, das sie als Kurzwahl auf dem Display eingespeichert hatte. Sofort meldete sich ihr Ehemann. Nach einem kurzen „Hallo" ließ sie ihn gar nicht zu Wort kommen. Schnell spulte sie die Ereignisse hintereinander ab, als müsste sie schnellstens alles abladen, um für andere Dinge frei zu sein.

„Mein Schatz, jetzt weißt du alles und wir können über die schönen Dinge reden. Wie geht es dir?"

„Alles gut, was soll hier schon Spektakuläres passieren? Mein Alltag ist nicht so spannend, das weißt du doch."

„Quatsch! Deine Klienten sind zum größten Teil die, die wir einfangen!"

„Ja, ja, aber nicht nur. Sag mir lieber, wie das weitere Prozedere mit den beiden Straftätern und den verletzten Frauen abläuft?"

„Das werden wir morgen klären. Den Frauen geht es sehr schlecht. Wegen des Schietwetters können sie heute nicht mehr aufs Festland gebracht werden. Aber ich denke, dass sie im Inselkrankenhaus in den allerbesten Händen sind. Was mit den beiden Männern wird, müssen wir noch klären. Unser Plan ist, dass meine Kollegen sie hier auf der Insel abholen und nach Bochum bringen. Schließlich stehen sie auch noch unter Mordverdacht, die beiden Frauen in Witten getötet zu haben. Aber allein, was sie hier auf der Insel Violetta und Lena angetan haben, reicht schon, sie in U-Haft zu nehmen. Aber letztendlich entscheidet der Haftrichter. Vermutlich werden sie jedoch erst mal nach Flensburg in die JVA gebracht. Dann sehen wir weiter."

„Fährst du dann mit nach Flensburg oder kommst du erst mal nach Hause?"

„Das kann ich noch nicht sagen. Morgen weiß ich mehr."

„Wäre es nicht besser, du brichst deinen Urlaub ab und fährst im Juli, August wieder hin? Dann ist das Wetter toll und du hast noch mehr Möglichkeiten, dich zu erholen."

„Auch kein schlechter Gedanke. Ich rede mal mit der Vermieterin, oder ich frage Inge, ob sie die Wohnung nach der Reha mieten möchte."

„Überlege es dir, mein Schatz, und entscheide, wie es sich für dich richtig anfühlt. Und jetzt ruhe dich aus und schlafe schön."

Karla schmatzte einen Kuss in das Smartphone und drückte das Gespräch weg.

Jetzt fiel ihr Inge ein. Schnell suchte sie ihre Nummer und wählte.

„Ja?", hörte sie ihre Freundin verschlafen sagen.

„Karla hier."

„Oh, Karla, ich hab schon geschlafen, es ist mitten in der Nacht. Piet hat mich gerade ebenfalls aus dem Bett geklingelt. Ich bin bestens informiert und nun geh' schlafen."

„Sorry, dann schlaf weiter. Sollen wir uns dann morgen Mittag im Steigleder treffen?"

„Klar, lass uns telefonieren."

Karla sah auf die Uhr. Es war halb vier morgens.

„Ach du Scheiße, entschuldige Inge, ich habe nicht auf die Uhr geschaut."

„Jetzt hau dich in die Federn, wir sehen uns morgen."

„Schlaf schön, gute Nacht."

Das hörte Inge nicht mehr, sie hatte das Gespräch bereits beendet.

Karla lehnte sich zurück, trank noch einen Schluck Tee, griff nach der kuscheligen Decke und schlief, mit der kleinen Katze im Arm, sofort auf der Couch ein.

45. *Umschlag*

– Bochum; Dienstag –

Wolly stand an der Kaffeemaschine und hatte die Becher auf dem Tablett verteilt. Er hatte schon eine Dröhnung eingeworfen, um langsam in die Welt zu kommen. Die Nacht war kurz gewesen und der Tag versprach, besonders lang zu werden.

Nach und nach trudelte das Team ein. Karin, Klaus und Ulf kamen fast gleichzeitig und freuten sich, dass Wolly sie mit frischem Kaffee empfing.

„Du schon wieder hier? Oder immer noch?“

„Schon wieder, aber ich gebe zu, die Müdigkeit sitzt mir in den Knochen, obwohl ich ein paar Stündchen geschlafen habe.“

Elke, Uwe und Rolf trafen nun auch ein.

Rolf ergriff das Wort. „Okay Leute, ich schlage vor, dass Klaus und Uwe bei Veit Brinkmann in Wetter vorbeifahren. Ich besuche gemeinsam mit Karin Lotter in Essen. Elke und Ulf, wie sieht es aus? Was sagt die KTU?“

„Wie gesagt, Spuren haben wir genug, aber noch keinen Anhalt zum Vergleich. Vielleicht kommen wir weiter, wenn die DNA von Bitter und Wild vorliegt. Im Augenblick hängen wir fest. Indizien und Vermutungen sind genug da, aber uns fehlen die Beweise“, erklärte Elke.

Rolf schlug vor, die beiden Künstlerinnen Blum und Derks zur Fahndung auszuschreiben und die Wittener zu bitten, deren Wohnungen und Ateliers zu observieren.

Uwe meinte: „Es ist schon komisch, dass Sibille Derks und Gabi Blum spurlos verschwunden sind.“

„Es sind Osterferien, die aalen sich bestimmt im Süden in der Sonne“, spekulierte Rolf.

Karin ergänzte: „Sicherlich melden sich Freunde oder Bekannte, wenn die Fahndung raus ist. Oder Bitter und Wild wissen was. Warten wir ab, was Karla uns nach dem Verhör mitteilt.“

Kaum hatte Karin den Namen Karla ausgesprochen, leuchtete ihr Profilbild auf Rolfs Handy auf. Siegfried Westermann betrat in diesem Augenblick den Raum.

„Karla, schon wach?“, scherzte Rolf.

„Ja sicher, und ihr?“

„Alles klar, topfit wie immer. Was hast du zu berichten?“

Karla erklärte, dass eine Pressekonferenz stattfinden würde und anschließend Bernd Wild und Heinz Bitter verhört werden sollten. Rolf wies sie an, nach Sibille Derks und Gabi Blum zu fragen und besonders danach, ob sie den Aufenthalt der Frauen kannten.

„Klar, das machen wir.“

Die Staatsanwältin kam herein und hörte, dass Karla am anderen Ende sprach.

„Darf ich mal kurz unterbrechen?“, schaltete sie sich ein. „Ich habe gerade mit dem Haftrichter in Flensburg gesprochen. Die beiden Straftäter sollten in die JVA dort verlegt werden. Ich hätte sie aber gern hier in Bochum. Schließlich stehen sie im dringenden Verdacht, dass sie auch in die Wittener Verbrechen verwickelt sein könnten. Letztendlich ist Mord in der Wertigkeit über den anderen Straftaten von Föhr anzusetzen.“

„Richtig“, antwortete Karla. „Das wird auch hier kontrovers diskutiert. Solange ihre Unschuld nicht bewiesen ist, gelten sie als die potentiellen Mörder und sollten nach Bochum gebracht werden, aber erst nach dem ersten Verhör können wir mehr sagen. Ich melde mich danach wieder.“

„Alles klar, Karla.“ Rolf sagte ihr noch, dass sie gleich zu Lotter fuhren. Karla bestellte herzliche Grüße.

Christa Sitzler stand schon an der Tür und rief: „Ich will die Burschen hier haben. Machen Sie das den Nordlichtern klar, Frau Lang.“

„Okay, Frau Sitzler, I do my very best.“

Rolf schaltete den Lautsprecher ab und redete noch leise ein paar persönliche Worte mit Karla.

„Frau Sitzler“, mischte sich der Pressesprecher Westermann ein, „Sie haben doch gehört, was Karla Lang gesagt hat. Wir können Bitter und Wild die Morde nicht beweisen. Also Geduld.“ Die Staatsanwältin rauschte aus dem Raum und die anderen konzentrierten sich auf das Verhör von Sven Lahn.

„Was haltet ihr von ihm?“, warf Rolf in die Runde.

„Der ist völlig durch den Wind. Aber ich kann mir nicht vorstellen, dass er an den Tötungsdelikten beteiligt war, obwohl er ein Motiv hätte."

„Du meinst Eifersucht? Nee! Der war schon vor ihrem Tod fertig mit ihr", erklärte Klaus. „Aber warum hat er dann am Ende des Verhörs geheult?"

Karin lehnte sich zurück und schlürfte schon die dritte Tasse Kaffee. Sie wollte einfach nicht richtig wach werden. „Er kann doch trotzdem um sie trauern."

Die anderen nickten und Klaus machte den Vorschlag, Sven Lahn das Video von der Preisverleihung zu zeigen.

„Er soll sich das Filmchen ruhig mal ansehen. Es könnte sein, dass es ihm beim Denken auf die Sprünge hilft und er uns noch hilfreiche Hinweise geben kann."

Elke erklärte sich bereit, das zu übernehmen.

„Und ich kann dabei sein. Ihr könnt euch hinterher die Aufnahmen von der Vernehmung ansehen. Wir machen das schon."

„Super Wolly, dann fahren Karin und ich jetzt nach Essen und muntern unseren Kollegen auf."

Alle vier fuhren im Aufzug nach unten.

„Ach, Kollege Benno", lachte Rolf den kleinen dicken Beamten mit Schnauzbart an, mit dem er schon wieder das Vergnügen hatte, Aufzug zu fahren. „Wat gibbet Neues von der Haus-, Hof-, Garten- und Autofront? Neue Fotos am Start?"

„Woher kennse meinen Namen?", fragte Benno, während er sein Handy zückte, die Fotogalerie aufrief und Rolf gleich unter die Nase hielt.

„Ihren Namen kennt doch jeder hier. Keiner hat so ein schönes Auto und so ein tolles Haus mit Garten wie Sie. Herzlichen Glückwunsch."

„Ach ja, erzählt man das?" Er strahlte vor Aufregung und errötete. Die Aufzugstür öffnete sich und die vier Kommissare liefen lachend zum Ausgang.

„Einen schönen Tach noch", rief Benno hinterher. Sein Handy hielt er immer noch hoch, als wollte er es allen zeigen.

„Ja, sach mal? Was war das denn?", Karin rutschte hin und wieder auch mal gern in den Ruhrpottdialekt.

„Mein Lieblingsaufzugsmitfahrkollege Benno. Er hat mir schon bei unserer ersten Begungung Fotos von seinem Haus, Auto, Garten und allem, was der Laden sonst noch hergibt, gezeigt."

„Den hasse aber gezz glücklich jemacht", ‚pöttelte' nun auch Klaus munter vor sich hin.

46. Verspätung

– Föhr, Wyk; Dienstag –

In der Polizeistation Wyk herrschte aufgeregtes Treiben. Alle an der Festnahme Beteiligten saßen zusammen. Jan Andersen, Arnold Harmsen und Karla Lang sollten der Presse berichten und Fragen beantworten.

Das Wetter hatte sich beruhigt, die Sonne lugte hinter den Wolken hervor und erhellte den großen Raum. Die Presseleute trafen nach und nach ein.

Jan eröffnete die Runde und stellte alle vor. Er fasste die Ereignisse zusammen und hielt auch mit seiner Bestürzung nicht hinter dem Berg.

„Was diese Männer verbrochen haben, ist unfassbar." Zum Zustand der beiden Künstlerinnen sagte er: „Violetta Fey und Lena Beck liegen im Inselkrankenhaus. Die Ärzte haben sie kurzfristig sediert, damit sie sich regenerieren können. Mit dieser medizinischen Maßnahme entlasten sie den gesamten Organismus. Die Nacht haben sie überstanden, aber wir können nicht einschätzen, ob sie es schaffen und wieder restlos gesund werden. Mehr wissen wir noch nicht."

Er wischte sich mit der Hand über den rechten Augenwinkel und auch den anderen sah man ihre Fassungslosigkeit an.

„Was wird mit den Straftätern?", hakte ein Reporter nach.

Jan gab das Wort an Arnold weiter, der den Medienvertretern erklärte, dass sie entweder in die JVA nach Flensburg oder nach Bochum gebracht würden.

„Sie stehen auch im dringenden Verdacht, zwei Frauen in Witten umgebracht zu haben. Noch können wir es nicht beweisen, aber wenn, dann werden ihnen auch noch zwei Morde angelastet. Da der Tatbestand Mord über schwerer gefährlicher Körperverletzung und Vergewaltigung steht, wäre Bochum zuständig. Bleibt es bei Körperverletzung, Entführung und Vergewaltigung, werden sie dem Haftrichter in Flensburg vorgeführt. Die Entscheidung wird an oberster Stelle getroffen."

„Können Sie schon etwas zu den Personen sagen?"

„Nein, das können wir noch nicht. Die ersten Verhöre werden heute Nachmittag hier geführt. Dann sehen wir weiter", antwortete Arnold sachgemäß.

„Wieso ermitteln Sie denn hier auf Föhr?", wandten sie sich an Karla.

Sie erklärte kurz in abgespeckter Form, wie es dazu kam.

„Und? Setzen Sie jetzt Ihren Urlaub fort?", bohrte der Reporter nach.

„Keine Ahnung, diese Frage steht im Augenblick für mich ganz hinten an."

Die Presseleute arbeiteten ihren Fragenkatalog weiter ab: zur Festnahme, wie es in der Villa aussah und auch zum Mord in Witten. Nach eineinhalb Stunden war die Konferenz beendet.

„Erledigt." Jan schien sichtlich froh zu sein.

„Ich treffe mich in der Mittagszeit mit Inge im *Café Steigleder*", verkündete Karla, schaute Piet dabei an und beobachtete seine Reaktion. Piet wurde verlegen.

„Dürfen wir mitkommen?", wollte Wiebke wissen.

„Nichts für ungut, aber dieses Stündchen habe ich allein für Inge und für mich reserviert. Mir fehlt sie und ich möchte in Ruhe mit ihr plaudern."

„Das verstehe ich gut", lenkte Arnold ein.

Karla holte ihren Rucksack und rief beim Hinausgehen: „Wann vernehmen wir die beiden?"

„Ich schlage drei Uhr heute Nachmittag vor, okay?"

Alle nickten und Karla war weg.

Gefühlte Windstärke zehn blies ihr ins Gesicht, sie schnappte nach Luft. Der Wind überraschte sie mit voller Wucht und sie stemmte sich gegen die Böen. Wenige Augenblicke später strahlte ihr die Sonne entgegen.

‚Ist halt Föhr-Wetter', dachte sie.

Karla konnte Inge draußen nicht entdecken. Sie betrat das Café.

Inge saß am Fenster. „Moin Karla. Der Wind ist kalt und heftig, deshalb habe ich unser Treffen in die gute Stube verlegt."

„Wunderbar, die Wärme tut mir auch gut."

„Erschöpft siehst du aus."

„Das vergeht wieder, wenn ich eine Nacht gut geschlafen habe."

Inge umarmte ihre Freundin. „Aber ihr habt gute Arbeit geleistet. Piet schwärmt vom Teamwork."

„Apropos Piet, jetzt reden wir zwei mal ein offenes Wort. Was ist los mit euch beiden?"

„Ist das so schwer zu erkennen?", lachte Inge. „Wir haben uns Hals über Kopf ineinander verliebt. Keine Ahnung warum, wieso und ausgerechnet nach meiner Krankheit."

„Danach fragt die Liebe nicht."

Karla drückte Inges Hand. Die Kellnerin stand am Tisch und natürlich musste es für die Damen Friesentorte und Cappuccino sein.

„Mach dir keinen Kopf, alles wird sich schon fügen. Wie lange dauert deine Reha noch?"

„Eine Woche, aber ich habe eine Verlängerung beantragt, die die Ärztin auch schon befürwortet hat. Den schriftlichen Bescheid bekomme ich heute oder morgen."

„Das ist doch super, dann hast du Zeit, alles in Ruhe auf dich wirken zu lassen. Nach zwei Wochen weißt du mehr und siehst klarer. Was sagt Piet dazu?"

„Er nimmt es locker und meint, nach Aufklärung des Falles wird sein Kopf für andere Dinge frei sein, und man könne alles in Ruhe angehen."

„Sag ich doch." Die Bedienung brachte den Cappuccino und die Torte. Karla und Inge schauten aufs Meer und beobachteten die Menschen. Die Sonne zeichnete kleine Lichtpunkte auf die Wasseroberfläche und zauberte damit herrliche Effekte. Die Strandkörbe vor dem Café verbreiteten eine besondere Atmosphäre im Kontrast mit Meer, Wolken und Sonnenlicht. Es bedurfte in diesem Augenblick keiner Worte mehr. Genießen hieß die Devise.

„Genau diese Stimmung habe ich jetzt gebraucht." Karla strahlte und tupfte sich die Krümel mit der Serviette vom Mund. „Das ist Föhr – ich liebe diese Insel, die Friesentorte, die Menschen, den Wind, das Meer und alles andere rundherum. Mein Kopf ist jetzt wieder frei und ich kann mich gleich auf die Vernehmung von Bitter und Wild konzentrieren."

Die Freundinnen plauderten über alte Zeiten, lachten wie die Teenager und vergaßen die Zeit, bis Miss Marple auf Karlas Handy ertönte. Karla nahm das Gespräch entgegen.

„Piet? Oh, sorry, ich habe die Zeit vergessen. Gib mir zehn Minuten."

Karla wollte bezahlen, doch Inge winkte ab: „Ich lade dich ein, mach dich auf die Socken."

„Danke, ich melde mich bei dir."

Karla packte sich dick ein, drückte Inge und sauste aus dem Café in Richtung Hafendeich. Dieses Mal hatte sie Rückenwind.

Völlig aus der Puste erreichte Karla die Polizeistation. Wiebke, Piet, Jan, Adriane und Arnold warteten schon.

Sie sah betretene Gesichter.

„Was ist los?"

Jan antwortete: „Wir haben Infos aus dem Krankenhaus. Violettas Zustand ist im Augenblick kritisch. Sie versuchen alles, können aber nicht garantieren, dass sie es schafft. Im Moment sei ein Transport in die Spezialklinik allerdings zu risikoreich. Die Ärzte haben entschieden, dass beide weiterhin auf Föhr bleiben. Lena stabilisiert sich weiter. Die DNA-Proben leiten sie an die hiesige Gerichtsmedizin und nach Essen weiter."

Karla setzte sich, sie wurde blass.

Jan erklärte: „Violetta und Lena haben schwere innere und äußere Verletzungen, besonders im Genitalbereich. Sie kamen völlig unterkühlt, dehydriert und mit eingeschränkter Organfunktion in der Klinik an. Wir können nur hoffen."

„Wie sieht es mit der Qualifikation der Inselärzte aus?"

„Mach dir keine Sorgen, unser Inselkrankenhaus ist zwar klein, braucht sich aber nicht vor den großen Krankenhäusern auf dem Festland zu verstecken. Auch wir leben in der Zivilisation und nicht im Outback. Glaube mir, die Ärzte hier geben alles."

Karla nickte stumm und sagte: „Sorry, so habe ich das auch nicht gemeint."

Adriane stellte ihr einen Kaffee hin und klopfte ihr sanft auf die Schulter. „Verhören wir Wild und Bitter."

Jan schlug vor, dass Arnold und Karla die Vernehmung durchführen sollten.

47. Hausbesuch

– Wetter-Wengern; Dienstag –

Klaus und Uwe standen in der Höltkenstraße in Wetter-Wengern vor dem Haus von Veit Brinkmann. Sie schauten sich erst einmal um, bevor sie den terrassenförmig angelegten Vorgarten durchquerten. Zum Eingang führten Steinstufen. Die Garage lag am unteren Teil des Hanges und konnte direkt von dort aus befahren werden.

„Also", meinte Klaus, „das ist doch mal ein schickes Haus. Gefällt mir viel besser als die Lau- und Grume-Villen. Heimelig und gemütlich statt edel und kalt."

„Dann schauen wir mal, ob sich dein erster Eindruck auch im Innenbereich bestätigt", orakelte Uwe.

Die beiden Kommissare stiegen die Stufen bis zum Eingang hoch und klingelten.

Ein salopp gekleideter, aber gepflegter, schlanker Mann öffnete die Tür, vielleicht Mitte Vierzig.

„Guten Tag, Herr Brinkmann, Kripo Bochum. Das ist der Kollege Kriminalhauptkommissar Uwe Wentzel und mein Name ist Klaus Pfeffer." Klaus und Uwe hielten ihm die Dienstausweise hin.

„Sie können sich vorstellen, warum wir Sie aufsuchen?"

„Ja, es dreht sich um die beiden ermordeten Frauen in Witten."

Veit Brinkmann strich über seine gescheitelte Kurzhaarfrisur. Die Hände des Mittvierzigers begannen zu zittern. Seine wasserblauen Augen füllten sich sofort mit Tränen. Er zog schnell ein Taschentuch aus der Hosentasche und wischte sich über die Augen.

„Genau, wir benötigen Ihre Zeugenaussage. Vielleicht können Sie uns weiterhelfen, die beiden Morde aufzuklären, indem Sie unsere Fragen beantworten? Fangen wir von vorne an. Was wissen Sie über den Abend der Preisverleihung?"

„Kommen Sie bitte erst einmal herein."

Veit Brinkmann bat die Herren ins Wohnzimmer, in dem eine große, dunkelrote Couch stand, auf der einige farbenfrohe Zierkissen lagen. Sie setzten sich und sanken in die weichen Polster.

Er holte Getränke aus der Küche, Gläser und eine Schale mit Gebäck und bot den Kommissaren an, sich zu bedienen.

Brinkmann atmete tief ein, dann begann er zu sprechen: „Simone und ich verabredeten uns für den Abend nach der Preisverleihung. Sie wollte zu mir kommen, aber sie kam nicht. Ich machte mir große Sorgen und versuchte ständig, sie über ihr Handy zu erreichen. Sie ging nicht dran. Ihre Familie wollte nach Portugal fliegen und Simone sollte eigentlich mit. Wegen der Preisverleihung hatte sie versprochen nachzukommen. Ich vermutete, dass sie umbuchten und doch alle zusammen direkt nach der Preisverleihung starteten. So hielt ich mich zurück. Ich hoffte, dass sie sich bei mir meldete. Leider geschah nichts. Dann hörte ich plötzlich von den Morden. Nie im Leben habe ich dabei an Simone gedacht. Erst als die Polizei in der Pressekonferenz ihren Namen nannte und ich ihr Foto sah, erfuhr ich von ihrem Tod. Eine Welt brach für mich zusammen. Wir lernten uns bei einer Vernissage kennen und verliebten uns ineinander. Ich hatte ernsthafte Absichten, mit ihr etwas Gemeinsames aufzubauen. Sie wollte ihre Familie verlassen. Dies plante sie schon lange, auch schon vor meiner Zeit. Die Affäre mit Grume verbuchte sie nur als Episode. Aber mit uns fühlte es sich anders an. Ihren Mann liebte sie schon lange nicht mehr, doch sie hing an ihrem Sohn und ihr Sohn an ihr. Das sagte sie jedenfalls mir gegenüber."

Klaus und Uwe machten sich fleißig Notizen.

„Sagen Sie, Herr Brinkmann, wussten Sie, dass Simone ein Kind von Herrn Grume erwartete?"

„Was? Von Grume? Wie ist das möglich? Nein, ich hatte keine Ahnung. Wusste Simone von ihrer Schwangerschaft?"

„Leider können wir sie nicht mehr fragen", grunzte Uwe und schaute ihn etwas genervt an.

Herr Brinkmann hielt die Hände vors Gesicht. Er zog erneut das Taschentuch aus seiner Tasche und wischte sich die Tränen ab. „Sie hätte es mir gesagt, wenn sie es gewusst hätte."

„Sicher, Herr Brinkmann, das denken wir auch", tröstete Klaus ihn und erklärte ihm, dass er eine Speichelprobe nehmen wollte. „Das machen wir bei allen, die in irgendeiner Form etwas mit den Mordopfern zu tun hatten. Und gestatten Sie uns die Frage:

Was haben Sie in der Nacht nach der Preisverleihung bis einschließlich Mittwoch danach gemacht?"

„Wollen Sie mich etwa verdächtigen? Das glaube ich jetzt nicht!"

Klaus setzte nach: „Herr Brinkmann, beantworten Sie einfach unsere Frage."

„Ich war die meiste Zeit hier. Da ich Urlaub habe, glitt ich mit Joggen, Schwimmen, Faulenzen und Lesen durch den Tag. Zwischendurch versuchte ich immer wieder mit Simone in Kontakt zu kommen."

„Kann das irgendwer bezeugen?", warf Uwe ein.

„Nein, ich war allein."

Klaus fasste zusammen: „Es ist also richtig, dass Sie mit dem Mord an den beiden Frauen nichts zu schaffen hatten?"

„Warum sollte ich Simone und auch Carmen umbringen? Es gibt keinen Grund so etwas zu machen. Simone liebte ich und Carmen fand ich nett. Ich kannte sie, aber weitere Berührungspunkte gab es nicht."

Klaus zog das Stäbchen für die DNA-Probe aus der Hülle. „Gut, dann nehmen wir von Ihnen jetzt den Abstrich. Ansonsten war es das für heute. Dürfen wir Sie bei offenen Fragen noch mal aufsuchen?"

„Natürlich, ich habe nichts zu verbergen und habe Ihnen alles berichtet, was ich weiß."

„Bitte melden Sie sich bei uns, wenn Ihnen noch etwas einfällt, was zur Aufklärung beitragen könnte, auch falls Ihnen noch wichtige Zeugen einfallen.", erinnerte Uwe ihn.

Klaus und Uwe reichten ihm ihre Visitenkarten und verabschiedeten sich.

Uwe drehte sich noch einmal um. Er ging auf Herrn Brinkmann zu und schaute ihm in die Augen.

„Ach, Herr Brinkmann, warum haben Sie sich nicht bei uns gemeldet, nachdem Sie in den Medien von dem Mord erfahren haben?"

„Ich hatte Sorge, dass das Verhältnis von Simone und mir öffentlich wird, das wollten wir noch nicht. Und jetzt, wo sie nicht mehr lebt, erst recht. Man muss doch den Ehemann nicht noch mehr belasten."

„Mhm, leuchtet mir ein."

48. Täter

– Föhr, Wyk; Dienstag –

Zwei Beamte brachten als Ersten Bernd Wild zur Vernehmung.

Der jungenhafte, schmale Typ mit den blonden, kurzen, welligen Haaren setzte sich hin und schaute Karla und Arnold mit seinen stahlblauen Augen wie ein verängstigtes Kaninchen an.

‚Du meine Güte, was ist das denn für ein Milchreisbubi', dachte Karla. ‚Dieser schmächtige Hungerhaken soll Violetta und Lena das angetan haben. Kaum zu glauben. Der kann doch froh sein, wenn er weiß, wie er heißt. Aber genau in solchen Typen, denen man es nicht zutraut, steckt oft das größte Gewaltpotential.'

„Was passiert jetzt mit mir? Muss ich in den Knast?" Bernd rückte seine randlose Brille zurecht.

„Wie naiv sind Sie denn?", lachte Arnold. „Davon gehen wir aus. Es gibt genügend Beweise am Tatort, die ausreichen, Sie in Haft zu nehmen. Aber jetzt erzählen Sie uns alles von Anfang an!"

„Ich sach nix, nix ohne Heinz!"

„Wieso, ist Heinz Bitter Ihr Anwalt?"

„Nee, aber ich sach nix ohne ihn. Hinterher sach ich wat Falsches."

„Sie können hier gar nichts Falsches sagen. Hier zählt nur die Wahrheit, nichts als die Wahrheit. Also von vorne! Was ist an dem Abend der Preisverleihung in Witten passiert?"

„Wieso gezz Witten? Wir sind doch auf Föhr?"

„In der alten Villa lief das Video der Kunstpreisverleihung in Witten und danach sind zwei Frauen ermordet worden. Also dalli, was ist dort passiert?"

„Nix, wir haben gefeiert."

„Herr Wild, vorbei mit dem Vorspiel, wenn wir sagen, wir wollen alles wissen, meinen wir das auch. Also, waren Sie an dem Abend näher mit Carmen Zille und Simone Lau zusammen?"

„Ja, Heinz wollte die Schnepfen aus Spaß abfüllen und holte ihnen immer wieder Sekt. Er wollte sie betrunken machen und sie mit nach Hause nehmen, um ein bisschen. Sie wissen schon." Bei diesen Worten schlug er mit der flachen Hand auf die linke Faust und lachte hämisch.

„Habe ich das jetzt richtig verstanden? Sie wollten die Frauen betrunken machen und vögeln." Karla erschrak, als sie merkte, dass sie sich zu diesem Jargon hinreißen ließ. „Das glaube ich jetzt nicht", empörte sie sich.

„Ja sicher, es sollte doch nur ein kleiner Denkzettel sein, weil die Lau in der Jury falsch entschieden und die Zille wieder abgesahnt hatte."

„Sagt wer?"

„Heinz."

Karla baute sich wütend vor Bernd Wild auf: „Herr Wild, Ihrer Ansicht nach ist es also normal, dass sie die Frauen betrunken machen und vergewaltigen wollten und das, weil Carmen Zille eine gute Künstlerin ist und Simone Lau in der Jury für ihren dritten Preis gestimmt hat?"

„Heinz hätte einen Preis verdient. Nicht die Weiber. Aber man hat ihn abserviert. Die Frauen haben mit dem Grume gepennt. Nur deshalb haben die doch gewonnen!"

Arnold ergriff das Wort und wollte wissen, wie es dann weitergegangen war. „Haben Sie danach die Frauen abgeschleppt, oder was ist geschehen?"

„Nee, es hat nicht geklappt. Ich musste kurz zum Klo und Heinz hat für Nachschub an Getränken gesorgt. Als wir zurückkamen, waren die Weiber weg. Ich kann das bis heute nicht verstehen, die konnten doch gar nicht mehr alleine laufen. Jemand muss sie mitgenommen haben."

„Wer mit den Frauen das Museum verlassen hat, haben Sie aber nicht gesehen?"

„Nein, wir haben nach ihnen drinnen und draußen gesucht, aber sie waren weg. Dann haben wir überlegt, stattdessen Violetta und Lena abzufüllen und mitzunehmen, die standen aber zwischen einigen Leuten. Wir kamen nicht ran und gaben es an diesem Abend auf."

„Und dann?"

„Nix dann! Wir sind nach Hause gefahren und haben uns bei Heinz in der Bude ordentlich einen genommen und die Reise nach Föhr geplant. Wir wussten, dass Violetta und Lena direkt nach der Preisverleihung dort hinfahren wollten."

Karla lief aufgeregt im Raum auf und ab. „Das heißt, Sie haben Ihr Vorhaben kurz entschlossen nach Föhr verlegt?"

„Ja klar, das war doch Sinn und Zweck der Reise."

Karla setzte sich wieder hin, beugte sich vor, stützte die Ellbogen auf den Tisch und wandte sich an ihren Gegenüber. „Da sind wir jetzt aber sehr gespannt, was Sie uns über Ihr Vorhaben hier auf der Insel zu erzählen haben, und zwar von Anfang an", donnerte sie los.

„Wir haben alles haarklein geplant. Heinz ist mit seinem Bus vorgefahren. Ich kam mit meinem Audi am nächsten Tag auf die Insel. Wir wussten von einer einsamen, unbewohnten Villa in der Nähe des Südstrandes. Ein Freund hatte uns davon erzählt. Für unser Vorhaben der perfekte Ort. Es gab zwar keinen Strom und kein Wasser, aber die Villa liegt so versteckt, dass sie von keiner Seite einsehbar ist. Ich arbeite im Schauspielhaus Bochum und besorgte uns aus dem Fundus der Requisiten verschiedene Kostüme, Theaterschminke, Bärte und Perücken. Wir überraschten die kleinen Schlampen jeden Tag mit einer neuen Verkleidung. Damit machten wir sie völlig unsicher."

Karla horchte auf. „Sie und Herr Bitter. Haben Sie die beiden Künstlerinnen bei der Vernissage in Nieblum besucht?"

„Genau! Heinz habe ich als feinen Monsieur Fabien herausgeputzt." Bernd beschrieb haargenau das Aussehen seines Freundes. „Perfekt sah er aus. Ein Meisterwerk von mir. Ich, Pascal sein Chauffeur, stellte Monsieur Fabien als Kunstsammler aus Cannes vor. Was meinen Sie? Die Frauen hingen an seinen Lippen. Fabien täuschte Kaufabsicht vor und umgarnte die beiden wie die Schlange aus dem Dschungelbuch. Die Frauen lagen ihm förmlich zu Füßen. Eine von den Weibern musste zum Klo und die andere holte Sektnachschub. In der Zeit tröpfelte ich ein paar K.-o.-Tropfen in ihre Gläser. Das wirkte 1a. Von da ab begann ein einfaches Spiel. Es gab nur ein Problem. Wir mussten richtig ackern, um die Frauen in das alte Schwimmbad der Villa zu bringen, wie nasse Säcke fühlten sie sich an. Aber zu zweit bekommt man das schon hin." Er lachte dabei. „Ein toller Spaß! Wir konnten mit ihnen alles machen. Die beiden merkten nix." Der sonst eher schüchterne Zeitgenosse verfiel plötzlich in infantiles, übersprungartiges Verhalten, indem er immer wieder mit den Händen auf den Tisch schlug.

„Schön, dass wenigstens Sie ihren Spaß hatten. Haben Sie vergessen, dass Sie in der Polizeistation Wyk sitzen? Also benehmen Sie sich vernüftig und erzählen Sie weiter." Mit zornigem Unterton wies Karla ihn zurecht. „Ja, los! Wir hören!"

Wild fuhr fort: „Heinz und ich legten die Frauen auf das vorbereitete Lager und stellten das Video im Laptop auf Endlosschleife ein. Es dudelte immer wieder den Film von der Preisverleihung ab. Durch das Stromaggregat konnten wir die Akkus des Laptops und die verschiedenen Prepaidhandys mit unseren Powerbanks laden." Er schlug schon wieder mit der Hand auf den Tisch.

„Weiter", befahl Arnold.

„Wir überlegten uns das Ostereierspiel."

„Das was?", herrschte ihn Karla an.

„Wir wollten doch was von den jungen Vögelchen haben." Dabei neigte er den Kopf zur Seite und setzte eine Unschuldsmiene auf.

„Sie vergewaltigten sie", sprach Karla es aus.

„Aber, Frau Kommissarin, nicht so eine harte Formulierung. Wir spielten ein wenig mit ihnen. Die hatten sicherlich auch Spaß an uns feinen Kerlen." Jetzt drehte er plötzlich total auf. Er trommelte immer wieder auf seine Brust, wie ein Pavian. Ein Zeichen dafür, dass er mit dem Druck überhaupt nicht klar kam.

Karla stieß einen Seufzer aus. Es war für sie nicht einfach, Haltung zu bewahren. „Und? Was dann, Herr Wild?"

„Da sie schön mitgemacht hatten, boten wir ihnen was zu essen an. Sie wollten aber nicht. Deshalb aßen wir alles allein und gaben ihnen wieder Wein mit ein paar feinen K.o.-Tröpfchen, damit sie ruhig schlafen konnten. Schreien konnten sie nicht. Den Mund hatten wir ihnen mit einem Taschentuch zugestopft. Sie konnten ja durch die Nase atmen und sollten ja nur nicht schreien."

„Wiederholten Sie das Ostereierspielchen?", mischte sich Arnold ein.

Karla schüttelte vor Entsetzen den Kopf.

„Ja sicher, einige Male. Uns machte es immer mehr Spaß, nur die beiden schwächelten zusehends. Wir holten ihnen Tomatensuppe, Wasser und Pizzabrötchen. Ein wenig aßen sie, aber dann schliefen sie nur noch. Das war dann der Dank, dass wir sie fütterten."

Arnold machte einen Schwenk. „Wo steht Ihr Audi? Auf dem Gelände der Villa stand nur der Bus."

„Sach ich nicht."

„Herr Wild!", sagte Arnold so laut, dass es im Raum einen Widerhall gab.

„Ist ja gut, in der Johannesstraße."

„Aha! Mit welchem Kennzeichen?"

„EN LL 993."

„Also ein gefälschtes Kennzeichen."

„Was sonst? Wir wollten doch nicht auffallen."

„Nee, is klar", warf Karla ein. Auch sie schlug mit der flachen Hand auf den Tisch. „Woher hatten Sie die gefälschten Kennzeichen?"

„Heinz hat sie von einigen Knackis besorgt, die er von früher kannte. Vor ein paar Jahren hat er im Knast Bildhauerkurse angeboten. Die Jungs sind jetzt auf freiem Fuß und schuldeten ihm noch was."

„Mhm, Bildhauerkurse." Karla schluckte, dann blieb sie wieder vor Bernd Wild stehen und beugte sich zu ihm hinunter: „Bereuen Sie, was Sie den beiden Frauen hier auf Föhr angetan haben?"

„Nee, wieso? Die brauchten doch mal einen Denkzettel und den haben sie bekommen. Hoffentlich lernen sie daraus."

„Herr Wild, sagen Sie mir, was sollten die beiden denn lernen?"

„Auch mal andere gewinnen lassen."

„Nun noch eine letzte Frage. Was haben Sie an den drei Tagen nach der Preisverleihung gemacht? Haben Sie ein Alibi?"

„Heinz und ich waren zusammen. Wir haben die Reise vorbereitet. Damit hatten wir genug zu tun. Er ist am Dienstag gefahren und ich erst am Mittwoch. Nach seiner Abfahrt habe ich mich ins Bett gelegt, damit ich am nächsten Tag fahren konnte. Uns hat niemand gesehen."

„Theoretisch hätten Sie ja dazwischen noch Zeit gehabt, einen kleinen Mord zu begehen“, warf Karla ironisch ein und schaute ihm wieder intensiv in die Augen.

Bernds Nervosität steigerte sich, er rutschte auf seinem Stuhl hin und her und knibbelte an den Fingernägeln. „Theoretisch, mhm, aber praktisch nicht. Wir beschäftigten uns ja mit der Reise.“

„Ach ja? Aber Sie wissen, dass dieses Alibi auf tönernen Füßen steht? Ich sage es Ihnen noch einmal: Hier und jetzt haben Sie die Möglichkeit, ein Geständnis abzulegen.“

„Wir haben die Frauen nicht umgebracht.“

„Okay, dann warten wir die Laborergebnisse ab und schauen mal, ob es vergleichbare Spuren und Ergebnisse gibt.“ Karla lehnte sich zurück und Arnold sagte: „Danke, Herr Wild, im Augenblick haben wir keine Fragen mehr. Ihnen wird die Bandaufnahme gleich noch mal vorgespielt. In gedruckter Form wird sie Ihnen zur Unterschrift vorgelegt.“

Karla und Arnold verließen den Raum. Sie mussten raus an die frische Luft. Der kalte Wind blies ihnen ins Gesicht. Karla schossen plötzlich die Tränen in die Augen, sie ließ ihnen freien Lauf. Arnold nahm sie in den Arm. Es fühlte sich an, als umarme sie ein Bär. Aber genau das brauchte sie jetzt. Nach all den Jahren harter Ermittlungsarbeit brachte sie dieser Fall ins Schleudern.

Als sie sich etwas beruhigt hatte, sagte Arnold: „Ich kann das auch nicht glauben, was ich gerade gehört habe. Der Mann hat überhaupt kein Unrechtsbewusstsein und ist dabei noch blöd wie Brot.“

Karla befreite sich aus seiner Umarmung und schrie gegen den Wind: „Aber anscheinend schlau genug, um Violetta und Lena so zuzurichten. Und für was?“

„Beruhige dich, ich bin auch entsetzt. Wir müssen jetzt dennoch cool bleiben. Was meinst du? Schaffst du das nächste Verhör mit Heinz Bitter oder soll Wiebke dich ablösen?“

„Nein“, antwortete Karla. „Ich bin cool. Ich habe in der Vergangenheit manchen Fall gelöst, und auch diesen werden wir lösen. Nur dieser Kerl macht mich rasend vor Wut. Komm, lass uns das zweite Früchtchen in die Mangel nehmen!“

Arnold legte Karla seine großen Hände auf die Schulter und schaute ihr in die Augen. „Wirklich? Karla, ich habe das nicht böse gemeint und ich zweifele auch nicht an deiner Professionalität. Jeder verliert schon mal das Gleichgewicht. Dann ist es besonders wichtig, dass andere dich auffangen. Also?"

Energisch wischte sie die Tränen weg. „Ich habe mich wieder im Griff."

Jan kam ihnen entgegen: „Alles klar mit euch?"

„Natürlich, es geht weiter, wir mussten nur mal kurz durchatmen."

Ein penetranter Schweißgeruch, gemischt mit kaltem Tabakqualm, waberte ihnen entgegen, als Heinz Bitter den Raum betrat. Er setzte sich an den Tisch und strich sich immer wieder mit den dreckigen Händen über den haarlosen Kopf. Er schwitzte und seine Glatze glänzte. An seiner Kleidung klebte Dreck. Er neigte den Kopf zur Seite. Der stechende Blick seiner grau-grünen Augen traf Karla direkt ins Mark. Ein Schauer lief ihr über den Rücken und ihre feinen Unterarmhaare stellten sich senkrecht auf.

‚Was für ein mieses Karma hat dieser Mann?', dachte sie.

Arnold schien ihre Gedanken zu lesen und ergriff sofort das Wort: „Herr Bitter, dann lassen Sie uns beginnen. Ich bin gespannt, was Sie uns zu erzählen haben. Wir fangen mit dem Abend der Preisverleihung an. Was ist an diesem Abend geschehen?"

„Wieso mit der Preisverleihung?"

„Wir stellen hier die Fragen. Beantworten Sie diese, und zwar der Reihe nach."

„Warum sollte ich das?"

„Weil Sie hier bei der Kripo sitzen und in Witten nach der Preisverleihung zwei Morde geschahen. Und weil hier auf Föhr zwei Frauen entführt, misshandelt und vergewaltigt wurden."

„Und? Was hab' ich damit zu schaffen?"

Karla richtete sich auf. Sie starrte ihn an. „Sie werden verdächtigt, an den Morden in Witten und hier auf Föhr an der Entführung von Violetta Fey und Lena Beck maßgeblich beteiligt zu sein. Auch diese beiden Opfer schweben noch in Lebensgefahr.

Das allein reicht schon aus, Sie hier einzusperren. Also Butter bei die Fische, wie wir im Pott so schön sagen, den Jargon verstehen Sie doch?“

„Ist ja schon gut, Frau Dingenskommissarin. Wat wollnse wissen?“

„Für Sie bitte Kriminalhauptkommissarin Lang! Also noch mal zum Mitschreiben: Witten! Preisverleihung! Was ist passiert?“

„Ich war an dem Abend stinkesauer. Wieder hatte ich nix gewonnen. Drei junge Schicksen räumten Preise ab und ich, der sich jahrelang abgestrampelt hatte, stand wieder mit leeren Händen da. Deshalb schmiedeten Bernd und ich den Racheplan, diese Carmen und diese Simone abzufüllen und abzuschleppen. Da sie mit dem Stifter schon oft gepennt hatten, waren sie ja in Übung. Wir wollten auch mal drüberrutschen. Ich fand, dass wir wenigstens dazu ein gutes Recht hatten.“

„Gutes Recht? Aha“, warf Karla zynisch ein.

„Weiter“, peitschte ihm Arnold entgegen.

„Es lief erst auch alles gut. Sie bekamen nicht mehr viel mit, weil wir ihnen schon gut was eingeflößt hatten. Sie legten ihren Kopf auf den Tisch und schliefen schon fast. Wir ließen sie kurz allein, weil sie ja ohne fremde Hilfe nicht mehr abhauen konnten. Bernd musste nur kurz pissen und ich habe schnell noch Nachschub geholt. Als wir zurückkamen, waren sie verschwunden. Wir rannten raus und fanden sie nicht mehr. Das steigerte meine Wut. Dann überlegten wir, uns stattdessen Violetta und Lena vorzunehmen. Eingerahmt von ihrem Fanclub und Huldigern kamen wir nicht ran. Ziemlich sauer fuhren wir zu mir nach Hause. Dort füllten wir uns gnadenlos ab und planten die Föhr-Reise bis ins kleinste Detail, um Violetta und Lena hier auf der Insel zu ‚beglücken‘. War ja auch alles prima, bis die scheiß Bullen kamen und alles kaputt gemacht haben.“

Karla konnte nicht mehr an sich halten und sprang auf. Der Holzstuhl kippte nach hinten und knallte zu Boden. Sie beugte sich nah zu ihm rüber, sodass sich ihre Nasen fast berührten. Sie roch seinen stinkenden Atem und wich angeekelt zurück. „Wer hat hier was kaputt gemacht? Darüber können Sie nachdenken, wenn Sie im Knast sitzen!“

Arnold war ebenfalls aufgesprungen und stand hinter Heinz. Sein Gesichtsausdruck signalisierte Karla, dass sie sich hinsetzen sollte. Sie atmete einige Male tief ein und aus, bis sie sich gefangen hatte.

Arnold übernahm sofort und seine Stimme war jetzt lauter: „Sie finden es also in Ordnung, Frauen zu entführen, gefangen zu halten und mit Alkohol abzufüllen. Sie zu fesseln, zu knebeln und zu vergewaltigen aus Spaß an der Freude, nur um sich zu rächen. Und zwar dafür, weil die Frauen tolle Arbeiten ablieferten, während Sie vor sich hindümpelten. Was meinen Sie? Wer hier im Museum auf der Insel ausstellen darf, muss begnadet gut sein. Violetta Fey und Lena Beck bringen genau diese Voraussetzung mit."

„Mit denen kann ich mich allemal messen. Der einzige Unterschied ist, dass ich nicht das richtige Geschlecht habe. Ich kann nicht mit dem Stifter und mit der Jury schlafen, um Erfolg zu haben."

„Es waren ja auch noch andere Jurymitglieder dabei, die über die Qualität der Kunstwerke entschieden haben. Herr Bitter, Sie sind noch immer davon überzeugt, dass alles, was sie getan haben, vollkommen in Ordnung war?"

„Na klar, der Denkzettel musste sein."

„Und für wie viel Preisgeld? Na los. Sagen sie uns, wie hoch waren die Preise ausgeschrieben?"

„Hoch, Frau Kommissarin. Der erste Preis brachte 10.000 €, der zweite 5.000 € und der dritte 3.000 €."

„Das reicht also, um Frauen zu entführen oder zu ermorden? Da bin ich völlig Ihrer Meinung." Karla funkelte ihn wütend an.

„Dann verstehen Sie mich ja", lachte Heinz.

Jetzt hatte auch Arnold genug und bollerte los. Seine Stimme brachte den Raum fast zum Beben: „Haben Sie noch alle Tassen im Schrank, oder was ist mit Ihnen los? Nun noch mal Klartext! Haben Sie mit den Morden an Carmen Zille und Simone Lau etwas zu tun?"

„Nein, die waren doch schon weg, als wir zurückkamen."

„Das wissen wir bereits. Hätten Sie denn die beiden ermordet, wenn Sie ihr Vorhaben hätten durchführen können?"

„Nein, wir wollten nur mit ihnen schlafen und Spaß haben."

„Können Sie sich denn vorstellen, wer sie ermordet haben könnte?"

„Keine Ahnung. Der Ex von der Carmen, oder der Ehemann von Simone. Möglicherweise haben sie es ja auch gemeinsam gemacht. Grund genug hatten sie ja."

„Und was war mit Sibille Derks und Gabi Blum? Die standen auch auf der Nominierungsliste und haben nicht gewonnen. Auch die hätten doch ein Motiv", lenkte Karla auf diese Künstlerinnen.

„Das glaube ich eher nicht. Sibille und Gabi strichen zwar den ganzen Abend um Simone und Carmen herum, sicher, wütend waren sie auch, aber dass die einen Mord begehen könnten, glaube ich eher nicht."

„Haben Sie denn ein Alibi? Von der Preisverleihung bis zu Ihrer Abfahrt nach Föhr?"

„Die Vorbereitung für die Fahrt nach Föhr nahm unsere gesamte Zeit in Anspruch; alles musste gut durchgeplant werden."

„Also können Sie sich nur gegenseitig ein Alibi geben, richtig?"

„So ist es!"

„Das Alibi ist dünn, sehr dünn, Herr Bitter."

Arnold lenkte um: „Okay, nun kommen wir zu der Entführung von Lena Beck und Violetta Fey. Erzählen Sie uns genau den Ablauf und zwar von der Planung bis zur Durchführung."

Heinz Bitter spulte die gleiche Aussage wie Bernd Wild ab, als hätte er ein Tonband angestellt.

Karla und Arnold hörten sich geduldig zum zweiten Mal den Ablauf der Entführung an. In Karla baute sich eine unglaubliche Wut auf, sodass sie am Schluss die Frage stellte: „Haben Sie in Kauf genommen, dass Lena Beck und Violetta Fey bei Ihrer Entführungsaktion sterben konnten?"

„Möglich, ich weiß es nicht, aber spielt das eine Rolle?"

„Wir finden schon, aber okay, Herr Bitter, vorerst haben wir keine Fragen mehr."

Dann setzte Karla doch noch einmal an: „Wir haben Ihre und die Speichelprobe von Herrn Wild zur Analyse der Rechtsmedizin geschickt. Glauben Sie nur nicht, dass Sie aus der Verdachtsnummer raus sind, in die Morde in Witten verwickelt zu sein. Wir werden noch einmal alle Gäste befragen lassen, ob sie etwas gesehen haben. Wenn Sie jetzt in diesem Augenblick geständig sind, könnte sich das eventuell positiv für Sie auswirken."

„Nein, mit den Morden habe ich nichts zu schaffen und Bernd auch nicht."

„Bleiben Sie hier sitzen. Sie werden gleich wieder abgeholt. Ob man Sie nach Flensburg oder nach Bochum in U-Haft bringt, wird noch heute Nachmittag entschieden. Vorerst bleiben Sie auf Föhr in Gewahrsam."

„Was ist mit unseren Autos?"

„Ja genau, gut, dass Sie es ansprechen. Gehört der Bus Ihnen?"

„Ja."

„Und der Audi? Gehört er Bernd Wild?"

„Ja, haben Sie ihn gefunden?"

„Wir wissen, wo er steht. Die KTU wird ihn später untersuchen."

Karla und Arnold verließen den Raum und zwei Kollegen brachten Heinz Bitter wieder zurück in die Zelle.

„Schnappen wir noch mal kurz Luft?"

Karla nickte stumm und sie liefen durch die Schwenktüren hinaus. Der Wind hatte sich gelegt. Das Meer schimmerte im Sonnenlicht.

49. *Rekapitulation*

– Bochum; Dienstag –

„Diese ewigen Staus auf der A 40 nerven mich unendlich“, schimpfte Rolf, als sie vom Krankenbesuch bei Lotter zurück nach Bochum fuhren.

„Bleib ruhig, Rolf, da müssen wir durch“, beruhigte ihn Karin. „Unser Frank. Gut, dass wir ihn besucht haben, der musste dringend aufgeheitert werden.“

„Hauptsache es geht ihm besser. Immerhin haben wir schon seine üblichen dummen Sprüche gehört.“

„Ich finde, dass er schon erstaunlich gut drauf ist.“

Der Stau löste sich auf und Rolf gab Gas.

„Achtung, die Radarfallen!“, mahnte ihn Karin.

Schon passierte es. Sie fuhren durch ein kurzes und intensives Blitzgewitter.

„Mist!“, schrie Rolf und nahm den Fuß vom Gas.

„Rolf, wir befinden uns im Dienst.“

„Okay, das könnte uns helfen“

„Nee, ne?“, grinste Karin.

Die letzten Kilometer bis zum Präsidium fuhr Rolf moderat.

Sie betraten das Großraumbüro. Alle saßen an den PCs oder telefonierten. Mittendrin saß Christa Sitzler und sprach am Telefon unüberhörbar laut mit dem Haftrichter der JVA Bochum. Sie verabschiedete sich gerade und Rolf wollte sofort wissen: „Und? Wo werden die beiden Delinquenten von Föhr inhaftiert?“

„Zunächst bleiben sie noch in Wyk, bis geklärt ist, ob sie in die Wittener Mordfälle verwickelt sind. Dann entscheiden wir, in welcher JVA sie verbleiben werden.“

In diesem Augenblick ertönte *Nothing Else Matters*.

„Moin Karla, was gibt es Neues auf der Insel?“

Karla berichtete von den Vernehmungen von Heinz Bitter und Bernd Wild. „Es ist uns noch nicht klar, ob sie sich mit ihrer Aussage abgesprochen haben. Sie behaupten zwar beharrlich, dass sie mit den Wittener Morden nichts zu tun haben, aber sicher sind wir uns nicht. Sie könnten sich auch gegenseitig decken. Also müssen wir alles daransetzen, um ihre Aussagen zu überprüfen. Die DNA ist auf dem Weg zur hiesigen und Essener Rechtsmedizin. Wir müssen abwarten, ob sie vergleichbare Spuren finden. Auch schlage ich vor, dass ihr noch mal alle Zeugen und besonders die Gäste der Preisverleihung befragt, ob irgendwer was gesehen hat."

„Wir sind dabei."

„Sorry, natürlich, ich wollte euch nichts vorschreiben."

„Alles gut, das machst du nicht. Ein Team, wie immer. Wir haben uns aufgeteilt, die Wittener arbeiten noch einmal die Gästeliste durch und befragen die Zeugen hinsichtlich unserer Verdächtigungen. Wir hingegen stürzen uns noch einmal auf Jürgen Grume, Sven Lahn, Veit Brinkmann und Manfred Lau. Die beiden fehlenden Künstlerinnen Sibille Derks und Gabi Blum schreiben wir zur Fahndung aus, die gleich in allen Medien zu hören und zu sehen ist. Auf jeden Fall könnten sie wichtige Zeuginnen sein. Ob tatverdächtig sehen wir dann, wenn wir sie haben. Ihre Ateliers und Wohnungen werden vorsorglich bereits observiert."

„Ach, sag mal, was gibt es Neues von Frank?"

Rolf erzählte ihr, dass es ihm besser ging und die Operation noch nicht geplant war. „Die Grüße habe ich ausgerichtet. Er ist etwas entspannter und sieht die Dinge, die auf ihn zukommen, jetzt gelassener. Wir haben ihn aufgemuntert. "

„Na prima, das hört sich doch gut an. Ich hoffe sehr, dass sich Lena und Violetta weiter stabilisieren. Ich werde euch informieren, sobald ich Neuigkeiten weiß."

„Genau, ich halte euch auf dem Laufenden. Bis bald Karla."

„Macht's gut."

Rolf beendete das Gespräch und sagte: „Über Lotter wisst ihr nun Bescheid. Dazu brauche ich nichts mehr sagen. Wir fahren in Kürze wieder hin. Karin und er haben sich bereits ein nettes, kleines Sprachduell geliefert." Rolf grinste Karin an und wandte sich an Uwe und Klaus. „Was gab es bei Veit Brinkmann?"

Klaus referierte über den Hausbesuch und von der Betroffenheit des Liebhabers.

„Hat er was gesehen? Weiß er etwas? Ist er verdächtig?"

Uwe antwortete in Schnellform: „Verdächtig ist er eher nicht. Allerdings sollten wir trotzdem seine DNA mit der DNA der Opfer und den Spuren vom Tatort und an den Opfern vergleichen. Gesehen hat er nichts, weil er sich nach seinen Angaben vornehmlich, auch nach der Preisverleihung, zu Hause aufgehalten hat. Ansonsten weiß er nicht mehr als das, was wir nicht schon wissen."

„Okay, dann zu Sven Lahn."

Elke übernahm: „Zu anderen Erkenntnissen sind wir nicht gekommen. Wir haben nur noch mal die Bestätigung über das, was uns schon in Bild und Ton bekannt ist. Bernd Wild und Heinz Bitter sind nur während der Preisverleihung kurz auf dem Video zu sehen und die beiden noch fehlenden Frauen Gabi Blum und Sibille Derks ebenfalls. Das Video hört ja nach der Preisverleihung auf. Über den inoffiziellen Teil gibt es kein Filmmaterial. Von daher brachte es uns auch nicht weiter."

„Verdammt", rief plötzlich Christa Sitzler. „Wir kommen nicht weiter und das ist fatal. Wir müssen der Öffentlichkeit endlich Ergebnisse liefern!"

„Ach nee, Frau Sitzler, das ist uns auch klar, aber wir haben noch keinen richtigen Anknüpfungspunkt", entgegnete Rolf. „Wir arbeiten auf Hochtouren. Ich schlage vor, dass wir morgen eine Pressekonferenz abhalten, um die Suche zu intensivieren. Die Ferien sind bald um und langsam müssten einige schon aus ihren Osterurlauben zurückgekehrt sein. Wir hoffen mal, dass sich dann noch weitere Zeugen, Freunde und Bekannte der Toten und von Gabi Blum und Sibille Derks melden. Die können uns bestimmt auf die Sprünge helfen."

„In Ordnung, aber lange halte ich die Füße nicht mehr still. An die Arbeit! Ich will endlich Resultate sehen."

Rolf rief Siegfried an und besprach mit ihm die Planung der Pressekonferenz am nächsten Tag.

„Siegfried ruft jetzt gleich die Redaktionen an, damit schon mal die Öffentlichkeit auf dem Laufenden gehalten wird und keine Unruhe aufkommt."

„Einverstanden." Christa Sitzler stöckelte aus dem Raum und drehte sich noch einmal um „Um wie viel Uhr?"

„Neun Uhr morgen früh."

Die Tür knallte ins Schloss. Die Ermittler machten sich weiter ans Werk.

Rolf betrat sein Büro und ließ sich auf den Stuhl fallen. Der Schreibtisch sah aus wie ein Schlachtfeld. Die Erschöpfung machte sich breit und sein Magen meldete sich wieder. Er lehnte sich zurück, schloss die Augen und nickte sofort ein.

Das Telefon schrillte und schreckte ihn auf.

‚Oh je! Habe ich tatsächlich geschlafen?'

Es meldete sich Siegfried. Rolf blinzelte benommen. Er antwortete nur kurz und knapp, aber registrierte zumindest, was der Pressesprecher ihm mitteilte. Die Fahndung nach den beiden Zeuginnen Blum und Derks hatte begonnen.

Danach versuchte Rolf wenigstens das schlimmste Chaos auf seinem Schreibtisch etwas zu lichten. Nebenbei schossen ihm alle möglichen Dinge durch den Kopf.

Er dachte an seine Ex-Frau und wälzte existenzielle Probleme: ‚Warum hat unsere Ehe nicht geklappt? Hat mein Job die Trennung verursacht? Oder was sonst?' Er konnte und wollte diese Fragen nicht mehr beantworten. Warum fielen sie ihm gerade jetzt ein?

‚Vorbei ist vorbei und nicht mehr zu ändern.' Sein Magen schmerzte immer mehr und er holte eine Flasche Wasser hervor. In den Tiefen seines Schreibtisches fand er eine Packung mit Magentabletten. Davon nahm er eine, in der Hoffnung bald Linderung zu spüren. ‚Ich muss unbedingt zum Arzt, sobald der Fall hier gelöst ist. Vor allen Dingen Finger weg vom Fast Food. Jetzt aber erst mal eine Runde schlafen.'

50. Opfer

– Föhr, Wyk; Dienstag –

In der Wyker Polizeistation herrschte betretenes Schweigen, als Karla und Arnold sich zu ihnen setzten.

Adriane reichte Karla einen Friesenpott mit der guten Inselmischung. Kleine Kandisbröckchen zerbarsten.

Jan unterbrach die Stille: „Alle Achtung, das war ein gutes Zusammenspiel zwischen Bochum und Niebüll. Ihr seid ein spitzenmäßiges Team."

„Danke, nur so geht's", bestätigte ihm Arnold.

Karla nickte zustimmend und versuchte zu scherzen: „Wenn die Kollegen mich in Bochum nicht mehr haben wollen, lasse ich mich nach Nordfriesland in eure Dienststelle versetzen."

„Hier auf unserer beschaulichen Insel möchtest du arbeiten? Du, die in der Großstadt täglich mit knallharter Kriminalität konfrontiert wird? Das kann ich nicht glauben. Aber wenn du es tatsächlich möchtest, nehmen wir dich mit Kusshand", sagte Piet.

„Jau, danke, Piet, ich überlege es mir", lachte Karla.

Jan nickte wohlwollend und nahm dann wieder den Job ins Visier. „Zur Vernehmung der beiden. Sind das nicht üble Gesellen? Keine Einsicht, kein Unrechtsbewusstsein. Meiner Ansicht nach hoch verdächtig, auch die beiden Morde auf dem Gewissen zu haben. Die decken sich doch gegenseitig und präsentieren uns eine feine Lügengeschichte."

„Da stimme ich dir zu", sagte Karla. „Auch wenn sie beteuern, nicht gemordet zu haben, glaube ich ihnen kein Wort. Diesen abgebrühten Typen, die mit einer erschreckenden Gelassenheit Violetta und Lena geschändet haben, die in Kauf genommen haben, dass die beiden dabei sterben, traue ich nicht von zwölf bis Mittag. Dennoch müssen wir die Laborergebnisse abwarten. Vorerst bleiben sie nur verdächtig."

„Richtig", meinte Jan. „Staatsanwältin Sitzler besteht darauf, sie nach Bochum holen zu lassen. Wir können ihnen keine Schuld nachweisen. Also ab mit ihnen nach Flensburg oder Kiel. Ich habe mit dem dortigen Haftrichter und der Staatsanwaltschaft gesprochen. Sie bestätigen meine Auffassung. Sollte sich etwas anderes ergeben, können sie immer noch in die JVA in Bochum Krümmede verlegt werden."

„Das ist doch eine saubere Lösung", warf Karla ein. „Aber die Entscheidung sollen die Damen und Herren auf höherer Ebene treffen. Mir doch egal, Zuständigkeiten! Immer wieder ein heikles Thema. Mir hängt es zum Hals raus."

Karla schwenkte um und schlug vor, Lena und Violetta zusammen mit Arnold im Krankenhaus zu besuchen.

Sie wandte sich an Wiebke: „Kommst du mit?"

„Wenn ihr nichts dagegen habt, bleibe ich hier."

Arnold nickte die Entscheidung ab und drehte sich zu Karla um. „Gut, lass uns aufbrechen. Möchtest du laufen oder fahren? Das Krankenhaus befindet sich im Rebbelstieg, hinter dem Platz an der Mühle."

„Ich weiß, ich kenne die Klinik. Wir können gern laufen, ich möchte einen klaren Kopf bekommen."

„Gute Idee, den brauche ich auch."

Die beiden mummelten sich in ihre dicken Jacken, Schals und Mützen und machten sich auf den Weg. Draußen fegte wieder ein kalter Wind, aber der Himmel zeigte sich strahlend blau. Die Sonne schien. Beide liebten den Wind, besonders in diesem Augenblick. Keiner redete ein Wort. Jeder hing seinen eigenen Gedanken nach, während sie sich gegen die Föhrer Brise stemmten.

Karla band sich den Kittel zu, den sie über ihre Kleidung gezogen hatte. Arnold hatte mit der Größe arge Probleme. Sie half dem norddeutschen Hünen, den Kittel notdürftig zuzubinden. Er sah aus wie eine Wurst, was Karla amüsierte.

„Ein starkes Kerlchen, ne? Der nicht in vorgefertigte Stücke passt. Ich trage nur maßgeschneiderte Klamotten", schmunzelte er.

„Sicher, komm jetzt endlich." Karla hatte den nordfriesischen Kommissar schon ins Herz geschlossen. Sie zog ihn am Ärmel in das Krankenzimmer, in dem Lena und Violetta lagen. Gerade als sie hineingehen wollten, brummte Karlas Handy. Jan teilte ihr mit, dass sich die Eltern von den beiden Frauen telefonisch gemeldet hätten.

„Sie sorgen sich sehr und sind auf dem Weg nach Föhr. Ich habe sie beruhigt und versprochen, dass du sie gleich nach dem Besuch bei Violetta und Lena anrufst."

„Natürlich, schick mir die Telefonnummer. Wir stehen vor der Tür."

Karla steckte das Smartphone wieder ein. Es piepste erneut.

Inge hatte ihr eine Nachricht geschickt. ‚Alles Okay? Bitte melde dich, wenn zu Zeit hast.'

Karla schrieb nur kurz zurück: ‚Sind im Inselkrankenhaus. Besuchen Violetta und Lena. Ich melde mich, so schnell ich kann. Bis später. LG Karla'

Sie schaltete den Ton aus, dann betrat sie mit Arnold das Krankenzimmer.

Es herrschte eine bedrohliche, maschinelle Atmosphäre in dem Intensivzimmer. Die Geräte piepsten unaufhörlich. Violetta und Lena schliefen. Chefarzt Dr. Ottmar Frese betrat mit zwei Ärzten und zwei Schwestern den Raum. Karla und Arnold stellten sich vor und man bat sie, später wiederzukommen.

„Wir werden Lena Beck nun langsam wecken. Das wird eine Zeitlang dauern. Violetta Fey lassen wir noch schlafen."

„Okay, wir gehen einen Kaffee trinken und kommen später wieder."

„Vielen Dank für Ihr Verständnis."

Lena blinzelte. Die Bilder vor ihren Augen wurden kurz klar, verschwammen wieder, verdoppelten sich und verschwanden wieder, bevor sie erneut auftauchten.

„Wo bin ich?", flüsterte sie kaum vernehmbar.

Sie spürte die Wärme an ihrer Hand, sah schemenhaft eine Person an ihrem Bett sitzen.

„Lena! Lena, keine Angst, ich bin es, Karla. Du bist im Krankenhaus. Alles ist gut!"

„Ich kenne keine Karla."

„Ganz ruhig, Lena, du wirst dich später erinnern. Jetzt wache erst einmal in Ruhe auf und dann sehen wir weiter."

Lena nickte. Ihr war übel und sie würgte. Die Krankenschwester hielt ihr eine Schale hin und benetzte leicht ihre Lippen mit einem feuchten Tuch. Dann hielt sie ihr eine Schnabeltasse vor den Mund und Lena nippte ein wenig daran. Sie hob die Hand und schlug den Becher weg. „Nein! Ich will nicht wieder Alkohol! Ich will Wasser!“

„Das ist Wasser, Frau Beck“, antwortete die fürsorgliche Krankenschwester und setzte ihr erneut den Becher an die Lippen. „Sie können mir vertrauen, versuchen Sie es noch einmal.“

Lena schaute sie an und nahm ein verschwommenes Lächeln wahr, was langsam immer klarere Formen annahm. Sie fühlte, wie ihre trockenen Lippen die Feuchtigkeit aufnahmen und versuchte zu trinken. Die ersten Tropfen benetzten ihren Gaumen und erquickten sie. Sie trank Schluck für Schluck. Das Wasser rann langsam die Kehle hinunter. Ein Labsal für die Kehle und für die Seele. Ihr Geist klärte sich. Sie konnte die Menschen, die um ihr Bett standen, immer deutlicher erkennen.

„Lena, da bist du ja endlich. Herzlich willkommen. Wir sind so froh!“ Karla streichelte ihr liebevoll über die Hand.

„Was ist passiert?“ Lena schaute irritiert in die Runde. Sie blickte Karla an: „Dich kenne ich, ich habe dich schon mal gesehen. Wer bist du?“

„Karla Lang, die Kommissarin aus Bochum. Erinnerst du dich an eure wundervolle Vernissage im *Dörpshus* und an eure Ausstellung im Museum?“

„Vernissage? Was ist das?“

„Du hast gemeinsam mit Violetta Bilder ausgestellt und ich habe euch dort mit meiner Freundin Inge besucht.“

„Ah ja! Bilder.“

„Ja, kannst du dich an diesen Abend erinnern?“

„Nur dunkel.“

Der Doktor mischte sich ein: „Frau Kommissarin, sie braucht jetzt Ruhe. Sie können gern morgen wiederkommen.“

Lena fühlte, wie Karla ihre Hand nahm und an ihr Gesicht legte. Ein schönes Gefühl.

„Lena, ruh dich aus, wir kommen morgen wieder. Dann kannst du dich bestimmt an mehr erinnern.“

Lena nickte, Karla stand langsam auf und lief zu Violetta herüber. Sie beugte sich leicht über sie und flüsterte: „Violetta, auch du wirst dich bald besser fühlen.“ Sie streichelte ihr sanft übers Gesicht.

Besorgt wandte sie sich an den Chefarzt Frese. „Wird sie es schaffen?“

„Liebe Frau Lang, ich bin kein Hellseher. Aber immerhin kann ich sagen, dass sich die Prognose verbessert hat.“

Karla nickte und winkte Lena zu.

Dr. Frese drehte sich um. „Frau Kommissarin, Herr Kommissar, bitte warten Sie draußen auf mich, ich habe Ihnen noch etwas zu berichten.“

Arnold und Karla zogen sich ihre Kittel aus und den Mundschutz ab.

„Kein Wunder, dass Lena uns erst nicht erkennen konnte. Mit der Verkleidung!“

„Aber diese Vorsorgemaßnahme ist nötig, Frau Lang“, hörte sie Dr. Frese sagen, der gerade auf sie zukam. „Die DNA der beiden haben wir auf Bitten von Polizeihauptkommissar Andersen an die zuständige nordische Gerichtsmedizin und nach Essen geschickt. Sie mussten mehrere Vergewaltigungen ertragen.“

„Das wissen wir bereits. Beide Männer haben gestanden. Trotzdem ist es gut, diese Aussage zu sichern und die DNA-Vergleiche zu haben.“

„Liegt eine Schwangerschaft vor?“, wollte Arnold wissen.

„Das kann frühestens nach neun Tagen mit einem Bluttest nachgewiesen werden. Wir hoffen es nicht. Die beiden haben schon viel zu viel erdulden müssen. Wir wissen nicht, welche Folgeschäden noch auf sie zukommen.“

Karla war sehr betroffen und bemühte sich, die Fassung zu behalten. Dr. Frese streichelte ihr über den Arm. „Die beiden sind jung und stark. Wir brauchen nur etwas Geduld.“

Karla und Arnold bedankten sich.

Beim Rausgehen wandte sich Arnold an Karla: „Ich lade dich jetzt auf einen Kaffee ins *Café Steigleder* ein. Wie sieht’s aus? Hast du Lust, ein wenig zu schlemmen?“

„Na klar, Friesentorte mit Cappuccino brauchen wir jetzt dringend.“

„Das ist ein Wort!“

Piet saß in seinem Büro und versuchte, sich auf den PC zu konzentrieren, als Karla und Arnold mit Schwung die Tür öffneten.

Er zuckte zusammen.

„Was ist los, Piet?“

„Ihr habt mich erschreckt. Könnt ihr meine Nerven etwas schonen?“

Karla setzte sich zu ihm und zwinkerte Arnold zu. Er verstand und machte sich vom Acker.

Karla drückte Piets Arm und schaute ihm direkt in die Augen. „Alles klar?“

„Nichts ist klar, der Fall schafft mich und mein Herz schlägt Purzelbäume. Mir geht es saudreckig.“

„Sprich mal mit Jan und schlaf 'ne Runde. Dann triffst du dich mit Inge. Was hier zu erledigen ist, schaffen wir schon. Dafür hast du doch im Augenblick noch deine Ruhrpottkollegin.“

„Gute Idee, aber ich will euch nicht im Stich lassen, bis auch alles geklärt ist.“

„Was willst du? Die Jungs sind geständig. Sitzen in Gewahrsam und können nichts mehr anrichten. Die beiden Mädels liegen im Krankenhaus und wir müssen abwarten, wie es weitergeht. Also ab mit dir nach Hause!“

„Und wie geht's dir, Karla?“

„Alles gut, die Zusammenarbeit läuft geschmeidig und schlafen kann ich später.“

„Okay, ich wackel rüber zu Jan.“

Jan hörte seinen Namen und polterte zur Tür herein. „Was ist mit mir?“

„Chef, ich brauche eine Pause.“

„Warum bist du noch nicht weg?“ Jan lachte und schlug Piet freundschaftlich auf die Schulter, der sofort seine Sachen zusammenpackte.

51. Schock

– Bochum; Dienstag –

Die Bochumer hatten sich zur großen Besprechung versammelt, als das Handy von Klaus Pfeffer vibrierte. Es war Tina aus Witten. Er ging kurz nach draußen. Tina gab die neuen Infos durch.

Eine Freundin von Gabi Blum und Sibille Derks hatte sich gemeldet und erzählt, dass die beiden Frauen ihren Osterurlaub in Italien verbringen wollten. Wo und wie lange, das konnte sie allerdings nicht sagen.

Darüber hinaus gab es einen anonymen Umschlag, der bei der Wittener PI eingegangen war. Der Umschlag enthielt Fotos, die nach der offiziellen Preisverleihung entstanden waren. Tina hatte die Fotos eingescannt und zugeschickt. Klaus bedankte sich und unterbrach die Besprechung, um auch die anderen auf den neusten Stand zu bringen. Elke stürzte an ihren Rechner, um die Fotos auf die Leinwand zu projizieren. Sie hielt die Diashow bei einem Foto an, auf dem Bernd und Heinz mit den beiden Opfern zu sehen waren. Simone Lau und Carmen Zille saßen zwischen den beiden. Die Männer umarmten die Frauen, die mehr oder weniger in ihren Armen hingen und nicht mehr saßen. Alle vier hielten ein Sektglas in der Hand und prosteten sich zu. Den Fotos nach zu urteilen, könnten die Frauen betrunken gewesen sein.

„Na und, was sagt uns das jetzt? Das entspricht der Aussage von Bernd und Heinz. Gibt es sonst noch etwas?", wollte Rolf von Elke wissen.

„Das bringt uns nicht weiter", warf Christa Sitzler ein, die bisher still zugehört hatte. „Was sagen die KTU, die nordische Gerichtsmedizin und die Essener? Gibt es schon etwas Vergleichbares?"

Ulf meldete sich zu Wort: „In den Autos der beiden Delinquenten von Föhr fanden sie noch keine Spuren, die zu den Opfern von Witten passen. Auch der DNA-Vergleich gab nichts her. Allerdings mit der DNA und Fasern der Bekleidung von Violetta Fey und Lena Beck schon. Demnach haben Bernd

Wild und Heinz Bitter die Frauen mit dem Audi transportiert. Aber es fehlen Ergebnisse. Wir arbeiten weiter auf Hochtouren."

„Ach du Kacke! Die sollen voranmachen!" Christa Sitzler schlug sich auf den Mund. Normalerweise kamen ihr nie Fäkalausdrücke über die Lippen, doch dieses Mal gab es auch für sie kein Halten mehr und sie fuhr fort: „Das heißt, dass wir uns wieder am Anfang befinden. Bernd Wild und Heinz Bitter werden erst mal nach Flensburg gebracht. Aber raus aus der Nummer sind die noch lange nicht. Erst wenn alles bis aufs Kleinste durchforstet wurde, können wir sicher sein, dass sie nicht zum Täterkreis gehören. Leute, jetzt fokussiert euch auf die Zeuginnen, die könnten eventuell unsere einzige Hoffnung sein, weiterzukommen."

„Dazu müssen sie erst mal wieder in Witten sein", warf Klaus ein.

„Mir doch egal, wie Sie das machen. Findet sie! Zur Not über Interpol. Haben die etwa keine Eltern, Freunde, Verwandte und so weiter. Ich habe damit kein Problem, Sie?"

Christa Sitzler wandte sich an Rolf, der mit Nicken bestätigte. Sein Smartphone meldete sich in der Hosentasche.

„Karla, was gibt es?"

Sofort war es mucksmäuschenstill im Raum und alle lauschten. Rolf hielt sein Handy am Ohr.

„Waaas? Sag, dass das nicht wahr ist!"

Rolf wechselte die Gesichtsfarbe von normal über gelb, grün, zu kreideweiß und Christa Sitzler schob ihm einen Stuhl hin, den er fast verfehlt hätte.

„Okay, Karla, ich teile es den Kollegen mit, danach melde mich wieder."

Rolf saß wie eine Statue auf dem Stuhl, als hätte man ihn festgetackert. Er rührte sich nicht.

„Herr Sahner! Hallo, was ist los?" Christa Sitzler beugte sich zu ihm hinunter und rüttelte ihn an der Schulter.

Rolf sah mit abwesendem Blick die Staatsanwältin an und sagte: „Bernd Wild hat sich vermutlich umgebracht."

„Was?"

„Sie haben ihn gerade gefunden. Er hat sich in der Zelle den Schädel eingeschlagen. Die Föhrer stehen auch noch unter Schock."

„Das glaube ich jetzt nicht." Christa Sitzler griff sich jetzt ebenfalls einen Stuhl. Die anderen saßen ja schon. Rolf erzählte, was er wusste.

Mitten in der Konferenz wurde die Tür aufgerissen und Lotter betrat den Raum.

„Lotter", riefen ihm alle zu.

„Du kommst gerade in einem sehr heiklen Moment", empfing ihn Rolf. Dennoch unterbrach er seinen Wortschwall sofort.

Alle sprangen auf und umarmten den kleinen, rundlichen Kommissar, der überraschend mal nicht schwitzte. Selbst Christa Sitzler drückte ihn herzlich. Alle konnten sehen, wie sehr er sich freute und errötete.

„Was machst du hier?", wollte Rolf wissen. Karin strich ihm über seinen neuen Pulli. „Neu Frank? Schick."

„Ich kann doch nicht immer wie ein Haderlump rumlaufen." Lotter war von der netten Begrüßung sichtlich überwältigt, so dass er nur noch stottern konnte: „Ich habe mich selbst entlassen."

„Was hast du?" Rolf war entsetzt.

„Keine Sorge, ich habe das mit meinem Arzt abgesprochen. Der hat gemeint, dass ich erst einmal nach Hause könnte und in vier bis sechs Wochen zum OP-Termin wieder antreten sollte. Jetzt bin ich erst mal hier und kann euch unterstützen und mit meinen blitzschnell funktionierenden Synapsen helfen, diesen Fall zu lösen."

„Ehrlich, Frank, du spinnst. Hat dein Arzt was von Arbeit gesagt?", wollte Klaus Pfeffer wissen.

„Das habe ich ihn nicht gefragt", lachte Lotter. „Auf jeden Fall habe ich mich nicht weiter von ihm krankschreiben lassen. Ich musste ihm aber versprechen, mich so schnell wie möglich bei meinem Hausarzt vorzustellen. Von ihm kann ich mir jederzeit ein Attest abholen. Ich kann mich auch wieder einweisen lassen."

Und gleich setzte er vorsichtshalber nach: „Das werde ich auch, sobald ich mich schlecht fühlen sollte."

„Okay, das ist deine Entscheidung, Frank", bemerkte nun Rolf. „Klapp uns nur nicht wieder zusammen. Dann versohle ich dir eigenhändig den Hintern. Da kannst du Gift drauf nehmen."

„Keine Angst, ich bin fit. Also, wat gibbet zu tun?“

„Karin wird dich gleich über den Sachstand informieren. Nun ergänze ich meinen Bericht über den vermutlichen Selbstmord von Bernd Wild.“

„Okay.“ Lotter setzte sich und alle hörten Rolf gespannt zu.

52. Tod

– Föhr, Wyk; Dienstag –

Eisige Kälte herrschte in der Polizeistation in Wyk. Nicht, weil die Heizung ausgefallen war, sondern aufgrund der Ereignisse.

Alle Kollegen befanden sich noch in Schockstarre. Besonders Piet Dirksen, der Bernd tot aufgefunden hatte.

Er saß zwischen Jan und Karla. Jan sprach ihn an: „Piet, fühlst du dich in der Lage, uns einen genauen Bericht zu geben?“

Piet nickte langsam, trank einen Schluck Wasser und sprach zögernd: „Ich habe mehrmals hintereinader einen heftigen Schlag gehört. Aus diesem Grund bin ich zu den Zellen gegangen, um nachzusehen. Ich war ja gerade in der Nähe. Heinz Bitter brüllte: ‚Hilfe! Hilfe! Der Bernd tut sich was an! Schauen Sie nach!‘ Ich spähte durch das Guckloch der Zellentür und sah Blut an der Wand. Da ich vermutete, dass etwas passiert sein könnte, schloss ich sofort die Zelle auf. Da sah ich schon die Bescherung: Die Wände der Zelle waren blutverschmiert. Viele rote Abdrücke erkennbar. Bernd Wild lag im Raum auf dem Rücken. Aus seiner Stirn quoll viel Blut. Ich konnte keinen Puls mehr fühlen, rief sofort den Notarzt und euch über Handy und begann mit der Herzmassage. Die setzte ich fort, bis der Arzt und ihr eingetroffen wart. Wie ihr wisst, konnte der Arzt nur noch seinen Tod feststellen.“

Die Kollegen bestätigten dies mit einem Kopfnicken.

„Einen Abschiedsbrief oder einen anderen Hinweis, warum er sich umgebracht hat, haben wir nicht gefunden“, warf Arnold ein. „Wir sollten Heinz Bitter befragen und zwar sofort. Karla, bist du bereit?“

„Natürlich, Arnold.“

Karla und Arnold saßen schon im Raum, als der Diensthabende den Gefangenen hereinführte.

„Setzen Sie sich, Herr Bitter“, forderte Arnold Harmsen ihn auf. Dabei rückte er mit seiner großen Hand etwas umständlich das Aufnahmegerät zurecht.

„Was haben Sie genau gehört, Herr Bitter?“

Heinz Bitter, der sichtlich geschockt und auffällig blass war, räusperte sich. „Was ist passiert? Ist Bernd tot?"
„Ja. Was haben Sie gehört?"
Heinz rang mit den Tränen und stotterte: „Dieser Trottel! Dieser Blödmann! Was hat er gemacht? Hat er sich umgebracht?"
„Das können wir Ihnen noch nicht genau sagen. Erzählen Sie uns, was Sie gehört haben."
Heinz sammelte sich. „Ich hörte, dass Bernd schrie und schimpfte. Was er genau sagte, konnte ich nicht verstehen. Die Wände sind zu dick. Dann hörte ich in Abständen immer wieder einen Schlag. Zwischendurch brüllte Bernd etwas und dann schepperte es einmal richtig heftig. Danach war Totenstille, nichts mehr, kein Laut. Ich stand an der Tür und rief: ‚Bernd, was ist los?' Nichts zu hören. Dann hörte ich Schritte. Ich schrie um Hilfe. Jemand lief über den Gang und öffnete die Zellentür. Ich hörte einen lauten Schrei."
Heinz hielt sich die Hände vors Gesicht und weinte. Karla reichte ihm ein Taschentuch. Er schnäuzte sich die Nase und Karla fuhr fort: „Können Sie sich vorstellen, warum er das gemacht hat?"
„Keine Ahnung. Er war immer ein Angsthase und ich vermute, dass es aus Verzweiflung geschehen ist. Was war das für ein Schlag? Womit hat er gegen die Wand geschlagen?"
„War er cholerisch?", wollte Karla wissen, ohne auf die Fragen von Heinz einzugehen.
„Nein, nur ängstlich. Nach außen hatte er zwar eine große Klappe, aber wenn es ans Eingemachte ging, kniff er die Arschbacken zusammen. Und was passiert jetzt mit mir?"
Arnold lehnte sich nach vorn und ließ seine Stimme in seiner gesamten Wucht erschallen: „Ein letztes Mal, Herr Bitter! Haben Sie Carmen Zille und Simone Lau umgebracht?"
„Nein! Nein!", schrie dieser.
„Okay, dann werden Sie erst einmal in die JVA Flensburg gebracht. Dort bekommen Sie einen Anhörungstermin beim Haftrichter. Von dort aus wird alles Weitere entschieden. Haben Sie noch Fragen?"
Heinz Bitter schüttelte den Kopf. Er trommelte auf den Tisch, jammerte und heulte.

„Beruhigen Sie sich, Herr Bitter, es ist wie es ist. Wir können nichts rückgängig machen. Ihre Taten vor allen Dingen nicht."

Schlagartig verstummte Heinz. Er ließ den Kopf sinken und sagte nichts mehr.

Karla stand auf und bat den Kollegen im Nebenraum, Heinz Bitter wieder zu seiner Zelle zu führen. Dann drehte sie sich noch einmal um und fragte ihn: „Sagen Sie mal, Herr Bitter, hat Herr Wild Verwandte?"

Heinz richtete sich auf und antwortete langsam: „Seine Eltern starben früh. Ich weiß nur von einem Bruder, der in Gelsenkirchen wohnt. Er heißt Fritz."

„Okay, wir kümmern uns darum."

Die beiden Kommissare liefen kurz nach draußen, um tief durchzuatmen. Die Luft war frisch. Der Wind nach Föhrer Art kräftig. Die Sonne lachte ihnen entgegen.

Karla spürte die Vibration ihres Smartphones in ihrer Hosentasche. Dirk lachte sie auf dem Display an.

Arnold flüsterte: „Ich geh' schon mal rein." Karla nickte.

Dirk legte gleich los: „Schatz, ich mache mir Sorgen. Du nimmst nicht ab, wenn ich anrufe und beantwortest meine Nachrichten nicht. Was ist los?"

„Ach Liebling, sei nicht böse. Es ist gerade nicht einfach und die Wittener Morde schlagen auch hier Wellen. Die Bochumer kommen nicht weiter und die Bevölkerung wird unruhig. Also habe Geduld mit mir. Ich mache alles wieder gut."

„Natürlich bin ich nicht böse. Ich habe immer Geduld mit dir. Hast du es schon mal anders erlebt? Ich liebe dich. Du kannst immer auf mich zählen. Aber Sorgen darf ich mir doch machen, oder?"

„Darfst du, kannst du aber auch bleiben lassen. Du weißt doch, ich habe alles im Griff, und wenn ein Fall gelöst ist, werde ich doch auch wieder normal."

Dirk lachte laut. „Du bist auch so normal. Nur wie immer ganz und gar Frau Kommissarin und um dich herum bleibt die Welt stehen. Aber ist kein Problem. Bringe alles in Ruhe zu Ende und wir sprechen uns dann, wenn du wieder auf Normallevel ticken kannst."

„Danke, Dirk, ich melde mich, sobald ich mehr Ruhe habe. Versprochen. Ich liebe dich! Kuss! Kuss!"

Dirk schmatzte einen Kuss zurück und Karla drückte das Gespräch weg.

Arnold stand hinter der Glastür und wartete auf Karla. Sie öffnete die Tür. Versonnen schaute er aufs Meer.

„Was ist los, Kollege?"

„Lass uns reingehen."

Die Kollegen warteten schon ungeduldig. Arnold ließ sich auf den Stuhl plumpsen und lehnte sich zurück. Er berichtete von der Vernehmung.

„Das alles bringt uns auch nicht voran. Wie geht's weiter?", fragte Jan. „Der Gefangentransporter, der Heinz Bitter nach Flensburg bringen soll, steht schon vor der Tür. Die Vorstellung beim Haftrichter ist für morgen geplant. Ich schlage vor, dass ihr zwei nach Flensburg fahrt, um dabei zu sein." Dabei zeigte er auf Karla und Arnold.

Adriane warf die Tür auf und sprudelte los: „Es gibt eine Übereinstimmung! Alle Faserspuren, die wir bei Heinz Bitter und Bernd Wild gesichert hatten, haben wir auch zur KTU nach Bochum geschickt. Eine Fremdfaser, die von einer Jacke von Heinz Bitter stammte, wurde an der Kleidung von Simone Lau gefunden."

Ein Raunen waberte durch den Raum.

Karla betrachtete diese Aussage nüchtern: „Das sagt noch gar nichts. Aber ich rufe Rolf an. Die Kollegen werden es sicherlich schon wissen."

Natürlich war Rolf informiert. Sie tauschten sich kurz aus.

Zu den Wyker Kollegen sagte sie: „Das kann alles oder nichts heißen. In der PI Witten kam ein anonymer Brief an, der Fotos enthielt. Auf einem der Fotos erkennt man Wild und Bitter mit Simone Lau und Carmen Zille. Sie hielten die Frauen im Arm. So ist es durchaus möglich, dass Faserspuren an der Kleidung der Opfer von den Männern stammen. Dennoch könnte auch mehr dahinterstecken. Also wieder alles auf Anfang."

Arnold setzte den Punkt: „Also, packt den Bitter endlich ein und ab mit ihm nach Flensburg."

Adriane, die sich bereits an ihren Arbeitsplatz im Nebenraum zurückgezogen hatte, kam noch einmal hereingestürzt: „Gute Nachrichten. Violetta Fey geht es jetzt auch besser. Dr. Frese hat die Medikamente reduziert. Sie ist kurz wach gewesen, schläft jetzt aber wieder. Er hofft, dass sie über den Berg ist. Lena Beck macht auch weiterhin Fortschritte und kann nun befragt werden."

Alle atmeten einmal tief durch. Die Erleichterung war in ihren Gesichtern zu sehen.

Karla schnappte ihre Jacke und schubste Arnold an. „Los, du fauler Gesell! Ab zum Inselkrankenhaus!"

„Jawoll, Ruhrpottkommissarin. Schon am Start."

Wiebke, die die ganze Zeit schon sehr still war, ohne dass es jemand bemerkt hatte, stand auf und zupfte ihrem großen Kollegen am Ärmel. Der beugte sich zu ihr hinunter und sie flüsterte: „Wäre es okay, wenn ich nach Niebüll zurückfahre? Die Berichte habe ich soweit fertig und du musst nur noch ergänzen. Ihr kommt doch jetzt auch ohne mich klar, oder?" Dabei schaute sie auch noch mal in die Runde. „Meine Mutter liegt im Krankenhaus und ich möchte gern zu ihr fahren."

Arnold nahm sie in den Arm und gab ihr einen Kuss auf die wallende, rote Mähne: „Sicher kannst du fahren. Was ist mit deiner Mutter?"

„Ich weiß es auch noch nicht genau und ich mache mir Sorgen. Ein unklarer Befund an der Niere. Sie benötigt, so glaube ich, meinen Beistand."

„Dann aber los und sieh nach ihr. Danke für deine Unterstützung. Grüß deine Mutter."

Wiebke warf ihre lockige, rote Mähne nach hinten und schaute ihn mit ihren blau-grünen Augen an. „Danke Arnold, wir sehen uns."

„Gute Besserung für deine Mutter", wünschte auch Karla.

Arnold zwinkerte Wiebke zu und gemeinsam mit Karla verließ er die Wache.

Arnold lief schweigend neben Karla her. Die Insel zeigte sich in ihrer ganzen Schönheit. Blauer Himmel, eine leichte Brise, glitzerndes Wasser und am Horizont zwei Fähren, die sich kreuzten.

Romantik pur. Karla schaute zu Arnold hoch, der das gar nicht wahrnahm, weil er nur vor sich hin starrte.

„Arnold, was ist los?"

„Ach, nix." Dabei kniff er seine Augen zusammen.

„Hast du was mit Wiebke? Ihr geht sehr innig miteinander um."

„Quatsch! Wie kommst du denn auf das schmale Brett? Meinst du, weil ich ihr einen Kuss gegeben habe? Das mache ich immer bei ihr. Das kleine Kraftpaket habe ich einfach in mein Herz geschlossen. Sie ist eine tolle, kompetente Kollegin, die mich immer wieder überrascht. Die musst du mal beim Krav-Maga-Training erleben. Junge, da fällt dir nichts mehr zu ein."

„Was ist denn sonst los? Ich spüre doch, dass du etwas auf dem Herzen hast."

„Sie ist genau wie du." Arnold blieb mitten auf der Straße stehen, legte Karla seine beiden großen Hände auf die Schultern und schaute ihr in die Augen. „Ich glaube, ich habe mich in dich verliebt."

„Ach du dickes Ei!" Karla schlug sich mit der Hand auf den Mund und suchte nach Halt. Aber es war nichts in Sicht, woran sie sich festhalten konnte. Sie fasste ins Leere. Arnolds Hände lagen immer noch auf ihren schmalen Schultern. Sie hatte das Gefühl, langsam immer mehr in den Boden zu versinken.

Sie atmete tief ein und schaute Arnold an. „Ich habe dich auch lieb gewonnen, aber verliebt habe ich mich nicht in dich. Ich liebe meinen Dirk schon ewig und drei Tage ... und daran wird sich auch nichts ändern. Aber einen neuen guten Freund und Kollegen könnte ich durchaus in meiner Sammlung gebrauchen."

Arnold ließ blitzschnell seine Arme sinken und stand wie ein geprügelter Hund mit gesenktem Kopf vor ihr. Sie stellte sich auf die Zehenspitzen und drückte ihm einen dicken Kuss aufs Kinn. Höher kam sie nicht.

Karla nahm wahr, dass Arnold sich verlegen eine Träne aus dem Augenwinkel wischte. Er sagte: „Ich weiß, ich habe gesehen, wie du mit deinem Mann telefoniert hast. Ich kann dir auch nicht sagen, was mit mir los ist."

„Eins kann ich dir aber sagen, ich habe dich in den paar Tagen schätzen gelernt und in meinem Herzen hast du auch einen festen Platz eingenommen. Du kannst dich immer auf mich verlassen. Wenn das hier beendet ist, wünsche ich mir, dass wir uns bald wiedersehen, entweder hier auf Föhr oder in Bochum. Versprochen?“ Karla hielt ihre Hand nach oben und Arnold gab ihr Fünf.

„Versprochen.“

„Und jetzt auf zum Krankenhaus. Die Zeit läuft.“ Karla hakte sich bei Arnold ein und sie liefen schnellen Schrittes zur Klinik.

Am Eingang des Inselkrankenhauses hatte sich eine Menschentraube gebildet. Reporter, Touristen und Einheimische quatschten wild durcheinander.

„Du meine Güte! Da kommen wir gerade recht.“

Arnold und Karla bauten sich auf und Arnold ließ seine kräftige, dunkle Stimme erschallen: „Meine Damen und Herren! Mein Name ist Kriminalhauptkommissar Arnold Harmsen aus Niebüll und das ist meine Kollegin Kriminalhauptkommissarin Karla Lang aus Bochum. Wir bitten Sie inständig, die Versammlung zum Wohle aller Klinikpatienten zu beenden. Wir nehmen an, dass Sie wegen der Entführungsopfer hier sind und freuen uns über Ihre Anteilnahme. Wie die Ärzte uns mitteilten, geht es den Künstlerinnen Violetta Fey und Lena Beck besser. Wir besuchen sie jetzt. Vielen Dank für Ihr Verständnis.“

Ein Raunen ging durch die Menge und ein Reporter kam auf die beiden Kommissare zu: „Dürfen wir noch einige Fragen an Sie stellen?“

Karla erwiderte freundlich: „Wie gesagt, gedulden Sie sich bis heute Abend. Dann erfahren Sie vielleicht mehr. Kommissar Andersen meldet sich bei Ihnen.“

Vor der Intensivstation fanden sie ein gigantisches Blumenmeer. Föhrer nebst Touristen hatten Blumen- und Genesungswünsche im Krankenhaus abgegeben. Eine Schwester kam ihnen entgegen. Sie versuchte Ordnung zu schaffen. Die Blumen drapierte sie so um, dass man wieder problemlos die Tür erreichen konnte.

„Das hat unser Krankenhaus noch nie erlebt.“ Sie wirkte sehr aufgeregt, überreichte einen Stapel Briefe, Karten und mehrere Taschen mit Geschenken. „Stellen Sie alles dort in den Raum.

Sehen Sie durch, ob was dabei ist, was die beiden aufmuntern könnte. Freude ist die beste Medizin."

„Da haben Sie recht. Wenn die beiden auf eine Normalstation verlegt werden, überreichen wir Ihnen alles", erklärte die leitende Stationsschwester.

Karla machte mit ihrem Handy ein Foto von dem Blumenmeer. Obwohl es den Damen besser ging, war Schutzkleidung immer noch Pflicht. Arnolds Kittel reichte ihm nur knapp über den Ellenbogen und am Rücken klaffte er auseinander. Der Kommissar beschwerte sich: „Der ist ja noch kleiner als der letzte, die haben hier nur Kittel für Zwerge. Wir sind doch hier nicht im Auenland, wo nur Hobbits wohnen."

Karla lachte und zog die Schleife noch etwas fester.

„Willst du mich umbringen?"

„Komm jetzt, du Mimöschen."

„Warte, wir schauen mal kurz durch die Genesungspost."

Karla entdeckte spontan Briefe von der Galerie Luzia Sassen, vom Märkischen Museum Witten, vom Föhrer Kunstmuseum und von Jürgen Grume.

„Die Briefe nehmen wir mit rein, von der anderen Post werden wir ihnen erzählen."

„Das wird den beiden Aufwind geben."

An Violettas und an Lenas Bett saßen zwei Paare. Beide standen auf und gingen auf Karla und Arnold zu.

„Sind Sie Frau Lang, mit der wir telefoniert haben?"

„Ach, dann sind Sie die Eltern von Violetta und Lena?", fragte Karla.

„Ja, genau."

Violettas Mutter erzählte, dass die Familien seit der Kindheit ihrer Töchter miteinander befreundet waren und die beiden Ehepaare gemeinsam auf Reisen waren.

„Ja, das haben Sie mir am Telefon berichtet."

„Entschuldigung, Frau Lang, ich bin so aufgeregt, dass ich vergessen habe, was ich Ihnen alles schon erzählt habe."

Lena rief Karla entgegen: „Karla, Karla, ich freue mich, dass du da bist."

Karla trat an Lenas Bett und die beiden Frauen begrüßten sich herzlich.

„Wie fühlst du dich?"

„Schon viel besser."

„Das sehe ich. Deine Lebensgeister kommen wieder." Karla setzte sich näher an Lena heran. „Meinst du, dass ich dir gleich mal ein paar Fragen stellen kann? Verkraftest du das schon? Oder sollen wir lieber noch warten?"

Lenas Augen füllten sich sofort mit Tränen. Karla bot ihr die Möglichkeit einer psychologischen Beratung an. Lena lehnte dies zunächst ab. „Ich erzähle euch alles, was ich weiß."

Karla stellte ihr Arnold vor und bat die anderen, sie einen Augenblick mit Lena und Violetta allein zu lassen.

Die Eltern von Lena, denen man die Aufregung und Übernächtigung ansah, strichen Lena zärtlich über die Wange. „Mein Schatz, wir gehen einen Kaffee trinken und kommen gleich wieder." Ihre Mutter küsste sie auf die Stirn und ihr Vater streichelte ihre Hand. Dann verließen sie das Krankenzimmer.

Karla und Arnold rückten sich Stühle zurecht, um von Lena mehr zu erfahren.

„Aber bevor wir jetzt loslegen, reden wir erst mal über die schönen Dinge."

Lena setzte sich erwartungsvoll auf. „Über was denn?"

Karla erzählte ihr von den vielen Menschen, die sich vor dem Krankenhaus versammelt hatten. Von den Blumen, Karten, Geschenken und den netten Briefen. Damit zauberte sie Lena ein Lächeln ins Gesicht. Karla zeigte ihr das Blumenfoto auf ihrem Handy und überreichte ihr die Post.

Mit zitternden Händen öffnete sie die Briefe. „Oh, von Luzia Sassen, von Grume und von den beiden Museen. Wie schön", flüsterte sie erschöpft. Sie lehnte sich zurück und Karla las sie langsam nacheinander vor.

53. Künstlerinnen

– Bochum; Dienstag –

Rolf saß an seinem Schreibtisch und ordnete die Unterlagen. Das Geschehene ließ er noch einmal Revue passieren.

‚Verdammt noch mal! Wo ist der Haken? Haben wir etwas Wichtiges übersehen? Wir müssen diese Zeuginnen endlich finden. Ich bin davon überzeugt, dass sie uns weiterbringen.'

Er räumte die Akten von links nach rechts und wieder zurück. Sein Magen protestierte. Die Schmerzen wurden schlimmer. Er nestelte an seiner Schreibtischschublade, in der die Magentabletten lagen und schluckte gleich zwei.

‚Ach ja! Gegessen habe ich ja auch noch nichts.'

In der Schublade fand er ein paar trockene Butterkekse, die er langsam in sich hineinmümmelte. Dann füllte er den Wasserkocher. Heute musste wieder die gute Kamillen-Fenchel-Mischung herhalten.

‚Mein Gott! Was tut der erste Schluck gut.' Eine wohlige Wärme breitete sich in seinem Bauch aus.

Das Telefon schrillte und riss ihn aus der Entspannung: Tina aus Witten.

„Mädel, wat gibbet?", begrüßte er sie.

„Gabi Blum und Sibille Derks sitzen hier in der PI. Wir haben sie uns am Heuweg in Stockum geschnappt. Sollen wir sie gleich zu euch nach Bochum bringen, damit ihr sie vernehmen könnt?"

„Auf jeden Fall, bringt die Frauen rüber. Die nehmen wir in die Zange. Mal sehen, was wir aus ihnen rausquetschen können."

„Sind schon unterwegs. Tschüss Rolf."

Rolf sprang auf und verschüttete dabei den Tee. Die Kamillen-Fenchel-Mischung ergoss sich über die Akten. Seine Brille fiel ihm vom Kopf. Er tupfte das Dilemma mit dem Ärmel notdürftig trocken und lief rüber zu den Kollegen.

„Tina hat angerufen", rief er aufgeregt. „Die Wittener bringen uns Gabi Blum und Sibille Derks. Macht euch startklar."

„Wir sind schon dabei", sagte Karin. „Wer soll sie vernehmen?"

„Klaus und du, ich informiere die Sitzler. Lotter, Uwe und ich werden hinter der Scheibe stehen, und der Rest verfolgt das Geschehen an den Monitoren."

„Chef, die sind erst mal nur Zeuginnen und noch keine Verdächtigen. Trotzdem der Vernehmungsraum?", fragte Klaus.

„Der Vernehmungsraum!"

„Okay, dann lasst uns beginnen."

Sibille Derks wurde als Erste hereingeführt und prompt meckerte sie los.

„Was soll ich hier?" Sie schaute sich in dem abgedunkelten Raum um. Auf dem Tisch stand das Aufnahmegerät, das Klaus jetzt einschaltete. „Was soll der Quatsch? Ich will nicht, dass das aufgezeichnet wird. Sie behandeln mich ja wie eine Verbrecherin!"

„Jetzt mal Klartext, Gnädigste", sprach Klaus sie barsch an. „Wir ermitteln hier in zwei Mordfällen und das Prozedere bestimmen wir. Bereit, uns bei der Aufklärung der Morde zu helfen?"

Sie nickte, aber ihre schwarzen, dunklen Augen funkelten gefährlich. Dabei strich sie ihre tiefschwarz gefärbten Haare nervös glatt. Das Gesicht wirkte wie eine Maske. Make-up dick aufgetragen, die Augen mit Eyeliner schwarz umrahmt, Wimpern wie eine Diva getuscht. Ihr Gesicht hatte etwas Puppenhaftes und dennoch auch etwas Diabolisches. Die Frisur glich der von Cleopatra. Auffällig prangte ihre übergroße Nase im Gesicht. Sie hatte harte Züge.

Karin zog ein Röhrchen aus der Tasche und bat Sibille Derks, das Stäbchen mit ihrem Speichel zu benetzen. Der Bitte folgte sie nur widerwillig.

„Okay, Frau Derks, dann starten wir." Klaus rückte das Mikro zurecht und Karin stellte die erste Frage: „Frau Derks, Sie wissen, dass Simone Lau und Carmen Zille nach dem Museumsfest und der Preisverleihung einem Mord zum Opfer fielen?"

„Ich habe davon in den Medien gehört."

„Was können Sie uns über den Verlauf des Abends sagen? Wann haben Sie die beiden Frauen das letzte Mal lebend gesehen?"

„An dem Abend der Preisverleihung. Sturzbetrunken saßen sie mit den beiden Blödmännern Heinz Bitter und seinem Freund, dessen Namen ich nicht weiß, am Tisch und haben sich hoffnungslos betrunken. Die Männer betatschten sie und hatten Spaß dabei. Plötzlich verschwand Heinz mit seinem Freund. Carmen und Simone schliefen fast ein. Gabi und ich haben sie rausgebracht und ihnen ein Taxi gerufen. Wir warteten mit ihnen an der großen Treppe des Museumseingangs, bis der Wagen vorfuhr. Dann riefen wir uns auch ein Taxi und fuhren ebenfalls nach Hause."

„Nach Stockum oder nach Heven?"

„Ich habe mich nach Stockum bringen lassen. Gabi wollte direkt nach Heven zu ihrer Wohnung fahren."

„Und was haben Sie in der Nacht noch gemacht?"

„Geschlafen, was sonst?"

„Hat Sie jemand gesehen, als Sie die Frauen ins Auto gesetzt haben?"

„Ich glaube nicht."

„Welches Taxiunternehmen?", mischte sich jetzt Klaus ein, der bisher aufmerksam zugehört hatte.

„Das weiß ich doch jetzt nicht mehr!" Ihre hohe, schrille Stimme überschlug sich bei diesen Worten.

„Haben Sie die Nummer nicht mehr in Ihrem Handy?", setzte Klaus nach.

„Nee, solche Gespräche lösche ich sofort wieder, das macht nur meinen Speicher voll." Dabei grinste sie Klaus frech an und ihre Augen funkelten angriffslustig.

Karin übernahm wieder. „Was geschah an den Tagen danach?"

„Wir packten am nächsten Tag den VW-Bus von Gabi und fuhren los in Richtung Italien."

„Und niemand hat davon gewusst? Von keinem haben Sie sich verabschiedet?"

„Nee, warum? Wir leben beide zurzeit ohne Partner und unsere Eltern wohnen nicht hier in Witten. Wir haben uns nur telefonisch verabschiedet. Gabi und ich haben beide kein tolles Verhältnis zu ihnen."

Klaus setzte die Vernehmung fort: „Ist Ihnen an diesem Abend noch irgendetwas Verdächtiges aufgefallen?"

„Ich wüsste nicht."

„Was ist mit Heinz Bitter und seinem Freund? Trauen Sie denen einen Mord zu?“

„Blöd sind sie, ich traue ihnen eine Menge zu. Heinz war stinksauer, weil er den Preis nicht bekommen hat. Er schimpfte und zeterte in allen Tönen. Er drohte sogar den Gewinnerinnen, ihnen das heimzuzahlen. Aber ob er gemeinsam mit seinem Freund oder auch allein fähig ist, zu morden, kann ich Ihnen nicht sagen.“

„Und Sie? Waren Sie auch sauer, weil Sie nicht gewonnen haben? Sie standen doch auch auf der Nominierungsliste.“

„Klar, das Ganze sah nach einem abgekarteten Spiel aus. Von daher konnte man durchaus sauer sein.“

„Sonst haben Sie keine Ahnung, wer so etwas Schreckliches getan haben könnte?“

„Nee, woher soll ich das wissen?“ Sie sprang auf. Die durchtrainierte, große Frau baute sich vor den Ermittlern auf. Dann lief sie im Raum hin und her. Die Nervosität wuchs und zeigte sich in allen Facetten. Im Wechsel knabberte sie an den Fingernägeln, von denen der Lack abblätterte, und strich die schwarzen Haare glatt.

„Frau Derks, Sie können sich wieder hinsetzen. Wir danken Ihnen erst einmal. Bitte halten Sie sich für weitere Fragen bereit. Wir kommen sicherlich noch einmal auf Sie zu. Dürfen wir uns in Ihrer Wohnung und in dem Atelier mal umschauen? Dagegen haben Sie doch sicherlich nichts einzuwenden?“

„Warum? Ich habe doch nichts getan.“ Dabei überschlug sich ihre Stimme.

„Das kann ja alles sein. Wir würden uns trotzdem gern mal umschauen. Vielleicht finden wir bei Ihnen ja irgendetwas, was uns weiterhilft, die Morde aufzuklären. Ist es Ihnen morgen früh recht?“

„Und wenn nicht?“, funkelte sie Klaus und Karin an.

„Dann beantragen wir einen Durchsuchungsbeschluss.“

„Okay, dann kommen Sie morgen früh um zehn Uhr.“

„Dann können Sie jetzt gehen.“

„Der glaube ich kein Wort“, sagte Karin. „Hast du auch das Gefühl, dass sie uns irgendeine Geschichte erzählt, nur nicht die richtige?“

Klaus nickte nachdenklich.

„Hören wir uns an, was Gabi Blum uns zu sagen hat.“

Eine große und ebenso durchtrainierte Frau betrat den Raum. Ihre glatten, kupferrot schimmernden Haare reichten ihr fast bis zum Po.

„Bitte nehmen Sie Platz, Frau Blum!“

Sie setzte sich und Karin und Klaus schauten in ein giftgrünes Augenpaar, das sie herausfordernd ansah.

„Frau Blum, wir ermitteln in den beiden Mordfällen von Simone Lau und Carmen Zille. Sie haben davon gehört?“

„Ja, habe ich.“

Dieses Mal eröffnete Karin das Gespräch etwas moderater: „Wir möchten Ihnen gern ein paar Fragen stellen und haben die Hoffnung, dass Sie uns weiterhelfen können. Bereit?“

Gabi Blum nickte und nestelte an ihrem Pulli.

„Was ist an dem Abend der Preisverleihung geschehen? Wann haben Sie die beiden Frauen das letzte Mal gesehen?“

Gabi Blum beschrieb genau den gleichen Verlauf wie ihre Vorgängerin. Es klang fast wie auswendig gelernt. Karin und Klaus schauten sich irritiert an.

Karin sagte: „Betrunkene Frauen können ganz schön schwer sein, nicht wahr?“

„Das kann ich Ihnen sagen. Besonders, wenn ihre Beine vollkommen versagen.“

„Mhm“, meinte Klaus. „Wie haben Sie denn die Frauen nach draußen gebracht? Erzählen Sie mal.“

„Wir sind ja beide gut durchtrainiert und können ordentlich was stemmen. Aber es war nicht einfach.“

„Und wie genau?“, stocherte Klaus nach.

„Jede hat sich eine geschnappt, dann setzten wir sie auf die Treppe und warteten mit ihnen, bis der Taxifahrer kam. Er hat uns auch noch geholfen, sie ins Auto zu befördern.“

„Wissen Sie noch den Namen des Taxiunternehmens?“

„Keine Ahnung. Ich habe schnell gegoogelt und irgendein Unternehmen ausgewählt."
„Haben Sie die Nummer noch im Handy?"
„Nee, ich lösche immer meine Anruflisten."
„Okay, das ist natürlich für uns Mehrarbeit, die wir nicht hätten, wenn Sie uns die Telefonnummer noch sagen könnten. Jetzt müssen wir mühevoll alle Unternehmen in Witten befragen. Das kostet uns viel Zeit."
„Tut mir leid, ich kann Ihnen leider nicht mehr helfen", spielte Gabi Blum Betroffenheit vor.
„Was haben Sie danach gemacht? Haben Sie weitergefeiert?"
„Sibille und mir war an diesem Abend nicht richtig nach feiern zumute. Die Entscheidung über den Preis war nur eine Farce. Gewonnen haben die, die es gut mit dem Stifter konnten. Sie wissen, was ich meine?"
„Nein, sagen Sie es uns."
„Die haben sich alle angebiedert. Auch Violetta und Lena. Denen lag aus irgendeinem Grund alles zu Füßen. Wir rackerten uns ab und nichts geschah."
„Was halten Sie davon, wenn ich behaupte, dass es doch künstlerisches Können war, was die beiden nach vorne brachte?"
„Können? Dass ich nicht lache! Da halten Sibille und ich aber locker mit. Die Perlen haben sich überall hochgevögelt und angebiedert. So geht Kunst natürlich auch."
Klaus lenkte wieder aufs Thema: „Was haben Sie gemacht, nachdem Sie die beiden Frauen ins Auto gesetzt hatten?"
„Wir haben uns auch ein Taxi gerufen. Sibille ist erst nach Stockum gebracht worden und ich anschließend nach Heven. Am nächsten Tag haben wir meinen Bus gepackt und sind in Richtung Italien gefahren. Wir wollten eine kleine Rundreise machen."
Klaus und Karin stellten ihr auch die Frage, wer denn ihrer Ansicht nach die beiden Frauen umgebracht haben könnte, die sie mit Nichtwissen beantwortete. Auch Heinz und Bernd traute sie die Morde nicht zu.
Karin nahm noch den Abstrich und kündigte die Hausdurchsuchung an.

Das brachte sie aus der Fassung. Sie giftete die Kommissare an: „Was soll denn der Scheiß? Ich bin doch keine Verbrecherin. Sie durchsuchen meine Bude, hinterlassen anschließend ein Schlachtfeld und ich kann sehen, wie ich dann zurechtkomme. Da weigere ich mich. Es kommt auf keinen Fall in Frage."

„Dann nehmen wir an, dass Sie etwas zu verbergen haben, Frau Blum."

„Nein", schrie sie. „Ich habe Ihnen alles gesagt. Aber in meinen privaten Sachen schnüffeln Sie mir nicht rum!"

„Kein Problem, Frau Blum, wenn Sie nicht mit uns zusammenarbeiten möchten, werden wir einen Hausdurchsuchungsbeschluss beantragen. Wir kommen morgen früh."

„Ich spreche erst mit meinem Anwalt."

„Machen Sie das. Aber wir kommen trotzdem. Schon vergessen, wir ermitteln in einer Mordsache. Sie dürfen jetzt gehen. Bitte halten Sie sich für weitere Befragungen zur Verfügung."

Gabi Blum sprang auf. Der Stuhl polterte zu Boden. Sie schüttelte ihre rote Mähne und funkelte die beiden Kommissare mit ihren grünen Augen an.

„Das hat ein Nachspiel! Das schwöre ich Ihnen!" Sie verließ den Raum.

54. Frühstück

– Föhr, Utersum; Mittwoch –

Karla lag auf dem Rücken und schaute auf die Muster, die die morgendliche Sonne an die Decke ihres Schlafzimmers zauberte.

Die Erlebnisse der letzten Tage hatten Spuren hinterlassen. Sie brauchte dringend Ruhe, um wieder aufzutanken. Arnold und sie waren nach dem Besuch bei Lena und Violetta zur *Sehliebe* gefahren, um etwas zu essen und den Sonnenuntergang zu genießen. Die Luft war raus. Allerhöchste Zeit um wieder, wie Dirk so schön sagte, auf ein Normallevel herunterzufahren. Arnold und sie hatten sich Geschichten erzählt, viel gelacht und nach dem Ermittlungsmarathon den Abend genossen.

Sie dachte an Arnold, der ihr mitten auf dem Sandwall ein Liebesgeständnis gemacht hatte. Sie konnte es nicht glauben. ‚Was hat ihn geritten? Die Insel übte einen besonderen Zauber auf die Menschen aus. Inge und Piet verliebten sich Hals über Kopf und dann auch noch Arnold. Sie lächelte in sich hinein und dachte: Ja, ja! Föhr, die friesische Karibik! Das ist doch alles nur ein Film. Was wird Dirk wohl dazu sagen, wenn ich ihm davon erzähle, was Arnold mir gesagt hat? Sie konnte ihm später davon berichten. Jetzt war nicht der richtige Zeitpunkt. Oder sollte sie es ihm erzählen? Musste das überhaupt sein? Brachte sie damit nur Unruhe in ihre Beziehung, auf die sie verzichten konnte? Egal! Darüber kann ich später nachdenken. Jetzt muss der gesamte Fall erst einmal abgeschlossen werden. Vor allen Dingen sollten meine Leute aus dem Quark kommen.‘

„Kollegen, findet die Mörder!“, sagte sie laut.

Kaum hatte sie den Gedanken ausgesprochen, klingelte schon ihr Handy.

„Moin Rolf, schon vergessen, dass ich Urlaub habe?“, scherzte Karla.

„Wirklich?“ Rolf berichtete ihr von der Vernehmung der Zeuginnen. Karla klärte ihn über Violetta und Lena und die Überführung der Leiche von Bernd auf.

„Ach, was ich noch sagen wollte, Bernd Wild hat nach Aussage von Heinz Bitter einen Bruder mit Namen Fritz in Gelsenkirchen wohnen. Die Eltern leben nicht mehr."

„Okay, Karla, wir versuchen ihn zu erreichen."

„Danke, Rolf, gleich fahre ich mit Arnold Harmsen nach Flensburg. Wir werden beim Haftprüfungstermin dabei sein."

„Übrigens", sagte Rolf. „Auf Antrag der Staatsanwaltschaft wurde ein Überhaftbefehl für Heinz Bitter auch von hier erlassen. Nur zur Sicherheit. Falls ihm doch noch nachgewiesen werden kann, dass er in die Wittener Morde verwickelt ist."

„Er bestreitet die Morde in Witten vehement und Bernd Wild ebenfalls. Nur seine Aussage nutzt uns nun nichts mehr."

„Warten wir es ab. Ich hoffe immer noch darauf, dass das Labor vergleichbare Spuren findet", fuhr Rolf fort. „Wir durchsuchen gleich die Wohnungen und die Ateliers von Gabi Blum und Sibille Derks. Drück die Daumen, dass wir was Brauchbares finden."

‚Statt nach Flensburg zu fahren, möchte ich jetzt viel lieber meine Staffelei rausholen', dachte Karla.

Es klopfte an der Tür. Sie schoss vor Schreck aus dem Bett, wickelte sich ihre Decke um und schlurfte zur Tür. Arnold hielt ihr eine Tüte hin. „Frische Brötchen, leckere Hefeteilchen", strahlte er sie an.

Auf der Fußmatte lagen die Brötchen und die Zeitung, die die nette Vermieterin Frau Gedsen schon gebracht hatte.

„Oh, schläft man im Ruhrpott immer so lang?"

„Wieso? Wie spät ist es denn?" Karla schaute ihn verwirrt an.

„Sieben Uhr."

„Sieben Uhr? Das ist doch noch mitten in der Nacht. Schließlich habe ich eigentlich Urlaub und muss jetzt endlich mal schlafen." Arnold hob Brötchen und Zeitung auf und schob sie zur Seite. „Schlafen müssen wir alle. Urlaub kannst du noch später machen. Vergessen? Wir fahren gleich nach Flensburg und jetzt wird gefrühstückt. Ich koche Kaffee, bereite alles vor und du kannst dich in Ruhe frisch machen. Wie findest du das?"

„Okay." Karla wuselte durch ihre Haare, zog die Decke noch enger um ihren Körper und tapste zurück ins Schlafzimmer. Ihre

Glieder fühlten sich schwer und müde an. Am liebsten wäre sie wieder ins Bett gekrochen, um weiter zu träumen und zu schlafen. Arnold hörte sie in der Küche Seemannslieder pfeifen. Sie raffte sich auf, ging ins Bad und dachte: ‚Für Lieder von der Waterkant ist es eindeutig zu früh. Dieser Mann schafft mich heute Morgen.'

Karlas braune Locken, noch nicht richtig trocken, kringelten sich lustig um ihr Gesicht. Als sie das Wohnzimmer betrat, staunte sie nicht schlecht. Der Tisch war vom Feinsten gedeckt. Es duftete nach Kaffee und frischen Backwaren. Arnold hatte sich sichtlich Mühe gegeben. Sogar ein paar Frühlingsblumen hatte er aus dem Garten gepflückt und das nette Ambiente damit aufgepeppt. Er zog den Stuhl zurück und sagte: „Madame, es ist angerichtet."

Karla wollte sich gerade setzen, als ihr Handy trällerte.

„Moin Inge, so früh schon wach? Wie isset?", meldete sich Karla.

„Ich war schon zur Blutabnahme und zur Morgenvisite bei meiner Stationsärztin. Deshalb musste ich nüchtern bleiben."

„Das passt doch Inge. Ich wollte gerade mit Hauptkommissar Harmsen frühstücken. Wir müssen gleich nach Flensburg. Komm doch vorbei. Oder hast du heute früh noch Therapien? Wir haben genug, dass es auch für drei reicht. Aber beeil dich, wir haben nicht allzu viel Zeit."

„Bin schon auf dem Weg. Meine erste Anwendung schwänze ich heute."

Sie verabschiedete sich und Karla sagte zu Arnold: „Inge kommt gleich! Ist doch okay, oder?"

„Natürlich." Arnold goss Kaffee ein und sie erzählten sich noch mehr aus ihrem Leben. Karla von ihrer Familie und der Niebüller von seiner Frau, die schon früh verstorben war. „Schon kurz nach der Hochzeit verunglückte sie in unserem eigenen Haus. Sie stürzte die Treppe hinunter und war sofort tot. Danach habe ich keine andere Frau mehr angesehen. Du siehst Bea ähnlich", sagte er zur Karla.

„Ich?"

„Ja, deshalb habe ich mich wohl in dich verliebt."

„Möglich, dass ich dich an sie erinnere. Auch, dass dadurch deine Gefühle für mich entflammten. Es kann aber auch sein, dass du sie immer noch nicht losgelassen hast und eine Frau suchst, die ist wie sie. Ansonsten hättest du dich in all den Jahren auch für andere Frauen öffnen können, auch wenn sie nicht aussehen wie Bea."

„Du könntest recht haben. Eine neue Betrachtungsweise." Arnold biss nachdenklich in sein Brötchen.

„Du meinst, dass ich überhaupt nicht in dich verliebt bin, sondern nur in den Gedanken an Bea."

„Das ist möglich, mein Lieber."

„Ruhrpottkollegin, du haust mich um."

Karla streichelte seine große Hand und dem hartgesottenen Ermittler rollten die Tränen übers Gesicht.

In diesem Augenblick klopfte es an der Terrassentür. Inge stand davor und strahlte die beiden an. Karla öffnete. Eine frische Brise und Inge schwebten herein.

Margaret, die kleine Katze, nutzte die Gelegenheit, hinterherzuhuschen. Karla stellte sie Inge und Arnold vor, während Margaret allen um die Beine strich.

„Du scheinst dich ja richtig gut zu fühlen." Karla begrüßte ihre Freundin herzlich, die sich gerade mit der kleinen Katze beschäftigte.

„Stimmt, das Leben kann so schön sein."

Inge schaute Arnold an, der sich über die Augen wischte und sich bemühte, Haltung zu wahren. „Ist alles in Ordnung bei euch?"

„Alles gut, Inge. Erzähl mal, wie läuft es bei dir?" Karla reichte ihr den Kaffee und Inge erzählte von ihren Plänen nach der Reha. Dabei strahlte sie pure Lebensfreude aus. Glücklich gab sie preis, dass sie sich vorstellen könnte, einen Neubeginn mit Piet zu wagen.

„Wir lassen alles langsam angehen", sagte sie fröhlich.

Sie genossen das Frühstück, bis Arnold auf die Uhr zeigte. „Es ist gleich Viertel nach neun. Wir müssen noch zur Wache, bevor wir die Fähre nehmen", mahnte er.

Ein paar Stunden später zeigte sich Arnold erleichtert, dass sie ihren Auftrag erfüllt hatte. „Klasse, geschafft! Den Bitter haben wir jetzt gut in der JVA Flensburg geparkt. Morgen fahre ich zurück zu meiner Dienststelle nach Niebüll. Dann heißt es Abschied nehmen."

Die Eindrücke des Gesprächs beim Haftrichter wirkten noch nach. Heinz Bitter hatte sich auch dort sehr gewöhnungsbedürftig gezeigt, sodass alle froh waren, als der Termin beendet war. Als Karla und Arnold die JVA verließen, hatte Karla einmal kurz aufgeschrien, um sich Luft zu machen. Arnold ließ sie gewähren, auch er hätte vor Wut brüllen können.

Die beiden Kommissare standen nun an Deck der *Schleswig-Holstein* und ließen sich den Wind um die Nase wehen. Alle Last der letzten Tage fiel von ihnen ab. Kleine Schaumkronen tanzten auf den Wellen wie Sahnehäubchen. Es sah aus, als hüpften sie von Törtchen zu Törtchen. Die Sonne strahlte über dem Meer. Karla rückte ihre Sonnenbrille zurecht und zog die dicke Mütze vom Kopf. Ihre Locken blies der Wind nach hinten und sie atmete tief ein. „Genau so geht Föhr", lachte sie. Arnold nahm sie freundschaftlich in den Arm und genoss diesen Augenblick mit ihr.

55. Atelier

– Witten, Heven; Mittwoch –

Klaus rief Rolf an: „Verdammte Scheiße! Gabi Blum ist nicht zu Hause."

„Uwe und Lotter haben mich auch schon angerufen. Sibille Derks ist ebenfalls ausgeflogen", teilte ihm Rolf mit.

„Was machen wir? Gehen wir trotzdem rein?"

„Die Durchsuchungsbeschlüsse liegen vor. Geht rein, wir dürfen keine Zeit verlieren."

„Wir hatten schon gestern das Gefühl, dass sie was zu verbergen haben. Die sagen nicht die Wahrheit. Das spüre ich. Wir müssen in diesem Fall unserem Instinkt folgen, dranbleiben und nachsehen, ob wir was Verdächtiges finden."

„Okay, bis später Klaus."

Klaus, Karin und Ulf Schmidt präparierten sich mit Plastikhandschuhen.

Gabi Blum wohnte in einem etwas zurückgebauten Haus in Heven in der Straße *In der Lake*. Die Garage lag in einer Senke und das Grundstück war mit einem Tor verschlossen, das Ulf nun öffnete. Der Weg durch den Vorgarten führte zum Hauseingang. Die Beamten klingelten und klopften an die Haustür. Alles blieb ruhig. Ulf machte sich an die Arbeit und öffnete die Tür mit einem Spezialwerkzeug. Die schwere, mit vielen Intarsien verzierte Holztür quietschte beim Öffnen.

Der dunkle Flur roch muffig. Karin fand den Lichtschalter. Der Fußboden war mit alten, beige-schwarzen Fliesen im Florentiner Muster belegt, die Wände mit einer Blümchentapete tapeziert. Es war ungepflegt und schmutzig. Eine große alte Holztreppe führte nach oben. Zwei Türen waren vom Flur aus zu öffnen.

„Wie alt mag dieses Haus sein?", staunte Karin.

„Zumindest über einhundert Jahre", meinte Ulf, der die linke Tür vorsichtig öffnete. Sie tasteten sich langsam hinein. Sie sahen niemanden. Der Raum, den sie betraten, roch nach Farbe und die Vorhänge waren zugezogen. Karin öffnete sie. Plötzlich war es hell und geräumig. Das musste das Atelier der Künstlerin sein. Durch die großen Fenster entdeckten die Ermittler einen riesigen, etwas verwilderten Garten. Rechts an der Wand stand eine Couchgarnitur, auf der eine Vielzahl von Kissen aufgetürmt lag. Davor ein kleiner, antiquarischer Couchtisch mit vier benutzten Gläsern darauf. Mehrere Staffeleien waren im Raum verteilt und Regale mit Farben, Pinseln und weiterem Zubehör aufgestellt. In der Mitte stand ein großer Arbeitstisch auf dem viele Papiere, Pinsel, schmutzige Wassernäpfchen und Paletten mit festgepappten Farben lagen. Vor dem Fenster stand ein unaufgeräumter Schreibtisch. Darauf war ein Computer mit übergroßem Bildschirm platziert.

Ulf machte sich sofort daran, ihn zu aktivieren.

Derweil sahen sich Karin und Klaus in dem Raum um.

„Ich hab was, schaut mal." Karin hielt einen Ohrring hoch. „Die fehlende Creole von Carmen Zille, sie steckte in einer Polsterritze." Schnell ließ sie das Fundstück in einen kleinen Plastikbeutel gleiten und verschloss ihn sorgfältig.

„Das gibt es doch nicht! Genau, das ist der fehlende Ohrring der Toten. Wir haben eine Spur!", bestätigte Klaus.

Klaus rief sofort Rolf an und berichtete ihm von dem Fund.

Rolf hatte auch Neuigkeiten: „Auf der Wache wurde eine Handtasche abgegeben, die von Carmen Zille stammt. Papiere und Handy sind vorhanden. Eine Spaziergängerin hat sie in der Nähe des *Schleusenwärterhauses* an der Ruhr gefunden. Aufgrund unserer Fahndung haben wir mehrere Anrufe von Zeugen bekommen. Derks und Blum wurden gestern Abend am Bahnhof Bochum gesehen. Eine weitere Zeugin sah sie etwas später in Dortmund am Hauptbahnhof. Sie sind in den ICE in Richtung Hamburg gestiegen."

Karin schrie auf: „Jungs, oh nein! Die wollen nach Föhr!"

„Meinst du?", antwortete Rolf aufgeregt.

„Ich bin mir da ganz sicher", erwiderte Karin.

„Aufgrund deines weiblichen Instinktes? Oder woran machst du das fest?"

„Ihr Spinner, natürlich kann ich es nicht festmachen. Es ist nur eine Ahnung. Was sollen sie in Hamburg? Die fahren mit Sicherheit weiter nach Föhr. Warum auch immer. Hoffentlich nicht, um Violetta und Lena einen Besuch abzustatten. Der Bus steht nicht vor dem Haus. Wir müssen nachschauen, ob er sich noch in der Garage befindet. Haben Lotter und Ulf gesehen, ob das Auto von Gabi Blum in Stockum abgestellt wurde?“

„Haben sie, das Auto parkt vor der Tür. Okay, Karin, wir stützen uns ganz gewagt auf dein Ermittlernäschen. Aber auch mein Instinkt sagt mir, dass wir auf der richtigen Spur sind. Also lasst uns handeln. Kommt zurück nach Bochum und sichert vorher Kleidungsstücke. Wer weiß, vielleicht brauchen wir sie auf Föhr. Danach düsen wir drei auf dem schnellsten Weg nach Norden. Ulf kann allein die Spurensuche in Heven fortsetzen. Frank und Uwe schnüffeln in Stockum weiter.“

Rolf informierte Uwe, Lotter und Elke und gab ihnen weitere Instruktionen. Auch sie bestätigten, dass Karin mit ihrer Vermutung richtig liegen könnte.

Elke erklärte: „Ulf hat mir die Handynummern mitgeteilt, die er schon ausfindig gemacht hat. Ich habe versucht sie zu orten. Die Handys scheinen nicht mehr aktiv zu sein. Wir bekommen kein Signal.“

„Mist“, rief Rolf und setzte sich sofort mit Tina Fritz in der PI in Witten in Verbindung. Sie hatte die Fundstücke, die an der Ruhr gefunden worden waren, sofort nach Bochum geschickt und erwähnte noch einen weiteren Zeugen, der die beiden Verdächtigen am frühen Nachmittag in Dagebüll an der Mole gesehen hatte. Der Zeuge war pfiffig. Er hatte die Künstlerinnen mit seinem Handy fotografiert und das Foto per Mail an die PI gesandt.

„Das Foto leite ich dir sofort weiter.“

Rolf öffnete die Mail auf seinem Handy und leitete sie an alle weiter, auch an Karla.

Sitzler gab das Foto zur Veröffentlichung frei. „Westermann soll sofort die Fahndung damit ergänzen und es an alle Medien geben. Mit dem ersten Fahndungsaufruf haben wir ja schon Erfolg gehabt. Jetzt finden wir sie.“

Rolf stimmte ihr zu und packte seine Sachen zusammen. Er traf Karin und Klaus auf dem Weg nach draußen. Karin schlug er auf die Schulter: „Dein Näschen führt uns in die richtige Richtung.“

Karin stieg vor Aufregung die Hitze in den Kopf. „Und wenn nicht?“

„Dann haben wir eben Pech gehabt. Aber wenn wir dieser Spur jetzt nicht folgen, bereuen wir es, wenn du doch recht hattest.“

Rolf zog den Schlüssel des Dienstwagens aus der Tasche und hielt ihn hoch. „Wer fährt? Ich muss noch mehrere Anrufe erledigen.“

„Ich übernehme die erste Strecke“, bot Karin sich an. „Vorher sollten wir schnell noch zu Hause vorbeifahren, um wenigsten ein paar Sachen zum Wechseln einzupacken.“

„Aber viel Zeit dürfen wir dafür nicht verlieren, wir sollten uns beeilen.“

„Sicher, Chef.“ Rolf setzte sich neben Karin, die sofort Gas gab.

Als Erstes rief er Dr. Drumler an, der ihm die Dienstreise telefonisch genehmigte. Dann Christa Sitzler, mit der er sich noch mal austauschte, was sie mit der Pressestelle besprochen hatte, und was in den Medien bekannt gegeben werden sollte. Gabi Blum und Sibille Derks wurden nun nicht als Zeuginnen, sondern als mutmaßliche Tatverdächtige gesucht.

Karla, die tief in ihre Gedanken versunken mit Arnold an der Reling stand, zuckte zusammen, als Miss Marple sie um Aufmerksamkeit bat.

„Ja, Rolf, was gibt es? Ich höre dich nur schlecht, wir suchen uns ein windstilles Eckchen.“

Karla gab Arnold ein Zeichen, damit er ihr folgte.

„Das gibt es doch nicht. Was haben sie nur vor? Hoffentlich wollen sie nicht zu Lena und Violetta.“ Karla fühlte den kalten Schweiß auf ihrer Stirn. „Ich werde alle Vorsichtsmaßnahmen treffen. Wann könnt ihr auf der Insel sein?“

„Warte mal, Klaus checkt schon die Fahrzeiten der Fähre. Wir planen, das letzte Schiff zu nehmen. Es wird aber sehr knapp.“

Arnold, der alles mit angehört hatte, mischte sich ein: „Sagt uns Bescheid, wenn ihr kurz vor Dagebüll an der Mole seid. Wir aktivieren die Kollegen von der Wasserschutzpolizei, die euch abholen und nach Wyk bringen.“

„Super, wir melden uns.“

Nachdem Karla und Arnold besprochen hatten, wie sie vorgehen wollten, riefen sie Jan an. Sie machten mit ihm aus, dass er zwei Polizisten ins Inselkrankenhaus schicken sollte, um Lena und Violetta zu bewachen. Einige sollten auf der Insel Streife fahren und weitere zur Anlegestelle kommen, um alle Passagiere, die die Fähre verließen, zu kontrollieren.

Die drei Bochumer Kommissare kamen bis Hamburg gut voran, danach lief der Verkehr zähflüssig. Natürlich staute es sich im Elbtunnel. Karin wurde müde und hätte gern einen Kaffee getrunken, aber sie standen im Stau und die Zeit war knapp.

„Ich brauche einen Coffee to go und muss meinen urmenschlichen Bedürfnissen nachkommen."

„Wir halten an der nächsten Raststätte an und danach löse ich dich mit dem Fahren ab", schlug Klaus sofort vor.

„Gute Idee." Karin gähnte.

Der Stau löste sich langsam auf. Ein Anruf von Elke. „Eine weitere Handtasche wurde in der Nähe des *Alten Zollhauses* in Witten-Herbede angeschwemmt. Auch die hat Tina in die KTU geschickt."

„Schauen wir, ob die Fundstücke uns weiterbringen. Danke, Elke."

An der nächsten Raststätte hielten sie an. Karin erfrischte sich und besorgte schnell etwas zu Essen. Währenddessen hatte Rolf schon wieder Karla an der Strippe: Neuigkeiten gab es noch nicht. Die Frauen blieben verschwunden.

„Sie sind nicht an Bord der *Schleswig-Holstein*."

„So'n Mist. Bleibt am Ball, wir sind bald da!"

56. Suche

– Föhr, Wyk; Mittwoch –

Wieder mal stand die Insel Kopf. Karla und Arnold saßen mit Jan, Piet und Adriane auf der Wache zusammen und rauften sich die Haare.

„Verdammte Scheiße, wo sind diese Biester bloß? Haben wir etwas auf der Fähre übersehen? Laufen sie hier schon rum? Lasst uns zum Krankenhaus fahren. Wir müssen uns dort umsehen, ohne Aufsehen zu erregen“, brachte Arnold es auf den Punkt.

Jan schaltete sich ein: „Zwei Polizisten stehen zusätzlich in Dagebüll am Anleger und kontrollieren jeden Passagier, der auf die Insel will. Die Reederei ist informiert. Das Boot der Wasserschutzpolizei steht schon in Dagebüll bereit, um die Bochumer Kollegen abzuholen.“

Karlas Handy piepste, eine Nachricht von Rolf: ‚Wir kommen jetzt zu euch rüber. Sind gerade aufs Boot gestiegen.‘ Karla las sie laut vor und wandte sich an Arnold. „Sollen wir auf die drei warten? Ich meine, wir dürfen keine Zeit verlieren.“

„Genau.“

„Adriane und ich bleiben hier und halten die Stellung“, organisierte Jan das gesamte Unternehmen. „Ich informiere Louis Carmsen mit seinen Hunden. Hoffentlich haben die Bochumer auch was Brauchbares für die Spürnasen mitgebracht, an dem sie schnüffeln können.“

„Da kannst du von ausgehen“, ließ Karla verlauten, während sie sich wieder warm einpackte. Der Wind hatte zugelegt und frischte auf.

Karla und Arnold standen noch am Eingang der Polizeistation, als das Boot der Wasserschutzpolizei mit den Bochumern an Bord anlegte.

Gleichzeitig traf Louis Carmsen mit einer weiteren Hundeführerin ein. „Moin, wir können starten. Darf ich vorstellen: Das ist Alma Bauer mit ihrem Hund Pelle, den sie dieses Mal mitgebracht hat. Billy kennen Sie ja schon. Mehr Hunde-Teams konnte ich nicht auftreiben. Die anderen sind in Kiel zum Spezialtraining.“

Arnold und Karla begrüßen Lois Carmsen. „Toll, dass Sie uns wieder unterstützen. Mit zwei Hunden ist uns schon geholfen. Wir hoffen, dass wir nicht über die gesamte Insel jagen müssen."

Karla zeigte auf das Boot der Wasserschutzpolizei, von dem gerade Karin, Rolf und Klaus an Land gingen. „Wir müssen uns noch besprechen, bevor wir loslegen. Haben Sie einen Moment Zeit? Wenn Sie möchten, können Sie sich in der Polizeistation aufwärmen."

„Kein Problem. Sollen wir die Hunde hier anbinden oder dürfen sie mit reinkommen?" Louis Carmsen zeigte auf das Treppengeländer.

„Die können mitkommen."

Arnold und Karla nahmen die Bochumer in Empfang. Karla umarmte alle herzlich und stellte sie Arnold Harmsen vor.

Rolf kam sofort zur Sache: „Schmusen können wir später. Wir dürfen keine Zeit verlieren. Lasst uns das Vorgehen schnell absprechen und dann sofort mit der Suche beginnen."

Alle Ermittler standen am Fähranleger. Carmsen hielt seinem Hund Billy ein Kleidungsstück von Sibille Derks zum Schnüffeln hin. Nach kurzer Geruchsaufnahme schnupperte er am Boden, hatte eine Spur gefunden und rannte los.

„Wahnsinn, ich glaube es nicht. Die Frauen treiben sich schon auf der Insel rum", rief Karin.

„Wir sollten sofort die Kontrolle am Krankenhaus verstärken", brüllte Karla. Piet hatte bereits den Wagen gestartet.

Rolf, Arnold und Karin sprangen in den Streifenwagen. Mit Blaulichtgetöse raste Piet in Richtung Krankenhaus.

Alma Bauer sprang mit Pelle in den anderen Streifenwagen, der auch zur Klinik fuhr.

Karla und Klaus folgten mit Billy, der sein Herrchen flott in Richtung Sandwall zog und zielsicher das Krankenhaus ansteuerte.

Selbst die durchtrainierte Karla schnappte nach Luft und Klaus schnaubte wie ein Walross, als sie an der Klinik ankamen. Billy lief aufgeregt hin und her.

Eine Menschentraube, bestehend aus Schaulustigen, Fotografen und Journalisten belagerte die Klinik. Arnold vertrieb die

Ansammlung schnell. Er sprintete mit Karla zur Intensivabteilung. Eine Schwester rief ihnen schon entgegen: „Keine Sorge, alles okay mit den beiden." Den diensthabenden Wachposten und dem Pflegepersonal gab Arnold Instruktionen. Die anderen durchsuchten die Klinik. Das Foto von Gabi Blum und Sibille Derks zeigte er in die Runde. Die Frauen hatte niemand gesehen.

Billy drängelte zum Eingang des Krankenhauses und Pelle, der ebenfalls an einem Kleidungsstück gerochen hatte, rannte hinterher. Beide Hunde liefen in Windeseile durch das Treppenhaus und blieben abrupt vor den Intensivzimmern stehen. Sie schnüffelten, schlugen kurz an, rannten dann den gleichen Weg hinunter und wieder nach draußen.

„Die Frauen müssen hier gewesen sein", rief Carmsen Karla und Arnold zu.

„Verdammt, warum sind sie niemanden aufgefallen?"

57. Fundstücke

– Bochum; Mittwoch –

Uwe, Lotter, Elke und Ulf ließen sich völlig erschöpft an ihren Arbeitsplätzen auf die Bürosessel fallen. Die gesamten Fundstücke, die sie in den beiden Wohnungen gesichert hatten, schleppten sie in die KTU.

„Bevor wir weitermachen, muss ich was essen“, stöhnte Uwe.

„Ich bestelle Pizza“, schlug Lotter vor. „Ich geb’ einen aus.“

„Lotter, was ist los? Das hast du noch nie gemacht“, lachte Elke.

„Tja, die Zeiten ändern sich.“ Lotter zückte Stift und Zettel und nahm die Bestellungen auf.

„Was wollt ihr trinken?“

Die drei schauten sich an, grinsten und riefen wie aus einem Munde: „Kaffee und Wasser.“

Elke sprang vom Stuhl: „Ich helfe dir, Frank.“

Christa Sitzler stöckelte mit Akten unter dem Arm herein. „Was gibt es Neues?“

Lotter errötete und grüßte kurz. Seine Hände fingen an zu zittern. Er griff sofort in die Hosentasche und holte sein Taschentuch heraus, dabei schwitzte er überhaupt nicht. Durch die medikamentöse Einstellung hatten sich seine Schwitzanfälle verflüchtigt.

Uwe brachte die Staatsanwältin auf den neuesten Stand, Elke und Ulf ergänzten.

„Pizzaservice!“ Der Bote stand mitten im Raum.

„Den Wein wollen Sie hier doch wohl nicht trinken?“, entsetzte sich die Staatsanwältin.

„Den liefern wir immer mit“, rechtfertigte sich der Überbringer.

„Bitte nehmen Sie ihn wieder mit. Im Dienst trinken wir niemals Alkohol.“

Lotter bezahlte schnell. Der Pizzamann packte die Weinflaschen ein und zog mit der großen Styroporkiste von dannen.

Lotter forderte die Staatsanwältin auf, doch auch zuzugreifen.

„Das ist aber nett, Herr Lotter, ich habe einen Bärenhunger“, antwortete sie.

Der Kommissar strahlte sie an und deckte den Tisch. Es kehrte Ruhe ein. Die Pizza schmeckte vorzüglich und Christa Sitzler ließ sich sogar zu Scherzen hinreißen. In Gedanken versunken starrte Lotter Christa Sitzler fasziniert an. Sie bemerkte dies, sagte nichts und lächelte.

Auch Uwe, Elke und Ulf entging diese nette, kleine Szene nicht, sie grinsten und schwiegen.

Das Telefon schrillte, Uwe nahm ab. „Was gibt's?“ Er hörte angespannt zu. „Ich danke euch.“

„Herr Wentzel, lassen Sie uns nicht dumm sterben. Wer war das?“

„Das Labor, Frau Sitzler. Die DNA von Gabi Blum und Sibille Derks stimmt mit der Fremd-DNA, die bei den Opfern gefunden wurde, überein. Faserspuren, die wir im Atelier von Gabi Blum sicherstellen konnten, hafteten an der Kleidung der Toten. Faserspuren von den Couchkissen, die im Atelier von Gabi Blum lagen, sind mit den Fasern, die wir in den Lungen der beiden Frauen fanden, ebenfalls identisch. Die Couchkissen könnten die Tatwaffe sein. Es spricht alles dafür, dass Blum und Derks die Opfer damit erstickten. Dies wird bestätigt durch die Punktblutungen, die die Rechtsmediziner in den Augen fanden. Da wir in den Wohnungen in Stockum und Heven auch die Autoschlüssel fanden, konnten wir die Fahrzeuge untersuchen. Im Bus von Gabi Blum entdeckten wir Fasern von den Kleidungsstücken der Opfer, Reste von der Plastikfolie und eine Rolle Tüll. Tüll und Schleier der Toten sind identisch. Die gefundene Creole stammte eindeutig von Carmen Zille.“

Wie von der Tarantel gestochen, sprang Christa Sitzler auf. Das Reststück Pizza ließ sie auf den Teller fallen und zeigte auf Uwe. Mit noch vollem Mund sagte sie: „Rufen Sie sofort Herrn Sahner an.“ Sie verschluckte sich und bekam einen Hustenanfall. Lotter sprang blitzschnell auf, klopfte ihr auf den Rücken und reichte ihr ein Glas Wasser.

Uwe drückte auf die Kurzwahl. „Mist, es läuft die Mailbox.“ Er wählte nacheinander Karla, Klaus und Karin an. „Das gibt es doch nicht, auf allen Apparaten nur die Mailbox!“

„Verdammt! Dann rufen Sie die Polizeistation Wyk an“, polterte die Staatsanwältin dazwischen.

„Polizeihauptkommissar Andersen, Polizeistation Wyk“, meldete sich Jan.

Aufgeregt berichtete Uwe die Neuigkeiten. Jan sagte ihm, dass alle mit den Hunden unterwegs seien, um die Frauen zu suchen.

„Die müssen hier auf der Insel sein. Ich fahre hinterher und informiere alle.“

58. Jagd

– Föhr; Mittwoch –

Louis Carmsen hielt Billy zurück und Alma übernahm mit Pelle. Sie hielt ihm ein Kleidungsstück vor, dessen Geruch er aufnahm. Er lief um die Klinik herum und dann schnurstracks den Rebbelstieg hinunter, überquerte die Mühlenstraße und setzte seinen Weg weiter fort. Eine beachtliche Strecke bis zum Strand. Karla und Arnold liefen mit. Die anderen saßen im Streifenwagen und fuhren hinterher.

Plötzlich tauchte ein weiterer Polizeiwagen auf, in dem Jan saß. Da ihn niemand beachtete, reihte er sich ein und folgte den anderen.

Die Autos bildeten eine Gasse und ließen die Einsatzfahrzeuge durch. Schaulustige am Straßenrand hielten ihre Smartphones hoch, filmten und schossen Fotos. Jan stoppte kurz, stieg aus und wies die neugierigen Zuschauer zurecht. „Sie behindern hier die Polizeiarbeit, bitte machen Sie den Weg frei." Mit Nachdruck wiederholte er den Satz, bis endlich eine Reaktion erfolgte.

„Ich glaube es nicht, dieses sture, sensationsgeile Volk", schimpfte Jan und stieg wieder ins Auto.

Pelle und sein Frauchen liefen derweil voraus. Am Strand blieb Pelle abrupt stehen und bellte. Die Fahrzeuge fuhren hintereinander und hielten auf dem Parkplatz am Schwimmbad an. Alle folgten dem Hund zum Promenadenweg.

Am Strand entdeckten sie einige Strandkörbe. Billy und Pelle schauten, als wollten sie sagen: „Lasst uns noch mal schnuppern."

Alma und Louis verstanden den Wink sofort und hielten den beiden die Kleidungsstücke noch einmal unter die Nase. Es blies ein scharfer Wind, der den Sand in Richtung Anleger fegte. Die Hunde hatten es nicht leicht, die Fährte wieder aufzunehmen. Sie schnüffelten, liefen kreuz und quer durch den Sand. Plötzlich steuerten beide den gleichen Strandkorb an. Die Öffnung des Korbes stand in Richtung Meer. Der Wind hatte den Sand bis zur Hälfte des Standkorbes angehäuft. Die Hunde bellten und scharrten im Sand. Pelle zog einen roten Strickschal aus dem Inneren, den er stolz präsentierte.

Niemand war zu sehen, Fußabdrücke hatte der Wind verweht. Arnold untersuchte den Strandkorb, entdeckte aber nichts, was von Belang sein könnte. Louis Carmsen hielt den Schal abwechselnd den Hunden unter die Nase. Billy und Pelle bellten wieder und liefen aufgeregt um den Strandkorb herum. Bis auf eine Schaulustige, die Arnold zurechtwies, hielten sich keine Menschen am Strand auf. Der Wind blies mittlerweile so stark, dass es in den Augen schmerzte. Die Kommissare schauten in Richtung Hafen. Es war nichts Auffälliges zu erkennen.

Karla brüllte: „Seht mal!“ Sie zeigte in Richtung Leuchtturm Ölhorn. „Bilde ich es mir ein, oder rennen dort zwei Personen am Strand entlang? Wenn wir Glück haben, handelt es sich um die beiden Verdächtigen.“

„Oder es sind nur Jogger“, meinte Arnold.

„Wer joggt schon bei dem heftigen Gegenwind am Strand entlang? Das können nur Bekloppte oder Flüchtige sein.“ Karla sah zu den Hunden.

Als hätten sie das als Anweisung verstanden, setzten sie sich genau in diesem Augenblick in Richtung Nieblum in Bewegung. Jetzt kam Tempo in die Suche. Die Hunde bellten wie verrückt und verfolgten die Läufer. Die wurden schneller. Arnold und Rolf klinkten sich aus. Sie rannten zum Auto zurück, an dem Jan schon auf sie wartete. Im Telegrammstil teilte Jan den beiden die neuesten Erkenntnisse aus Bochum mit und sagte: „Lasst uns zum Fehrstieg fahren, wir kommen dann von der anderen Seite. Wir könnten sie abfangen, wenn sie nicht plötzlich abbiegen.“

Christa Sitzler stöckelte nervös durch den Raum. Drumler und Pressesprecher Westermann kamen herein. Auch sie wollten sich auf Sachstand bringen.

Die Ergebnisse aus der KTU erhärteten den Verdacht, dass Gabi Blum und Sibille Derks die Morde begangen haben könnten.

Westermann rieb sich die Hände. „Schluss mit Indizien. Jetzt haben wir genug Beweise, dass es für die beiden kein Entrinnen mehr gibt.“

„Alles gut und schön“, meinte die Staatsanwältin ungeduldig. „Aber wir haben sie noch nicht. Warum hört man nichts von Föhr?“

Westermann und Drumler beruhigten sie.

„Nun trauen Sie Ihren Leuten und den Nordlichtern mal was zu. Die schaffen das schon. Möchten Sie einen Tee, Frau Sitzler?"

Lotter sprang von seinem Arbeitsplatz auf. „Lassen Sie mal gut sein, Dr. Drumler, das mache ich schon. Welchen Tee möchten Sie haben?"

„Haben Sie eine ordentliche friesische Mischung, damit ich mich in das Inselflair einfühlen kann?"

Lotter kramte aus einer Teeschachtel einen Beutel Friesenmischung hervor.

„Wir haben alles, Frau Sitzler." Er strahlte sie an und warf den Wasserkocher an. „Schauen Sie mal, Frau Staatsanwältin, Kluntjes."

Langsam legte sich die angespannte Stimmung.

Gemeinsam saßen sie am Tisch, aßen die Reste der kaltgewordenen Pizza, tranken Tee und erzählten sich Ruhrpottdönekes.

Mit quietschenden Reifen hielt Jan am Fehrstieg an. Mit Rolf und Arnold rannte er zum Promenadenweg. Sie schauten nach links und rechts.

„Ob sie hier schon vorbeigelaufen sind?"

Rolf hielt seine Nase hoch, schnupperte die Luft, als könnte auch er die Fährte der Frauen riechen. „Lass uns nach links gehen. Die sind hier noch nicht vorbeigekommen, da wette ich mit euch."

„Da, seht", rief Arnold.

Durch den Starkwind stellte sich das Strandbild wie eine Fata Morgana dar, die eintretende Dunkelheit bewirkte das Übrige.

Nah am Wasser sahen sie zwei Gestalten. Dort ließ es sich besser laufen als durch den tiefen Sand. Die drei Männer nahmen mit Rückenwind Kurs in Richtung Wasser.

„Ist das geil", schrie Rolf. „Man muss nur die Beine bewegen, der Wind schiebt uns."

Jetzt sahen sie auch die anderen, die mit ihren Hunden Jagd auf die Verdächtigen machten. Karla, Piet, Karin und Carmsen kamen schnell voran. Sie hatten die Flüchtigen fast erreicht. Die drehten sich um, sahen ihre Verfolger und rannten, was das Zeug hielt zum Promenadenweg – und Rolf und Arnold direkt in die Arme.

Alle Kommissare zogen wie auf Knopfdruck ihre Waffen und Arnold schrie mit donnernder Stimme: „Stehen bleiben oder wir schießen!“

Die beiden Gestalten liefen jedoch weiter. Arnold schoss in die Luft und eine der beiden fiel vor Schreck in den Sand. Genau, was Arnold mit seinem Schuss hatte erreichen wollen. Karla hatte sie sofort am Wickel, warf sie auf den Bauch und drückte sie fest nach unten. Karin und Piet kamen ihr mit Handschellen zur Hilfe. Karin erkannte die junge Frau, es war die gesuchte Sibille Derks.

Die restliche Truppe preschte der anderen Frau nach, in Richtung Nordseekurpark. Karla flitzte hinterher und erreichte die anderen schnell.

„Mein Gott, wo nimmt die die Kondition her? Ich gehe am Stock“, keuchte Rolf und musste wieder stehen bleiben. Er lief zu Karin und Piet. Sie hielten Sibille Derks in Schach, die fluchte, strampelte und sich im Sand wälzte.

Bestens in Form zeigten Karla und Klaus, wie Verbrecherjagd funktionierte. Kurz bevor sie die andere Frau erreichten, hob Karla die Waffe und schrie: „Bleiben Sie stehen!“

Klaus rannte rechts vorbei und lief nach vorn. Arnold kam von links und Karla gab noch einmal alles. Schnell verstaute sie ihre Waffe, um besser zufassen zu können. Von drei Seiten packten sie sich die Verdächtige und warfen sie zu Boden. Unbändig schrie sie, trampelte wie wild und wollte Karla in die Hand beißen. Klaus ließ die Handschellen um ihre Handgelenke klicken.

Klaus hatte Gabi Blum erkannt, die versuchte, ihn anzuspucken. Er war es leid und ließ Gabi Blum kurz in den Sand nicken. Karla, Arnold und Klaus zogen sie hoch in den Stand. Sie wand sich wie ein Aal und wollte sich aus den Fesseln befreien, was ihr nicht gelang.

„Nun geht's ab in die Zelle. Dort könnt ihr euch dann austoben“, zischte Karla.

59. Gefasst

– Bochum; Mittwoch –

Mit der Ruhe war es abrupt vorbei, als das Telefon klingelte. Rolf gab höchstpersönlich die neuesten Nachrichten von Föhr an Uwe weiter. Die anderen hörten angespannt und aufmerksam zu.

Christa Sitzler preschte nach vorn, um mit Rolf zu sprechen. „Den Haftbefehl faxe ich sofort rüber und wir schicken einen Gefangenentransporter nach Föhr, damit die beiden Täterinnen umgehend nach Gelsenkirchen in die JVA gebracht werden. Unsere Leute fahren noch heute Abend los, dann sind sie mit der ersten Fähre bei Ihnen. Das Verhör der Frauen können Sie hier durchführen. Und passen Sie auf, dass die sich nicht auch noch umbringen."

Dr. Drumler besprach mit Rolf die weiteren Modalitäten. Sie einigten sich darauf, dass eine detaillierte Presseinformation zu den Morden und Entführungen nach seiner Rückkehr erfolgen sollte.

„Ja, endlich haben wir sie", stieß Christa Sitzler in überschwänglicher Freude aus.

Selbst Dr. Drumler brachte seine Anerkennung zum Ausdruck und sagte: „Sowas habe ich in meiner gesamten Laufbahn noch nicht erlebt. Die Zusammenarbeit mit den Nordlichtern und unseren Leuten geht in die Kriminalgeschichte ein."

Alle waren erleichtert.

„Es ist doch immer wieder gut, wenn wir einen Fall abgeschlossen haben.", setzte Drumler noch einmal nach.

Uwe unterbrach nach einiger Zeit die kleine Erfolgsfeier. „Bei aller Freude, Leute, ich muss den Pressebericht fertigstellen. Da die anderen sich auf Föhr rumtreiben, muss ich die Arbeit übernehmen."

„Ich unterstütze dich", mischte sich gleich Lotter ein.

Christa Sitzler zeigte ihm ihren hochgehaltenen Daumen. Lotter strahlte, die anderen grinsten.

60. Eingesperrt

– Föhr, Wyk; Mittwoch –

Nach der Festnahme der beiden Täterinnen kam es noch zu einem Drama vor der Polizeistation.

Als sie aus dem Auto stiegen, drehten die beiden Frauen sich aus dem Griff der Beamten heraus. Dies geschah so blitzschnell, dass sie davonrennen konnten.

Wieder jagten Karla, Klaus, Karin und Arnold hinter den beiden her und erwischten sie an der Ecke *Hafendeich/Am Hafen*. Sie strampelten, schrien, spuckten und bissen wie die Bestien. Es kostete Kraft, sie zu bändigen, um sie endlich in die Zelle sperren zu können.

Sibille Derks kam in die Zelle, in der vorher Bernd Wild untergebracht war. Piet nahm ihr die Handschellen ab und die Täterin randalierte, indem sie um sich schlug.

„Wenn Sie jetzt nicht sofort Ruhe geben, legen wir Ihnen die Acht wieder an, verstanden?"

Sie nickte und setzte sich aufs Bett. Kaum hatte Piet die Zelle abgeschlossen, trommelte sie mit den Fäusten gegen die Tür und schrie: „Ich will meinen Anwalt sprechen, das ist menschenunwürdig! Hier klebt Blut an den Wänden. Ich bin doch kein Vieh! Das hat ein Nachspiel für Sie!" Die Zelle war zwar gereinigt worden, aber für einen Neuanstrich hatte die Zeit nicht gereicht.

Gabi Blum zog ein ähnliches Schauspiel ab. Die beiden übertönten sich gegenseitig mit ihrem Geschrei.

Jan meinte etwas resigniert: „Gabi Blum, Sibille Derks, Bernd Wild und Heinz Bitter toppen alles, was ich in meiner bisherigen Laufbahn gesehen habe."

„Jau", bestätigte Karla, „die stehen ziemlich weit oben auf der Skala."

Arnold mischte sich ein: „Wisst ihr was? Ich bestelle uns bei *Fietis* einen Tisch und wir stärken uns erst einmal. Ich brauche dringend etwas zwischen die Zähne. Von mir aus können wir danach sogar noch ein Nachtverhör starten."

„Essen ja, Nachtverhör nein", protestierte Karla. „Die beiden sollen sich erst einmal beruhigen."

„Genau“, meinte Rolf. „Die Vernehmung findet in Bochum statt.“

„Gute Idee, so machen wir es“, stimmten alle zu.

Das Ermittlerteam lief über den Hafendeich. Die Boote, die im Hafenbecken vor Anker lagen, schaukelten im Wind. Es sah aus, als führten sie einen Tanz auf dem Wasser auf. Der kalte, scharfe Wind prickelte auf der Haut, erfrischte aber auch gleichzeitig. Sie scherzten, hakten sich unter und freuten sich auf das leckere Essen bei *Fietis*.

Als sie das kleine, schnuckelige Lokal betraten, begrüßte sie der reizende Besitzer freundlich. Er konnte sich noch gut an Violetta und Lena erinnern und fragte besorgt nach, ob die beiden Künstlerinnen mittlerweile auf dem Wege der Besserung seien.

„Genau hier haben sie gesessen.“ Er zeigte auf den Tisch am Fenster. „Sie wirkten so glücklich und dann passiert so etwas.“

„Sie sind stabil und erholen sich langsam“, teilte ihm Karla mit.

„Und was ist mit den Frauen, die heute auf der Insel von Ihnen festgenommen wurden?“

Alle Kommissare schauten sich erstaunt an.

„Ja, was? Sie sind auf einer Insel und der Inselfunk ist schneller, als die Polizei erlaubt“, lachte der Chefkoch.

„Die haben wir in Gewahrsam genommen“, antwortete Arnold. „Dürfen wir jetzt bestellen?“

„Ja, sicher. Was darf’s denn sein?“

61. Gefangenentransport

– Föhr; Donnerstag –

Die Verschnaufpause hatte allen gutgetan. Die Polizeiarbeit war für ein paar Stunden aus dem Fokus gerückt. Entspannung stand auf der Tagesordnung.

„Das haben wir uns gestern redlich verdient", meinte Rolf, als er am nächsten Morgen zur Besprechung kam. Karin, Klaus und er hatten in Karlas Apartment übernachtet, in dem genug Platz war. Piet verdünnisierte sich frühzeitig, um noch mal bei Inge in Utersum vorbeizuschauen. Die anderen neckten ihn und wollten ihn mit dummen Bemerkungen aus der Reserve locken. Piet ließ sich nichts anmerken und grinste nur.

Jan rief zwischendurch immer mal wieder auf der Wache an. Er erfuhr, dass die Frauen sich beruhigt hatten und mittlerweile schliefen. Erleichterung machte sich bei allen breit und die Anspannung der letzten Tage fiel ab.

Das Eintreffen der Beamten aus Bochum, die die beiden Gefangenen abholen wollten, unterbrach die Frühstücksrunde. Sie sahen müde aus.

Jan begrüßte sie herzlich und bot ihnen sofort einen Kaffee und belegte Brötchen an. Als die Fahrer sich gestärkt hatten, holten Piet und Arnold die beiden Gefangenen aus der Zelle.

„Also meine Damen", ließ Rolf verlauten. „Sie haben die Wahl: Wenn Sie sich ruhig verhalten, dann verzichten wir auf das nette silberne Armband. Wenn Sie es vorziehen sollten, Randale zu machen, legen wir es an."

„Ist ja schon gut, du blöder Bulle", quietschte Sibille Derks mit ihrer durchdringenden Stimme und giftete ihn mit dunklen Augen an. Die dicke Schminke klebte an ihren Wangen und hatte sich um die Augen bis zur Stirn verteilt. Sie hatte etwas von einem Zombie. Ihre tiefschwarz gefärbten Haare klebten an ihrem Kopf.

„Nur noch mal zur Erinnerung und zum Merken: Es heißt für Sie Herr Kriminalhauptkommissar Sahner und ich wüsste nicht, wann wir beide Brüderschaft getrunken haben."

Sibille Derks drehte sich noch mal verächtlich zu ihm um und stieß einen Laut aus. „Pahh!“ Der Fahrer des Transporters und Arnold Harmsen brachten sie ins Auto.

Karla und Klaus begleiteten Gabi Blum, die Karla mit ihrer dunklen, rauchigen Stimme anbrüllte: „Ey, geht's noch fester?!“

„Nun machen Sie mal nicht auf Diva, Frau Blum, nach einem zarten Pflänzchen sehen Sie nun wirklich nicht aus. Gute Reise, wir sehen uns in Bochum.“

Die Fahrer verabschiedeten sich.

„Passen Sie gut auf die beiden auf, damit sie nicht entwischen.“

„Keine Angst, wir machen das nicht erst seit gestern.“

Das Föhr-Wetter meinte es heute besonders gut.

„Liebe Kolleginnen und Kollegen, wir danken euch für die fantastische Zusammenarbeit, Gastfreundschaft und Kollegialität. Wir fahren jetzt zurück nach Bochum“, setzte Rolf an.

„Mein Gott, geht's noch förmlicher?“, meinte Jan.

Karla verdrehte die Augen und lachte: „Sonst ist er nicht so, das könnt ihr mir glauben.“

Rolf nahm Karla in den Arm und drückte sie herzlich. „Ach Leute, ich bin einfach nur überwältigt und kann es kaum in Worte fassen. Ich sag es mal anders: Wir alle haben einen superspitzenmäßigen Job hingelegt.“

„Yeah“, brüllten alle. Das gesamte Team applaudierte und sie umarmten sich.

„Karin, Klaus, nun aber los, sonst heule ich noch“, trieb Rolf seine beiden Ermittler an. „Wir sehen uns bestimmt bald wieder. Bei der nächsten Gelegenheit verbringe ich meinen Urlaub hier auf Föhr und dann ...“

Karin zog Rolf am Ärmel. „Los jetzt, Chef.“

Karla hatte mit Rolf ausgemacht, dass sie sich um Violetta und Lena kümmerte. Außerdem standen noch die Vernehmungen der beiden an. Diese wollte sie auf jeden Fall noch durchführen. Anschließend wollte sie endlich ihren Urlaub fortsetzen.

Karla blieb vor der Tür der Polizeistation stehen und drückte auf Dirks Profil im Handy.

Er meldete sich sofort. „Karla, dass ich deine Stimme mal wieder höre. Ich hatte bereits vergessen, wie sie klingt.“

„Übertreib mal nicht, jetzt kommst du in den Genuss.“
Beide lachten und tauschten die Neuigkeiten aus.
„Soll ich nach Föhr kommen?“, wollte Dirk wissen.
„Warum? Auch wenn ich dich von Herzen liebe, möchte ich meinen geplanten Urlaub allein fortsetzen. Malen, lange Strandspaziergänge unternehmen und die Seele baumeln lassen. Verstehst du das?“
„Natürlich, wie immer habe ich vollstes Verständnis für alle deine Wünsche.“ Dirk konnte seine echten Gefühle nicht immer gut verstecken.
„Jetzt werde mal nicht ironisch. Du bist doch nicht sauer, oder?“
„Nein, Karla, niemals, wie könnte ich?“
„Jetzt zick nicht rum, was willst du?“
„Ich möchte bei dir sein, weil ich dich vermisse“, wurde Dirk lauter.
„Ich auch und trotzdem will ich meinen Geburtstagsurlaub machen, auf den ich mich schon lange gefreut habe. Und wenn du mich verstehst, kann ich den Urlaub noch mehr genießen und mich dann ungeteilt auf dich konzentrieren, wenn ich zurückkomme.“
„Ungeteilt, ungeteilt – ha, dass ich nicht lache! Wann habe ich dich jemals ungeteilt bei mir gehabt?“
„Dirk, was ist mit dir los? Das bringt nichts! Lass mich meinen Urlaub genießen und wir beide fahren im Spätsommer ein oder zwei Wochen nach Föhr. Oder auch gern woanders hin, okay?“
Dirk beruhigte sich etwas und letztendlich konnten sie das Gespräch in Frieden beenden. Karla atmete tief durch. Langsam und bedächtig stieg sie zur Wache hoch.
Arnold, Piet, Adriane und Jan durchforsteten die örtliche und überregionale Presse. Alle Zeitungen berichteten über die spektakuläre Verhaftung der Wittener Frauen.

62. Krankenbesuch

– Föhr; Donnerstag –

Wieder einmal waren Karla und Arnold auf dem Weg zur Inselklinik. Dieses Mal genossen sie den Weg dorthin. Auf dem Sandwall herrschte ein ordentliches Treiben und alle Touristen schienen sich hier aufzuhalten, trotzdem lief alles ruhig ab. Die Insel wirkte auf die Menschen beruhigend und entspannend. Das übertrug sich auch auf die Kinder. Karla blieb zwischendurch stehen, um sich die Schaufenster der kleinen Läden anzusehen.

„Wolltest du jetzt shoppen, oder was? Das hättest du mir sagen sollen“, bemerkte Arnold, der schon von einem Fuß auf den anderen trat.

„Sorry, ich bin schon in den Urlaubsmodus übergegangen.“

„Das habe ich gemerkt, aber jetzt müssen wir uns noch um Violetta und Lena kümmern. Dann kannst du endlich deine verdienten Ferien antreten und ich zurück nach Niebüll fahren.“

Die beiden Kommissare beschleunigten ihre Schritte und erreichten schnell ihr Ziel.

Violetta und Lena lagen immer noch auf der Intensivstation, ihr Zustand besserte sich aber täglich. Niemand konnte allerdings voraussagen, wie lange es noch bis zur Genesung dauern würde.

Arnold verdrehte die Augen, als er wieder die grünen Kittel sah. Wie immer neckte Karla ihn und er brummelte einige Schimpfworte vor sich hin.

Lena und Violetta saßen in ihren Betten und unterhielten sich. Der Besuch von Karla und Arnold zauberte ihnen ein Lächeln ins Gesicht.

„Na, ihr kranken Hühner?“ Karla versuchte, die Frauen aufzumuntern. „Wie ist die Lage?“

„Bestens, wir können uns nicht beklagen“, scherzte Violetta etwas müde zurück.

„Ja dann, raus aus der Klinik und ran an die Staffelei“, versuchte auch Arnold einen Scherz, der bei Violetta und Lena nur ein schlappes Lächeln hervorlockte.

„Alles der Reihe nach“, tröstete Karla.

Karla interessierte sich dafür, wie sich die Ärzte zu ihrer Weiterbehandlung geäußert hatten.

Lena beantwortete ihre Frage: „Wir haben uns mit ihnen darauf geeinigt, dass wir zunächst noch hierbleiben, bis es uns besser geht. Wir kommen morgen auf die Normalstation. Dann überlegen wir gemeinsam, ob wir direkt nach Witten oder in die Uniklinik Essen gebracht werden. Dort werden wir dann auch mit der Psychotherapie beginnen."

Violetta setzte sich in ihrem Bett auf und sagte: „Wir sind heilfroh, dass wir nicht schwanger sind. Das hätte uns nun auch noch gefehlt."

„Mir fällt ein Stein vom Herzen." Karla drückte Violettas Hand und Arnold unterstrich: „Na, Gott sei Dank. Wie sieht es mit Folgeschädigungen aus? Was haben die Ärzte gesagt? Könnt ihr noch Kinder bekommen nach der Gewalt, die ihr ertragen musstet?"

„Leider kann uns diese Frage zurzeit noch niemand beantworten", sagte Lena traurig. Dabei rannen ihr Tränen die Wangen herunter. Auch Violetta weinte.

„Wir drücken die Daumen, alles wird gut." Karla ging erst zu Violetta und dann zu Lena ans Bett und streichelte ihre Hände.

„Wo halten sich eure Eltern auf? Sind sie noch auf Föhr?", wollte Arnold wissen.

Lena erzählte, dass sie sich ein Zimmer gemietet hatten. Sie wollten auf der Insel bleiben, bis der Rücktransport möglich sei.

„Das beruhigt uns", freute sich Karla. Dann wurde sie ernst. „Jetzt müssen wir noch zu einem unangenehmen Teil kommen. Ich habe hier deine Aussage, die du mir vom Tathergang gegeben hast, Lena. Ich habe sie abtippen lassen, damit du sie unterschreiben kannst. Von dir, Violetta, benötigen wir auch noch eine. Dich konnten wir zu diesem Zeitpunkt nicht vernehmen. Du hast noch tief und fest geschlafen."

Violetta nickte langsam.

„Bist du jetzt in der Lage, uns noch etwas zu eurer schlimmen Zeit in der Villa zu sagen?"

Violetta nickte.

„Außerdem gibt es noch etwas anderes, was ich euch mitteilen möchte." Karla schaute von einer Künstlerin zur anderen.

„Ja?", fragten beide wie aus einem Munde.

„Bernd Wild, einer der beiden Täter, die euch misshandelt haben, hat sich hier auf Föhr in seiner Zelle umgebracht. Der zweite, Heinz Bitter, sitzt in Flensburg in U-Haft. Der Haftprüfungstermin hat bereits stattgefunden. Beide können euch nichts mehr anhaben."

Violetta und Lena schauten sich geschockt an und schluckten.

„Alles klar?", fragte Arnold.

„Mhm", bekam er nur kurz zur Antwort und beide begannen erneut zu weinen. Karla wartete einen Moment ab, bis sie sich wieder gefangen hatten.

„Okay, dann komme ich zu deiner Vernehmung, liebe Violetta." Karla zog ein Diktiergerät aus der Tasche und schaltete es ein. „Ich nehme deine Aussage erst mal auf und du unterschreibst sie später. Bist du bereit?"

Langsam und mit Bedacht schilderte Violetta den Tathergang. Die Aussage stimmte hundertprozentig mit der von Lena überein.

„Ich bleibe noch ein wenig auf der Insel, weil ich meinen Urlaub fortsetzen werde", erklärte Karla. „Nur unseren Maltermin müssen wir in Witten nachholen."

„Das machen wir", versprachen beide.

Karla und Arnold verabschiedeten sich herzlich.

63. Empfang

– Bochum; Donnerstag –

Christa Sitzler lief aufgeregt auf und ab. Sie hatte mit Rolf Sahner telefoniert, der ihr mitteilte, dass er, Karin und Klaus den Gefangenentransport zurück nach Bochum begleiteten.

Wie erwartet hatte es Zickenalarm gegeben. Derks und Blum starteten bei einem Stopp an der Raststätte einen Fluchtversuch. Sie gaben vor, die Toilette benutzen zu müssen, dabei rissen sie sich los und wollten fliehen. Dieses klägliche Szenario brachte ihnen nichts. Es endete mit dem Anlegen der Handschellen.

Die Staatsanwältin war erleichtert, als alle wieder in Bochum eintrafen. Es gab viel Anerkennung für die Festnahme der Mordverdächtigen.

Rolf war plötzlich kreideweiß im Gesicht. Er setzte sich sofort hin.

„Was ist los, Herr Sahner?" Christa Sitzler trat besorgt zu ihm und legte ihre Hand auf seine Schulter.

„Ach nichts, mein Magen ärgert mich seit geraumer Zeit. Ich muss doch mal zum Arzt. Alles nicht schlimm." Er massierte seinen Bauch in der Hoffnung, damit den Schmerz zu lindern.

„Mit mir meckern und selbst." Lotter schritt zum Wasserkocher und sagte zu Rolf: „Einen Kamillen-Fenchel-Tee, Chef?"

Rolf nickte dankbar und warf sich schnell eine Magenpille ein, die er in den letzten Tagen immer bei sich trug. Vorsichtig nippte er an seinem Tee, den ihm Lotter flott zubereitet hatte.

„Danke, Frank, lieb von dir."

„Nicht dafür, Chef."

Ein Beamter, der Blum und Derks gefahren hatte, informierte sie, dass die Gefangenen nun zum Verhör bereitstanden. Mit Essen und Trinken wurden sie schon versorgt.

Rolf vertiefte sich in die Laborergebnisse und ordnete dann an, dass Klaus und Karin die Verdächtigen befragen sollten.

„Der Rest der Truppe verfolgt das Verhör an den Monitoren."

„Beweise ohne Ende. Alles das, was wir dir schon berichtet haben, hat sich hundertprozentig bestätigt. Auch ohne Geständnisse haben wir sie am Wickel“, schilderte Uwe die Lage.

„Das ist gut. Und nun hören wir uns an, welche Version Blum und Derks uns präsentieren.“

Klaus stand auf. „Dann mal los.“

64. Freundinnen

– Föhr; Donnerstag –

Karla und Arnold verließen beruhigt das Inselkrankenhaus. Vor der Tür trafen sie die Eltern von Violetta und Lena, die die Kommissare freudig begrüßten. Sie hatten natürlich von der Festnahme der Täterinnen gehört und davon, dass sie Lena und Violetta ‚besuchen' wollten.

„Gott sei Dank ist das Drama nun vorbei", flüsterte die Mutter von Violetta sichtlich geschockt, aber auch erleichtert. Beide Elternpaare sahen mitgenommen aus.

„Jetzt können sie erst einmal entspannen." Arnold schaute in die Runde. „Wir waren gerade bei ihren Töchtern. Sie sind auf einem guten Weg", betonte Arnold. „Die schaffen das, machen Sie sich keine Sorgen."

Karla erklärte sich bereit, gern zu helfen, wenn es nötig war, da sie noch auf Föhr blieb. Dankbar nahmen die Eltern dieses Angebot an.

Karla hatte ihren Bus an der Polizeistation geparkt. Schnell liefen sie und Arnold dort hin, um vom Krankenbesuch zu berichten. Danach fuhren sie gemeinsam zur Ferienwohnung nach Utersum. Als sie dort ankamen, meinte Karla: „Weißt du was, Arnold? Ich haue mich jetzt ein wenig aufs Ohr und dann besuche ich Inge."

„Gute Idee, Karla, auch ich brauche eine Mütze Schlaf. Morgen fahre ich zurück nach Niebüll. Dann stürze ich mich in den alltäglichen Wahnsinn."

„Wie wär's, sollen wir heute Abend noch mal nett in der *Ual Skinne* essen gehen?"

„Eine noch bessere Idee, Ruhrpottkollegin."

„Geit klor, du Nordlichtkommissar."

Beide verzogen sich in ihre Apartments. Karla rief Inge an, um sich mit ihr zu verabreden. Sie stellte ihren Handywecker, damit sie nicht verschlief, und kuschelte sich in ihr Bett.

Wenig später ging Karla zu Arnolds Apartment. Er hatte es nicht abgeschlossen. Sie schlich hinein und klopfte an die Schlafzimmertür. Als er nicht reagierte, öffnete sie diese vorsichtig. Ihr Niebüller Kollege schlief tief und fest. Als sie sich leise wieder zurückziehen wollte, rief er laut: „Karla?"

„Ja, ich wollte dir nur Bescheid geben, dass ich jetzt zur Rehaklinik gehe. Wir sehen uns später in der *Ual Skinne.*"

„Alles klar, ich ratze noch eine Runde."

„Dann komm doch einfach dorthin, wenn du ausgeschlafen hast", schlug Karla vor.

„Mach ich, viel Spaß mit Inge!"

Schon hörte sie sein Schnarchen, Karla musste lachen. ‚Das sind doch mindestens 95 Dezibel auf der Messskala.' Sie schlich auf Zehenspitzen nach draußen. ‚Bei der Phonzahl nimmt doch jede Frau Reißaus.'

Strandfertig, mit Rucksack und festen Schuhen ausgerüstet, marschierte sie los. Es wehte eine leichte Brise. Rücklaufendes Wasser machte das Laufen am Strand angenehm.

Ein Wattführer erkundete mit einer Gruppe Touristen das Watt. Sie lauschten seinen Worten und staunten über Wattwürmer, Gezeiten und vieles mehr. Die Kinder stapften durch das Wasser, sprangen hoch und spritzten die anderen nass. Sie beobachtete eine Weile die Menschen und blickte zum Himmel, hielt ihr Gesicht der Sonne entgegen.

„Ist das herrlich", rief sie in den Wind. „Mehr Glück braucht es im Augenblick nicht."

Entspannt lief sie weiter, bückte sich hin und wieder, sammelte Steine und Muscheln, bis ihre Jackentaschen prall gefüllt waren. Sie schaute an sich herunter. ‚So sieht eine Beutelratte aus.'

Karla ging schneller. Inge sollte nicht zu lange auf sie warten. Aber da konnte sie Inge schon sehen, die ihr am Strand entgegenlief.

Wenig später lagen sich die beiden Freundinnen in den Armen und freuten sich wie die Kinder. Alle Anspannung fiel von Ihnen ab. Sie hakten sich unter und Karla fragte: „In welche Richtung?"

„Richtung *Sehliebe,* oder? Dort können wir doch einen Kaffee trinken."

„Machen wir." Karla blieb stehen und zog ihre Schuhe und Strümpfe aus. „Ich will endlich mal den Sand unter meinen Füßen spüren."

„Aber es ist noch frisch, erkälte dich nicht", warnte Inge sie.

„Mädel, ich bin nicht aus Zucker, mach dir mal keine Sorgen." Karla lief zum Wasser, das sich schon zurückgezogen hatte, bohrte ihre Füße in den weichen Boden und ließ ihre Beine von den sanften Wellen umspülen.

Dabei kreischte sie auf.

„Es ist saukalt, aber herrlich. Ich fühle *mich* endlich mal wieder." Sie hüpfte von einem Bein auf das andere und tanzte durch den nassen Sand. Ihre Füße prickelten. Nach kurzer Zeit setzte sie sich in den trockenen Sand, rubbelte ihre Haut mit einem kleinen Handtuch ab, das sie immer im Rucksacke hatte. Schnell zog sie Socken und Schuhe an.

„Meine Füße kribbeln, jetzt stimmt die Durchblutung wieder."

Inge schüttelte den Kopf und die beiden schlurften plaudernd zu ihrem Ziel, dem Café.

Auf dem Weg schilderte Karla die Festnahme der Wittenerinnen und Inge ihre Beziehung zu Piet.

„Wie lange dauert denn deine Reha noch?", wollte Karla wissen.

„Normalerweise bis Mittwoch. Aber die Verlängerung um eine Woche wurde genehmigt. Gern würde ich danach noch Urlaub machen."

„Das ist eine gute Idee", lachte Karla. „Ich nämlich auch. Wenn du möchtest, kannst du zu mir in die Ferienwohnung ziehen, ich habe genug Platz. Wir machen uns ein paar schöne Tage und können miteinander malen. Wann immer du Lust hast, besuchst du Piet."

„Karla, das ist eine hervorragende Idee. Ich nehme das Angebot gern an. Piet wird sich freuen. Er hat mich schon eingeladen, in sein Haus zu ziehen, aber das ist mir im Augenblick doch etwas zu schnell und zu nah."

Karla zog ihre Freundin am Arm. „Recht hast du. Los komm, das müssen wir begießen."

65. *Finale*

– Bochum; Donnerstag –

Ein Vollzugsbeamter brachte Sibille Derks in den Verhörraum. Die Handschellen hatte er ihr vorsorglich nicht abgenommen. Klaus und Karin kamen ein wenig später dazu.

„Na, junge Dame, wie sieht es mit den Armbändchen aus? Sollen wir sie abnehmen?“, provozierte Klaus.

„Los, nehmen Sie mir den Scheiß ab.“ Ihre schrille Stimme schmerzte in den Ohren.

„Und benehmen Sie sich dann auch dementsprechend?“

Sie nickte.

Klaus entfernte die Handschellen und stellte ihr ein Glas Wasser hin, das sie gierig trank.

„Lassen Sie uns Tacheles reden. Wir wissen ja nun, dass Sie uns bei der letzten Vernehmung von vorn bis hinten belogen haben. Jetzt wollen wir die Wahrheit hören und nichts als die Wahrheit, verstanden?“

„Sie können mir gar nichts.“

„Aha, da bin ich aber gespannt“, wurde Karin jetzt spitz. „Was ist an dem besagten Abend gelaufen?“

Sibille Derks sprang auf: „Dazu sage ich gar nichts, da können Sie sich auf den Kopf stellen.“

Klaus hatte sichtlich den Kaffee auf. Er zog ein Plastiktütchen mit der Creole aus seiner Jackentasche, die sie in Gabi Blums Atelier gefunden hatten, und sagte: „Was ist das, Frau Derks?“

„Unverkennbar ein Ohrring.“

„Okay, und wem gehört dieser Schmuck?“

„Weiß ich doch nicht“, antwortete sie frech.

Jetzt hatte Klaus die Nase voll. Er stand auf und stellte sich neben sie.

„Frau Derks, ich kann Ihnen sagen, wem der Ohrring gehört. Er stammt von dem Mordopfer Carmen Zille.“

Sibille Derks entglitten die Gesichtszüge.

„Na, kommt da was?“, mischte sich Karin ein.

Die Künstlerin schüttelte den Kopf.

„Ich helfe Ihnen mal auf die Sprünge. Diesen Ohrring hat die Spurensicherung im Atelier von Gabi Blum gefunden, und zwar in der Ritze der Couch. Wie mag der wohl da hingekommen sein?“

„Woher soll ich das wissen?“, stellte Derks sich ahnungslos.

Klaus setzte unbeirrt sein Verhör fort und forderte sie auf, sich wieder zu setzen. „Die Fasern der Kissen fanden die Gerichtsmediziner in den Lungen der beiden Opfer. Wie finden Sie das denn?“

Wieder zeigte sie keine Reaktion.

„Schluss jetzt mit dem Theater. Wir haben genug Beweise, um sie als Mörderinnen zu entlarven, auch ohne Ihre Aussage. Dennoch wollen wir jetzt die exakte Version hören, was sich an dem leidlichen Abend während und nach der Preisverleihung abgespielt hat. Das könnte sich, wenn es gut läuft für Sie, strafmildernd auswirken.“

Jetzt übernahm Karin: „Frau Derks, Sie haben die betrunkenen Frauen nach draußen gebracht und ihnen ein Taxi gerufen. Fuhren Sie alle vier mit dem Taxi?“

Derks nickte und dann rollten die Tränen. Ob es sich um echte oder Krokodilstränen handelte, konnten die Kommissare in diesem Moment nicht ergründen. Sie rieb sich die Augen und verteilte die aufgelegte Schminke gleichmäßig. Ihre Stimme überschlug sich vor Aufregung. „Wir wollten das alles nicht! Ehrlich! Das war ein schrecklicher Unfall!“

Karin sprang auf, baute sich vor ihr auf, um sich dann zu ihr herunterzubeugen. „Dann mal los, beschreiben Sie uns den Unfall.“

Klaus schenkte Wasser nach und Karin reichte ihr ein Taschentuch. Sibille Derks holte Luft, schluchzte, schniefte sich die Nase und legte endlich los: „Es ist richtig, wir sind alle vier mit dem Taxi nach Heven gefahren. Gabi hatte noch Sekt im Kühlschrank, den wir leeren wollten. Carmen und Simone waren ja schon reichlich abgefüllt. Gabi kochte uns einen Kaffee, den wir tranken. Danach soffen wir wieder Sekt. Wir redeten uns in Rage und regten uns über die Preisverleihung auf. Ich machte Simone dafür verantwortlich, dass die Verteilung der Preise falsch entschieden worden war. Danach entstand ein immer heftigerer Streit. Wir bewarfen uns mit den Kissen, die auf der Couch lagen. Wir brüllten uns immer lauter an. Irgendwann artete das Gerangel aus. Gabi und ich stürzten uns auf Carmen und Simone und drückten ihnen die Kissen ins Gesicht. Sie wehrten sich, trampelten und schlugen mit den Fäusten auf uns ein. Immer wütender drückten wir die Kissen fest auf die Gesichter, ließen kurz los und pressten sie immer wieder darauf. Plötzlich hörten sie auf zu strampeln. Wir hoben die Kissen an und sie röchelten. Ein letztes Mal setzten wir unsere Attacke fort, bis sie sich nicht mehr bewegten. Erst in diesem Augenblick begriffen wir, was wir getan hatten. Sie atmeten nicht mehr und lagen völlig leblos da. Wir führten eine Herzdruckmasse und Mund-zu-Mund-Beatmung durch. Das brachte aber nichts mehr. Carmen und Simone waren bereits tot."

Sibille Derks schluchzte laut und herzzerreißend und rief immer wieder: „Das wollten wir nicht, erst war es nur Spaß."

Karin und Klaus hatten gebannt zugehört. Als Karin den letzten Satz hörte, sprang sie auf: „Ein Spaß! Wie sind Sie denn drauf? Frau Derks, Sie und Gabi Blum haben zwei junge Frauen umgebracht."

Und wieder brüllte Derks: „Wir wollten das wirklich nicht, glauben Sie mir."

Klaus beschwichtigte sie: „Frau Derks, jetzt kommen Sie mal runter, trinken einen Schluck Wasser, putzen sich die Nase und beruhigen sich. Wir sind nämlich noch lange nicht fertig. Wir lassen Sie einen Augenblick allein und kommen gleich wieder. Bis dahin können Sie sich überlegen, wie Sie die Frauen zum Hohenstein und ins Muttental befördert haben."

Klaus und Karin liefen kurz zu den anderen. Auch sie brauchten eine Pause. Rolf setzte sich zu ihnen und Lotter reichte ihnen ein Glas Wasser.

„Gut gemacht", lobte sie Rolf.

Es war mucksmäuschenstill, niemand redete auf sie ein. Dann erhoben sie sich, um das Verhör fortzusetzen. Karin sagte immer wieder vor sich hin: „Es war nur ein Spaß, ich glaube es nicht."

Sibille Derks hatte sich beruhigt und starrte vor sich hin. Klaus sprach sie an: „Sind Sie bereit? Können wir weitermachen?“

Emotionslos setzte Derks ihren Bericht fort: „Gabi und ich lagen uns in den Armen und heulten. Wir ließen alles stehen und liegen. Das Atelier schlossen wir ab. Vor Schreck fühlten wir uns wieder nüchtern und fuhren mit Gabis Bus zum Heuweg nach Stockum. Gott sei Dank hat uns niemand erwischt. Wir übernachteten in meiner Wohnung und schliefen bis Montag aus. Wir überlegten uns, was wir mit den Leichen von Carmen und Simone machen sollten. Also schmiedeten wir einen Plan. Dienstagnacht nach dem Museumsfest brachten wir Carmen Zille ins Muttental und Simone Lau zum Hohenstein. Jeder sollte sie sehen. Da die beiden ja tot waren, und wir nichts mehr ändern konnten, wollten wir sie auch gemäß der Kunst präsentieren. Wir kamen auf die Idee, sie als Installation in einem Baum zu drapieren. Wir verspürten Rache. Ihre Gesichter konnten wir nicht mehr ertragen. Aus diesem Grund bedeckten wir ihre Augen mit einem Schleier, spritzten Farbe darüber und dann über den gesamten Körper. “

Karin stellte eine Zwischenfrage: „Wie haben Sie die beiden ins Auto befördert? Tote wiegen einiges.“

„Wir sind ja gut durchtrainiert und stemmen schon was weg. Gabi und ich zogen uns Handschuhe an, legten sie auf eine dicke, stabile Plastikfolie und trugen sie zum Auto. Den Bus von Gabi fuhren wir rückwärts an die Garage ran und legten die beiden nacheinander hinein. Den Wagen hatten wir vorher im Innenraum sorgfältig mit Plastikfolie ausgelegt, die wir später sofort entsorgten. Gabis Garage kann niemand von der Straße einsehen. Das Grundstück ist dicht bewachsen, sodass uns niemand stören konnte. Zwischen zwei und drei Uhr nachts fuhren wir erst ins Muttental und haben dort zunächst Carmen aufgehängt, und dann am Hohenstein die Lau. Wie eine Warnung für alle, die sie entdeckten. Es sollte wie ein Ritualmord aussehen, der erst der Anfang einer Serie darstellte.“

„Sie wollten also einen Serienmord vortäuschen?“, mischte sich Klaus kurz ein.

Sibille Derks bestätigte diese Aussage mit einem Nicken.

„Hat Sie niemand bemerkt, auch vom Hotel *Haus Hohenstein* nicht?"

„Nein! Im Muttental war es recht einfach. Allerdings mussten wir den kleinen Abhang mit der Leiche runtergehen. Das war eine Herausforderung. Der Sturm hatte einiges angerichtet. Wir beförderten sie in der Plastikfolie bis zu dem ausgehöhlten Baum, den wir ausgesucht hatten, und legten die Drahtseile um Hände und Füße. Dann hoben wir sie gleichzeitig hoch und setzten sie hinein. Erst befestigten wir die eine und dann die andere Seite. Wir waren vorsichtig und sicher, keine Spuren hinterlassen zu haben."

„Das können Sie knicken, wir finden immer was", unterbrach Karin sie. „Wie ist es am Hohenstein gelaufen?"

„Den Bus fuhren wir rückwärts in den Weg, der zum *Haarmannstempel* führt. Der Parkplatz war zwar beleuchtet, aber im Hotel selbst war alles dunkel. Wir konnten in Ruhe unser Vorhaben beenden, nachdem wir einen Baum mit drei dicken Stämmen ausgewählt hatten. Perfekt für unsere Installation. Dort hängten wir Simone rein. Genau nach dem gleichen Muster wie wir Carmen eingearbeitet hatten. Anschließend fuhren wir zurück nach Heven in Gabis Atelier und putzten alles gründlich. Auch den Bus. Danach packten wir die Sachen für die bevorstehende Reise. Am nächsten Tag fuhren wir in den geplanten Urlaub und ließen alles hinter uns."

„Was fühlten Sie danach, Frau Derks?"

„Genugtuung, Erleichterung, Befreiung! Mein Rachegefühl, wie weggeblasen. Wir haben es selbst nicht glauben können. Aber das Gefühl, uns endlich mal gerächt zu haben, war einfach nur geil und beflügelte uns."

Karin und Klaus schluckten. Es trat betretene Stille ein. Verlegen trommelte Sibille Derks auf die Tischplatte.

Klaus unterbrach genervt mit den Worten: „Was wollten Sie von Violetta und Lena?"

„Sie auch umbringen." Derks sagte es, als wäre es das Normalste der Welt.

Karin verschlug es die Sprache und Klaus übernahm: „Wann haben Sie diesen Plan geschmiedet?"

„Nachdem Sie uns hier verhört haben. Danach war uns alles egal. Wir wollten unsere Rache vollenden. Wir wussten ja aus der Presse, dass Violetta und Lena auf der Insel Föhr im Krankenhaus lagen. Voller Wut kauften wir uns am Hauptbahnhof Bochum eine Fahrkarte, stiegen in Dortmund um, fuhren nach Hamburg und weiter nach Dagebüll. Mit der Fähre setzten wir auf die Insel über. Wir nahmen nichts mit, noch nicht einmal eine Zahnbürste. Dass die dortige Polizei Violetta und Lena streng bewachte, überraschte uns. Da unser Vorhaben zwecklos erschien, planten wir die sofortige Rückfahrt nach Bochum. Leider hat das nicht mehr geklappt."

„Gott sei Dank hat das nicht funktioniert", mischte sich Karin jetzt entsetzt ein. „Sie haben genug angerichtet und Violetta und Lena haben überlebt. Genug, dass sie den anderen Wahnsinnigen in die Hände fielen."

Nach dem Verhör stieß Karin hervor: „Die tickt doch nicht richtig! Mir fehlen die Worte. Drei durchgeknallte Künstler und ein Verrückter, der dem Schauspielhaus Bochum entfleucht ist. Das ist ein Knallerfall."

66. Abschied

– Föhr; Freitag –

„Moin." Karla und Arnold brachten eine frische Brise mit rein.

„Moin, ihr zwei, setzt euch. Trinkt noch einen Kaffee mit uns, bevor Arnold gleich wieder nach Niebüll entschwindet", wurden sie von Jan begrüßt.

Karlas Handy vibrierte in ihrer Tasche, bevor die Musik einsetzte.

„Hallo Rolf, wieder in Bochum am Start?" Karla kam gleich auf die Verhöre zu sprechen und ließ sich von ihm auf den neuesten Stand bringen. Gabi Blum hatte nach heftigen Szenen die Aussage von Sibille Derks bestätigt. Der Haftrichter ordnete U-Haft an und beide wurden in den Frauenvollzug nach Gelsenkirchen gebracht.

„Dann ist jetzt alles klar", meinte Karla und setzte nach: „Bis auf die Genesung von Violetta und Lena. Sie sind zwar auf dem besten Weg, aber es wird noch lange dauern, bis sie ihr normales Leben führen können und die schrecklichen Erlebnisse überwunden haben."

Arnold sah erschrocken auf die Uhr: „Leute, meine Fähre, ich muss los."

„Wir bringen dich hin", grummelte Karla, der es schwerfiel, den Niebüller Kommissar zu verabschieden. Der nordfriesische Brummbär war ihr in den paar Tagen sehr ans Herz gewachsen.

67. Pressekonferenz

– Föhr; Freitag –

Karla, Adriane und Jan hockten vor dem Fernseher. Gespannt verfolgten sie die Live-Übertragung der Pressekonferenz. Sie lief nach dem gewohnten Muster ab. Nur mit dem Unterschied, dass die Redner weitaus entspannter wirkten als zu Beginn der Ermittlungen. Rolf berichtete von Anfang an. Ausführlich schilderte er die Aussagen von Sibille Derks und Gabi Blum.

„Es ist unbegreiflich für mich, was in den Köpfen der beiden Entführer und der Mörderinnen vorgegangen sein muss. Für niemanden sind diese Taten, die Morde, die Entführungen, die Vergewaltigungen nachvollziehbar. Kunst soll doch etwas Schönes vermitteln. Was hier passiert ist, grenzt an Wahnsinn. Es ist unfassbar, wie weit Menschen gehen, um berühmt zu werden. Eine junge Frau musste sterben, weil sie eine hervorragende Künstlerin war, und die Jurorin, weil sie mitentschieden hatte, wer den Kunstpreis erhalten sollte.

Heinz Bitter und Bernd Wild entführten, vergewaltigten und misshandelten Violetta Fey und Lena Beck. Wir wissen nicht, mit welchen psychischen und physischen Folgeschäden die Frauen in der Zukunft leben müssen. Es ist jedenfalls fraglich, ob sie wieder vollständig genesen werden. Und das alles ist aus Neid und Missgunst geschehen, um ein wenig Ruhm und Geld zu erhaschen. Ich habe dem nichts mehr hinzuzufügen."

In den Reihen der Reporter trat betretene Stille ein.

„Haben Sie noch Fragen?", wandte sich Rolf an die Medienvertreter.

Es gab keine. Rolfs Bericht hatte alle sprachlos gemacht. Ein Reporter erhob sich und fragte: „Darf ich noch ein Foto machen?" Dann wurden auch die anderen aktiv und es kam wieder Leben in die Reihen.

Karla wischte sich die Tränen aus den Augen. Auch Adriane, Piet und Jan schienen ergriffen zu sein.

Das Telefon klingelte. Piet nahm ab und verkündete laut: „Och nee, Oma Alma ist wieder verschwunden."

Epilog

– Witten –

‚Was für ein aufregendes Jahr.' Karla schaute in die Runde. Rolf hatte alle Kollegen des KK11 zu einer internen Weihnachtsfeier bei *Sebos* eingeladen.

Seit dem Fall auf der Insel mussten die MKs, wie gewöhnlich, noch einige andere Mordfälle lösen. Aber keiner war so spektakulär wie der Witten-Föhr-Einsatz.

Die Zeit in der friesischen Karibik hatte auch bei Karla Spuren hinterlassen. Sie dachte nach, ob sie doch noch mal etwas anderes machen sollte, als Mordfälle zu lösen. Das Malen nach der Ermittlungsarbeit auf Föhr hatte ihr große Freude bereitet. Gemeinsam mit Inge verlebte sie wundervolle Tage.

Während dieser Zeit kamen sich Inge und Piet immer näher und beschlossen, erst einmal eine Fernbeziehung zu führen. Inge wollte ihren Master an der Ruhr-Uni Bochum abschließen und noch ihren Doktor hinterherschieben. Abwechselnd besuchten sie sich, sprachen täglich und waren mit dieser Lösung fürs Erste zufrieden.

Gemeinsam mit Dirk war Karla im Sommer nach Föhr gefahren. Er wollte sie nicht mehr allein dorthin lassen, damit sie sich nicht wieder in irgendeine Ermittlungsarbeit einmischte. Sie musste lachen, als sie daran dachte. Sie verbrachten einen herrlichen Sommerurlaub und trafen sich oft mit Jan, Adriane und Piet. Auch Arnold und Wiebke kamen von Niebüll herüber. Die beiden hatten inzwischen ebenfalls viele Gemeinsamkeiten für sich entdeckt. Sie verbrachten sehr viel Freizeit miteinander. Ob da noch mehr draus wurde? Möglich war es.

Karla erinnerte sich an Arnolds spontane Liebeserklärung. Der Gedanke daran zauberte ihr ein Lächeln ins Gesicht.

Sie sah zu Lotter rüber. Karla erkannte ihren alten, verschwitzten Kollegen nicht mehr wieder. Wie ausgewechselt saß er stolz neben Christa Sitzler, mit der er heftig flirtete. Vor Aufregung hatte er einen roten Kopf, schwitzte aber nicht. Er prostete seiner heimlichen Liebe zu. Auch sie hatte sich nach Ansicht von Karla verändert.

Leider hatte sich Lotters Diagnose doch bestätigt, aber er hatte Glück im Unglück. Ein winzig kleiner Tumor hatte sich in seiner Schilddrüse festgesetzt. Nach der Operation, ein paar Bestrahlungen und der medikamentösen Einstellung war er auf dem besten Weg, sein ‚normales Leben' fortsetzen zu können. Er hatte erheblich abgenommen, kleidete sich anders und strahlte etwas Neues aus.

Rolf hatte eine bittere Erfahrung machen müssen. Seine Magenschmerzen gingen auf ein Zwölffingerdarmgeschwür zurück. Es war gutartig und konnte minimalinvasiv entfernt werden. Rolf und Lotter hatten beide den Eingriff in der Uniklinik Essen durchführen lassen. Auch er erholte sich schnell und lief schon wieder zu seiner alten Hochform auf.

Die Wyker Ärzte stimmten schließlich dem Krankentransport zu, Violetta und Lena auf eigenen Wunsch in die Frauenklinik der Uniklinik Essen zu verlegen. Die beiden kannten den Professor und vertrauten seiner Behandlung. In der dortigen Klinik fand die Weiterbehandlung nebst psychologischer Therapie statt. Kurz vor Weihnachten präsentierte das Märkische Museum Witten eine Ausstellung zu Ehren der beiden Künstlerinnen. Sie wirkten zwar noch angeschlagen, blickten aber hoffnungsvoll in die Zukunft.

Die Strafprozesse gegen Heinz Bitter, Gabi Blum und Sibille Derks sollten im neuen Jahr eröffnet werden. Gegen die beiden Frauen hatte die Staatsanwaltschaft die Anklage wegen Mordes erhoben. Heinz Bitter klagte man wegen versuchten Mordes, schwerer, gefährlicher Körperverletzung und mehrfacher Vergewaltigung an.

Um Bernd Wilds Begräbnis sorgte sich dessen Bruder Fritz. Nach der Pressekonferenz war er plötzlich im PP Bochum aufgetaucht. Er war völlig entsetzt, dass sein Bruder diese fürchterlichen Dinge getan haben sollte. Nach seinen Aussagen galt Bernd Wild immer als schüchterner, ängstlicher und stiller Mensch.

Karla nahm das Lachen und Quasseln der Kollegen nur im Hintergrund wahr. Es kam ihr vor, als säße sie in einem völlig anderen Film, als hätte sie eine VR-Brille auf der Nase, um sich in einer virtuellen Welt bewegen zu können. Sie ließ ihren Gedanken freien Lauf, jäh wurde sie herausgerissen.

„Karla, Karla, wo bist du mit deinen Gedanken?“ Rolf knuffte sie in die Seite, stand auf und sagte: „Auf euch, ihr Lieben. Mit euch gehe ich noch viele Jahre durch dick und dünn.“

Karla brauchte einen Moment, um sich zu fangen. Dann stand sie ebenfalls auf und erhob ihr Glas: „Und ich bin dabei, bis zu meiner Pensionierung, darauf könnt ihr Gift nehmen.“

Kunst

ist der Prozess

der Loslösung,

der Veränderung

und der Entwicklung!

aus „Traum-Pfade“ von Sigrid Drübbisch

Nachwort

Nach einer Lesung in der Mayerschen Buchhandlung, kurz nach der Veröffentlichung meines Romanes *Lavendelkuss*, sagte der Wittener Buchhändler Martin Meyer zu mir: „Schreiben Sie doch mal einen Witten-Krimi."

Dr. Sabine Wirths-Hohagen von der Buchhandlung Lehmkul äußerte sich nach meiner Buchpremiere im netten Oberstübchen ihres Ladens ähnlich.

„Ich schreibe keinen Krimi und schon gar keinen Regionalkrimi", gab ich beiden zur Antwort. „Schade", meinten sie, „denn das genau fehlt in Witten."

Verdutzt nach dieser Reaktion der Buchhändler arbeitete es in meinem Kopf.

Da ich selbst gern Krimis lese, ließ mich die Idee von diesem Augenblick an nicht mehr los. Dr. Sabine Wirths-Hohagen und Martin Meyer hatten den Stein ins Rollen gebracht.

Ich besuchte den EKHK Klaus-Peter Lipphaus, seiner Zeit Leiter des KK11 und der Mordkommissionen im Polizeipräsidium Bochum, um ihn ausführlich über die Arbeit der MKs zu befragen, dem es sichtlich Freude bereitete und mir alles beantwortete, was ich wissen wollte und musste. Das motivierte mich.

In Erstaunen versetzte mich seine Information, dass es im PP Bochum bis heute noch keinen Verhörraum im klassischen Sinne gibt. Die Einrichtung eines solchen Raumes verursacht hohe Kosten, die Vernehmungen und Verhöre finden in den Büros der Ermittler statt.

Ich sicherte ihm zu, dass es in meinem Krimi einen Verhörraum im PP geben werde. Zukunftsmusik, die sich vielleicht irgendwann in Realität wandeln lässt.

Nach dem Gespräch mit Klaus-Peter Lipphaus entwickelte ich verschiedene Plots, die mir allerdings noch nicht gut genug erschienen. Darum verwarf ich sie wieder. Ich wollte einfach keinen Krimi schreiben, der ausschließlich in Witten spielt. Es sollte noch mehr dahinterstecken.

Am 1. April 2015 fuhr ich nach Föhr und verbrachte vier schöne Wochen in der *Friesischen Karibik*, wie die Insulaner ihr Eiland liebevoll nennen.

Bei den langen Strandwanderungen sprudelten plötzlich neue Ideen.

Am 10. April 2015 entwickelte sich in meinen Gedanken die Geschichte in groben Zügen und ich startete mit den Recherchen.

Noch am gleichen Nachmittag besuchte ich die Polizeistation Wyk auf Föhr und löcherte den stellvertretenden Dienststellenleiter PHK Michael Lorenzen mit spezifischen Fragen, die er geduldig beantwortete.

Da ich genau am 1. April 2015 den Fuß auf die Insel setzte, sollte meine Geschichte auch von diesem Augenblick an beginnen.

Also kein Aprilscherz, sondern pure Absicht!

Da ich nicht nur als Autorin, sondern auch als freischaffende Künstlerin arbeite, setzt die Geschichte genau in diesem Metier an. Die Kunst platzierte ich in den Fokus meines Buches.

Es ist eine rein fiktive Geschichte und alle Personen und Institutionen sind frei erfunden.

Ausgenommen sind die Institutionen und Personen, die mir die ausdrückliche Genehmigung gegeben haben, ihre realen Namen in meinem Buch zu nennen, die ich am Ende in der Liste aufführe.

Sollte dennoch jemand glauben, sich als Person wiederzufinden, ist dies rein zufällig geschehen und auf keinen Fall von mir beabsichtigt.

Danke

an alle, die mir zur Seite gestanden haben:

Mein Ehemann *Detlev Drübbisch* und mein Sohn *Marvin Drübbisch*

Barbara Zabka, Fotografin

EKHK Klaus-Peter Lipphaus, seiner Zeit Leiter des KK11 und der sechs Mordkommissionen des Polizeipräsidiums Bochum – Unterstützung bei der Recherche und Erstleser

Martin Meyer, Mayersche Buchhandlung, Witten

Frau Dr. Sabine Wirths-Hohagen, Buchhandlung Lehmkul Witten

Luzia Sassen, Galerie Luzia Sassen, Erstleserin

Ulrike Fell-Schnurrbusch, Erstleserin

Britta Timmermann, Hilfe bei der Recherche auf Föhr

PHK Michael Lorenzen, stellvertretender Dienststellenleiter der Polizeistation Wyk auf Föhr – Unterstützung bei der Recherche

Ralf Brodersen, für die Übersetzungen aus der friesischen Sprache Fering

Herzlichen Dank an meine beiden Verleger *Elke Neumann* und *Georg Nies,* die aus meinem Buch das gemacht haben, was es jetzt ausmacht. Genau so habe ich es mir gewünscht und vorgestellt.

Meinen beiden Lektorinnen *Leonie Nennstiel* und *Jana Wohlgemuth* danke ich für das konstruktive, hervorragende Lektorat, das meinem Krimi den richtigen Schliff verliehen hat.

Und nicht zu vergessen *Björn Kossek,* der mit Geduld, Professionalität und Herzblut ein wunderbares Cover geschaffen hat.

Die Zusammenarbeit mit euch war hervorragend und hat viel Spaß gemacht. Gerne machen wir so weiter!

Anhang

Mit freundlicher Genehmigung von folgenden Institutionen und Personen:

- Deutsche Rentenversicherung Bund, Reha-Zentrum Utersum
- JVA Flensburg
- W.D.R. Wyker Dampfschiffs-Reederei
- Klinikum Nordfriesland GmbH - Inselklinik Föhr-Amrum
- Kurverwaltung Wyk auf Föhr
- Nieblumer Dörpshus
- Fietis - Föhrer Steak- und Fischhaus, Wyk auf Föhr
- Café-Restaurant Ual Skinne, Utersum auf Föhr
- Strandrestaurant Sehliebe, Utersum auf Föhr
- Café Steigleder, Wyk auf Föhr
- Föhrer Teestube und Café, Nieblum auf Föhr
- Dietmar Nicolai, Leiter der Mantrailer Föhr

- Die Bürgermeisterin der Stadt Witten, Sonja Leidemann für alle Städtischen Institutionen, wie z. B. das Schillergymnasium der Stadt Witten und das Märkisches Museum Witten
- Künstlerin Christel Lechner, Witten
- Hotel Haus Hohenstein GmbH, Witten
- Sebos Café in Witten

- Galerie Luzia Sassen, Köln und Windeck-Schladern
- Universitätsklinikum Essen einschließlich Gerichtsmedizin Essen
- JVA Gelsenkirchen - Frauenvollzug
- JVA Bochum
- Schauspielhaus Bochum
- Juristische Fakultät der Ruhr-Universität Bochum „Lehrstuhl für Kriminologie, Kriminalpolitik und Polizeiwissenschaft“ von Prof. Dr. Thomas Feltes und „Lehrstuhl für Kriminologie“ von Prof. Dr. Tobias Singelnstein. Diesen zugehörig ist der Masterstudiengang „Kriminologie, Kriminalistik und Polizeiwissenschaft“.

Erklärungen

Föhr - Nordseeinsel in Nordfriesland
Fering - ist die friesische Sprache, wie sie auf der Insel Föhr gesprochen wird.
Wyk auf Föhr - Inselhauptstadt
Park an der Mühle - ein Park mitten in Wyk
Nieblum - Gemeinde auf der Insel Föhr
Goting - Ortsteil von Nieblum auf der Insel Föhr
Utersum - Gemeinde auf der Insel Föhr
Klaf - Straße in Utersum
Dagebüll Mole - Fähranleger in Dagebüll in Nordfriesland
Niebüll - Stadt in Nordfriesland
Husum - Stadt in Nordfriesland

EKHK - Erste Kriminalhauptkommissarin,
Erster Kriminalhauptkommissar
KHK - Krimininalhauptkommissarln
KOK - Kriminaloberkommissarln
POK - Polizeioberkommissarln
PHK - Polizeihauptkommissarln
MK - Mordkommission
KK11 - Kriminalkommissariat 11
PP - Polizeipräsidium
KTU - Kriminaltechnische Untersuchung
PK - Pressekonferenz

Stadtteile in Witten:
Heven
Herbede
Bommern
Stockum

Naherholungsgebiete in Witten:
Hohenstein
Muttental
Haarmannstempel
Bergerdenkmal - Hohenstein
Flöz Finefrau
Finnenbahn
Hohenstein in Witten
Schleusenwärterhaus in Witten-Herbede
Altes Zollhaus in Witten-Herbede

Die Autorin

Sigrid Drübbisch, Dipl. Sozialarbeiterin, ist seit 1981 als freiberufliche Künstlerin und Autorin tätig. Sie kann auf über 100 Einzel- und Gruppenausstellungen im In- und Ausland zurückblicken. 2008 veröffentlichte sie ihr erstes Buch, dem weitere folgen sollten. Mit Mord-Art gibt sie ihren Krimi-Auftakt.

Künstlerin der Galerie Luzia Sassen, www.galerie-luzia-sassen.de
Mitglied im Verband deutscher Schriftstellerinnen und Schriftsteller, http://www.vs-nrw.de/
Literaturraum Dortmund Ruhr
http://www.literaturraumdortmundruhr.de
Das Syndikat e.V., dem Verein für deutschsprachige Kriminalliteratur, https://www.das-syndikat.com/

Sigrid Drübbisch lebt mit ihrem Mann, mit dem sie einen Sohn hat, in Witten.

Kontakt: www.sigrid-druebbisch.de

Der zweite Fall für Hauptkommissarin Karla Lang.

Sonntagmorgen im Ruhrgebiet. Gleich drei Tote werden nacheinander an verschiedenen Orten in Witten und Bochum gefunden.
Karla Lang befindet sich gemeinsam mit ihrem Ehemann auf der Insel Föhr im Urlaub.
Mit der Idylle ist es bald vorbei, denn auch in der friesischen Karibik kommt es zu einem Mordfall und die Hauptkommissarin vermutet einen Zusammenhang mit den Fällen in der Heimat. Schon steckt sie in den Ermittlungen, zumal weitere schreckliche Dinge geschehen.

ISBN 978-3-942672-94-8 | 247 Seiten | € 13,00 [D]